FRANCKE

Beverly Lewis

Werden wir uns finden?

FRANCKE
Verlag der Francke-Buchhandlung GmbH

Die Deutsche Bibliothek - CIP-Einheitsaufnahme
Ein Titeldatensatz für diese Publikation ist bei Der deutschen Bibliothek erhältlich.

ISBN 3-86122-447-X

Originaltitel: The Reckoning

Published by Bethany House Publishers, Minneapolis, USA

35037 Marburg an der Lahn
Deutsch von Silvia Lutz
Umschlaggestaltung: Reproservice Jung, Wetzlar
Umschlagillustration: Dan Thornberg
Satz: Verlag der Francke-Buchhandlung GmbH
Druck: Wiener Verlag, Himberg, Österreich

Francke-Lesereise

Prolog: Herrin der Mayfield-Villa

Als junges amisches Mädchen beschloß ich vor Jahren, daß ich *sehr* langsam älter werden wollte. Und ich wollte fröhlich alt werden. Ich wollte eine Großmutter werden, die ihre Freude darin findet, Tomatenstöcke in ihrem Gemüsegarten zu pflanzen und liebevoll mit ihren Steckrüben umzugehen.

Nach dem viel zu frühen Tod meiner ersten und einzigen großen Liebe fürchtete ich, ich würde ganz schnell altern und dabei immer nur an Daniel Fischer denken. Ich würde in meinem Garten Unkraut jäten, meine Tomatenpflanzen begießen und dabei die ganze Zeit Daniel vermissen und mir wünschen, er wäre an seinem neunzehnten Geburtstag nicht ertrunken.

Ich bin immer noch sehr jung. Erst zweiundzwanzig. Mein Leben liegt noch vor mir. Trotzdem ertappe ich mich immer wieder dabei, wie ich an meine sorglosen Tage in Hickory Hollow zurückdenke ... und in den Erinnerungen an mein „schlichtes" Leben schwelge. Gleichzeitig ist mir bewußt, daß ich mit dem Gemeindebann belegt worden bin. Ausgestoßen aus der Amischgemeinschaft. Von meinen Adoptiveltern und -brüdern und von den Menschen, die mich liebten und erzogen, exkommuniziert. Ein ernüchternder Gedanke, aber ich habe mich mit dem, was mir angetan wurde, und mit der Tatsache der *Meidung* – wenigstens aus amischer Sicht – abgefunden. Trotzdem vergeht kein Tag, an dem der Schmerz dieser Ablehnung nicht an mir nagen würde. Wie anders waren da die liebevollen Worte meiner leiblichen Mutter Laura, die sie auf dem Sterbebett zu mir sagte:

„Ich wünschte, ich hätte dich nicht weggegeben."

Lauras Worte, die so voll Ehrlichkeit und Mut steckten, beginnen mein gebrochenes Herz zu heilen. Jeden Tag begebe ich mich auf die Suche nach ihrem Tagebuch, das sie vor meiner Geburt schrieb.

Ich habe angefangen, es mir für den Winter in meiner luxuriösen neuen Umgebung in Canandaigua im Bundesstaat New York bequem zu machen, und genieße die bemerkenswerte Wende, die mein Leben genommen hat, in vollen Zügen. In meinen Teenagerjahren hatte ich mir oft ausgemalt, wie die *Engländer* – nichtamische Leute – leben, und mir heimlich gewünscht, ich könnte wenigstens ein klein wenig von dem wiederbekommen, was ich vielleicht versäumte. Und hier stehe ich nun: *als Herrin der Mayfield-Villa.*

Ein recht hochtrabender Name, auch wenn mich die Dinge, die mit einem solchen Titel verbunden sind, gelegentlich ziemlich verwirren. Das weite Gelände, jeder Winkel des großen, hügeligen Grundstücks und der eindrucksvollen Villa gehört – zu hundert Prozent – Laura Mayfield-Bennetts leiblicher Tochter.

Das alles ist nach einer unerwarteten Begegnung mit Dylan Bennett und seinem glattzüngigen Anwalt zustande gekommen. Bereits in einem einzigen Gespräch mit Mr. Cranston, Lauras Anwalt, wurde der Gedanke, daß ein Teil des Vermögens rechtmäßig Mr. Bennett gehören könnte, als lachhaft und unhaltbar abgetan. Er hatte Lauras Vermögen trotz betrügerischer Methoden nicht für sich gewinnen können und hätte jetzt auch noch sein ganzes eigenes Geld in einer gerichtlichen Auseinandersetzung verloren, wenn er Lauras letzten Willen und ihr geändertes Testament noch länger angefochten hätte.

Dieser Betrüger ist jetzt endgültig aus der Villa und aus Canandaigua verschwunden. Papiere, die wir in seinen persönlichen Unterlagen fanden, bewiesen, daß er eine Schauspielerin dafür bezahlt hatte, sich als Lauras Tochter auszugeben, und daß er sie zu dem Betrug angestachelt hatte.

Die Schwindlerin ist fort, und auch Katie Lapp – mein früheres Ich – hat sich verabschiedet. Kein Festhalten mehr an den starren Regeln, den strengen Kleidungsvorschriften, den Geboten und Verboten meiner Vergangenheit.

Trotzdem hätte ich, wenn es in meiner Macht gewesen wäre, gern etwas unternommen, um Rebekka, meiner amischen Adoptivmutter, die Situation irgendwie zu erleichtern. Ich frage mich, was Kusine Lydia *wirklich* meinte, als sie bei unserem letzten Telefongespräch sagte, „Rebekka sei nicht mehr sie selbst." Mein Abschied ist gewiß nicht der einzige Grund für Mamas Schmerz. Die Verhängung der Meidung – Bischof Johannes' bittere Entscheidung – muß ihr sehr schwer zu schaffen gemacht haben.

Ich habe daran gedacht, ihr einen langen Brief zu schreiben und ihr zu erzählen, daß es mir gut geht, und daß ich mich nach und nach an die fremde, moderne Welt um mich herum gewöhne. Und daß ich meistens ganz glücklich bin. Aber ich fürchte, solch ein ehrlicher Brief könnte falsche Hoffnungen auf meine Rückkehr in ihr wecken, und ich will sie nicht auf solche Gedanken bringen. Um nichts in der Welt. Alles in allem ist es am besten, wenn ich mich nicht melde und hoffe, daß Rebekka und alle anderen mich einfach vergessen. Allerdings bin ich mir nicht so sicher, ob die Amisch vergessen *können.*

Sie werden sich gewiß noch lange daran erinnern, daß ich mit Daniel Fischer befreundet war. Unsere Namen werden für ewig in der Chronik der Amischgemeinschaft miteinander verbunden sein. Die Amisch – und auch Bischof Johannes – werden sich noch lange an die eigensinnige Frau mit den rotbraunen Haaren erinnern, die sie so grausam mit dem Bann belegt haben, und an den jungen Mann mit den blaubeerfarbenen Augen, der sie geliebt hatte. Sowohl Daniel als auch Katie sind also für die *Alte Ordnung* verloren. Den einen haben sie an den Tod verloren, die andere an das Leben.

Um die Wahrheit zu sagen: Wäre nicht mein Freund, der Künstler Justin Wirth, und meine neu aufkeimende Hoffnung auf eine Heirat gewesen, dann wäre ich vielleicht wirklich ziemlich schnell alt geworden. Alt und verbittert, ohne das nette Lachen von Enkelkindern. Ich würde ewig in Erinnerungen aus längst vergangenen Tagen schwelgen und mich fragen, was alles hätte sein können ...

1

Daniel Fischer wurde vom Gezwitscher der Vögel aus dem Schlaf gerissen. Er setzte sich auf und glaubte zuerst, er wache in seinem eigenen Bett auf.

Als er sich umblickte, erkannte er, daß dies nicht sein Schlafzimmer im ersten Stock seines Bungalows in New Jersey war. Es war ein gemütlich eingerichtetes Zimmer in einer Pension in Canandaigua.

Er streckte sich, gähnte und riß sich gewaltsam von seinem Traum los, einem Traum, der so lebendig und realistisch gewesen war, daß er Mühe hatte, ihn zu vergessen. In dem Traum hatte er Katie gesehen, seine geliebte Freundin, die auf einer großen grünen Wiese Gänseblümchen gepflückt hatte. Sie trug ein blaues amisches Kleid ohne die Schürze und die vorgeschriebene Kopfbedeckung. Ihre rotbraunen Haare fielen in weichen, langen Wellen über ihre schlanken Schultern.

Die Sonne stand hoch über den Baumwipfeln. Ihre starken Strahlen blendeten ihn und raubten ihm für einen Augenblick die Sicht. Als seine Augen sich an das Licht gewöhnt hatten, sah er, wie sie in seine Richtung schaute und ihn leicht anlächelte. Dann drehte sie sich plötzlich um und verschwand barfüßig in einem dünnen grauen Nebel.

„Katie, warte ... *warte!*" rief er ihr immer wieder nach.

Daniel entfuhr bei der Erinnerung an den sommerähnlichen Traum ein leises Stöhnen. Solche Bilder hatten ihn schon in vielen Nächten verfolgt, aber dieses Bild einer jungen, scheinbar unbekümmerten Katie beunruhigte ihn immer wieder.

Sein Blick fiel auf seine Bibel, die neben ihm auf dem Nachttisch lag. Er nahm sie zur Hand. Er setzte sich auf die Bettkante und blätterte in der Bibel, bis er den Brief an Katie fand – einen Brief, den sie nie bekommen würde. Ein Geständnis. Der Brief war ihm eine Hilfe und ein Ansporn, das zu tun, was er heute noch tun wollte.

Meine liebste Katie,

ich sitze gerade in einer Pension in Canandaigua. Aus dem Stadtplan, den ich mir vor ein paar Tagen kaufte, weiß ich, daß die Villa, in der Du jetzt wohnst, nur wenige Kilometer von dem Zimmer entfernt ist, in dem ich heute abend sitze. In letzter Zeit habe ich das Gefühl, mich nicht mehr auf die wesentlichen Dinge konzentrieren zu können, wenn ich meine Gedanken nicht zu Papier bringe. Und auch wenn ich nicht erwarte, daß wir jemals wieder so miteinander sprechen können, wie wir es früher taten, hoffe ich trotzdem von ganzem Herzen, daß mein Besuch bei Dir sich für uns beide als etwas Positives und Gutes herausstellt. Letzte Woche fuhr ich nach Hickory Hollow, um meine Eltern zu besuchen – zum ersten Mal seit über fünf Jahren. Ich habe auch meine Schwester getroffen. Annie war die erste, die mir von Deiner Meidung erzählte und daß Du daraufhin Hickory Hollow verlassen hast. In ihren Augen lag ein unübersehbarer Schmerz, als sie von Deiner Sehnsucht sprach, die Mutter zu finden, die Dich geboren hat.

Wenn Gott mir nur erlauben würde, Dich ein paar Augenblicke zu sehen, und Du mich anhören würdest! Glaube mir, wenn ich sage, daß ich Dich im Stich gelassen habe, liebe Katie, daß ich schon vor langem etwas unternehmen hätte sollen, um das, was ich Dir angetan habe, in Ordnung zu bringen. In all diesen Jahren, in denen ich versuchte, in der englischen Welt um mich herum heimisch zu werden, quälte mich die ganze Zeit die Frage, ob es Dir gut geht. Ob Du in der Amischgemeinschaft Deinen Platz gefunden hast. Ich hatte ständig den Wunsch, Dir auf eine sanfte, vielleicht göttliche Weise sagen zu können, daß ich Dich trotz meines „Todes“ liebe. Und ich bete schon lange dafür, daß Du erkennst, daß Gott Dich durch seinen Sohn Jesus Christus erlöst hat.

Nichts anderes zählt für mich in diesem Augenblick, als Dich persönlich zu treffen, als meine Hoffnung, daß Dich meine Rückkehr aus dem „Grab“ nicht allzu sehr aus der Fassung bringt.

Bitte vergib mir, daß ich Dir das alles nicht schon viel früher gesagt habe und daß ich vor meinen religiösen Auseinandersetzungen mit meinem Vater und den Amisch einfach davongelaufen bin. Daß ich Dich in dem Glauben ließ, ich sei vor vielen Jahren mit jenem Boot ertrunken. Bitte ...

Seufzend hielt er den Brief in seinen Händen und schaute auf das Landschaftsbild in dem bronzefarbenen Rahmen, das auf der anderen Seite des Zimmers an der Wand hing. „Du glaubst mir vielleicht nie, daß ich das, was ich getan habe, für uns getan habe", flüsterte er. „Für unsere Liebe ... „

Er schob den handgeschriebenen Brief wieder in den Lederumschlag der Bibel und schlug sie nachdenklich zu. *Die Sache liegt jetzt in Gottes Hand,* beschloß er und stand auf. Er ging ein paar Schritte zum Wasserhahn und stützte sich schwer auf das Porzellanbecken.

Er starrte in den Spiegel über dem Waschbecken und fuhr mit den Fingern durch seinen Bart. Obwohl er keineswegs ein eitler Mann war, drehte er sich zur Seite und betrachtete sein Profil. Wie sollte er ihr unter die Augen treten – mit oder ohne Bart?

Er öffnete sein Rasiertäschchen und holte seinen elektrischen Rasierapparat und eine kleine Schere, die er darin aufbewahrte, heraus. Er beugte sich näher zum Spiegel vor, nahm die Schere in die Hand und öffnete und schloß sie ein paar Mal, ohne den Blick von seinem Gesicht abzuwenden. Wenn er keinen Bart trug, würde er damit eindeutig zeigen, daß er noch unverheiratet war – wenigstens in den Augen der Amisch. Trotzdem hatte er erkannt, daß sein Bartwuchs ihn älter aussehen ließ – vielleicht sogar weiser. *Glaubwürdiger* war der Gedanke, der ihm in den Sinn kam, während er mit der einsatzbereiten Schere vor dem Spiegel stand.

Wie wird *Katie reagieren, wenn sie mich sieht?* fragte er sich. So sehr er es auch versuchte, konnte er sich nicht ausmalen, welche Wirkung sein Auftauchen auf sie haben könnte. Ein großer Schock wäre es auf jeden Fall für sie.

Würde sie sich freuen, ihn nach so langer Zeit zu sehen, nachdem sie geglaubt hatte, er wäre tot und für immer im Meer begraben? Noch wichtiger: Würde sie ihn verstehen? Würde sie ihm vergeben, wenn sie seine Geschichte hörte – wenn sie endlich die Wahrheit hörte?

Er schwankte zwischen der Entscheidung, den Bart nur zu stutzen oder ihn ganz abzurasieren. Schließlich blieb er, sauber gestutzt, stehen und unterstrich ziemlich kühn die Form seines Kinns. Er zog seine besten Sachen an: einen dunklen Geschäftsanzug und band seine blaubraune Lieblingskrawatte um. Mit knurrendem Magen ging er durch die Tür und die mit Teppich überzogenen Stufen hinab, um sich zusammen mit den anderen Pensionsgästen das Frühstück schmecken zu lassen.

„Einen schönen guten Morgen, Mr. Fischer", begrüßte ihn die Hauswirtin. „Wie möchten Sie Ihren Kaffee?"

„Schwarz, danke."

Sie führte ihn durch einen Salon, in dem gepolsterte Sessel und kleine Tischchen aus Kirschholz auf einem großen Teppich standen. Ein einladendes Feuer knisterte im Kamin und erwärmte den Raum und die daran anschließende gemütliche Frühstücksecke.

Durch die große Fensterfront erhaschte er einen Blick auf den Januarhimmel, der im Südosten strahlend hell wie ein Saphir leuchtete und an dem im Norden dunkle Wolken aufzogen. Buchen mit dicken Stämmen stachen eindrucksvoll von dem schneebedeckten Gelände ab. Ein Sonnenstrahl glänzte auf der Schwanzspitze eines Eichhörnchens, das durch den Garten huschte.

„Sieht so aus, als erwarte uns bald ein Schneesturm", sagte einer der Gäste, eine untersetzte, juwelengeschmückte Frau, als Daniel an dem Tisch Platz nahm.

Ihr Mann verdrehte den Hals, um aus dem Fenster zu schauen. „Ja, du hast recht."

Die Gäste stellten sich nacheinander vor. Insgesamt saßen sechs Leute um den runden, mit Kerzen beleuchteten Tisch. Daniel begrüßte sie höflich und erkundigte sich, woher sie kämen und wohin sie reisen wollten. Zwei Frauen – Mutter und Tochter im Teenageralter – waren für das Wochenende aus Jersey hierhergekommen; ein anderer Gast kam aus Kansas; und das einzige Ehepaar im Raum stammte aus Florida und war an der Küste entlang unterwegs nach Maine in den Urlaub.

Daniel plauderte fast während des gesamten Frühstücks mit der Mutter und der Tochter, die neben ihm saßen. Sie waren in der Stadt, um einen älteren Onkel zu besuchen, der in einem Pflegeheim einige Häuserblocks entfernt lebte.

„Pflegeheim? Es gibt Leute, die so etwas für ihre alten Angehörigen nie brauchen würden." Die Bemerkung rutschte ihm heraus, bevor ihm richtig bewußt wurde, was er sagte.

Das Mädchen, das ungefähr fünfzehn war, schaute ihn fragend an. „Sprechen Sie etwa von den Amisch?"

Er wollte seine Beziehungen zu den Amisch nicht preisgeben, sah sich aber dennoch veranlaßt, seine Bemerkung zu erklären. „*Sowohl* die Amisch *als auch* die Mennoniten kümmern sich sehr um ihre betagten Verwandten."

Sie betrachtete ihn neugierig. „Sie wirken so, äh ... Sie müssen ... selbst zu den Amisch gehören."

Das Mädchen hatte es also trotz seines maßgeschneiderten Anzugs und der bunten Krawatte erraten. Vielleicht lag es an seinem Akzent, der verriet, daß er mit der altdeutschen Sprache aufgewachsen war, oder an seinem Vollbart und dem Fehlen eines Schnurrbarts. „Jetzt nicht mehr", erwiderte er.

Sie war ganz aufgeregt, als sie dieses Eingeständnis hörte. „Stimmt es, daß die Amisch keine Krankenversicherung abschließen?"

„Wir ... , *sie* brauchen keine Versicherung. Ihre Leute werden zu Hause alt, im Kreis der Familie." Er erklärte, daß es ausnahmslos üblich sei, daß Familien einen Anbau an ihr Haus bauten, in dem betagte Eltern und Großeltern ihren Lebensabend verbringen würden.

„Eine *große* glückliche Familie?" Sie lachte gutgelaunt.

„So könnte man es nennen."

Ihre Mutter mischte sich in das Gespräch ein. „Sind Sie dann auch mit Pferdewagen gefahren?"

Er grinste. „Immer."

„ Und warum nicht mit dem Auto?" fragte der Mann aus Kansas.

„Wir konnten schon Auto fahren, solange ein anderer am Steuer saß – ein Engländer."

„Ein Engländer?" fragte die Mutter des Mädchens verwirrt.

„So nennen die Amisch alle Außenstehenden. Man ist entweder amisch oder englisch."

Ein Runzeln zog über die Stirn des Mädchens. „Was ist so schlimm daran, ein Auto zu besitzen?"

Er mußte an die *Alte Ordnung* und ihre Macht über sein früheres Leben denken und seufzte. „Autos ermöglichen einem zu viel Freiheit ... sie machen es einem zu leicht, aus dem Gemeinschaftsleben auszubrechen."

Dieses Thema zog den Rest der Frühstücksgesellschaft magnetisch an. „Wie war es denn so, ohne Autos oder Strom aufzuwachsen?" fragte jemand.

Daniel war von dem Eifer seiner Gesprächspartner, von ihrem Interesse überrascht. Er hatte die vielen Jahre fast vergessen, in denen Touristen, die mit gezückter Kamera nur darauf aus waren, Schnappschüsse von den „Leuten mit dem schwarzen Einspänner" zu machen, in Scharen nach Pennsylvania kamen und ihm ähnliche Fragen stellten.

„Mein Vater sagte immer: ‚Was man nie hatte, vermißt man auch nicht'", sagte Daniel mit seinem breitesten altdeutschen Akzent. „So ist es wahrscheinlich auch."

Die anderen grinsten über seinen Akzent. „Sprechen Sie Altdeutsch?" fragte das Mädchen.

„Ja, aber nicht mehr oft. Das ist mehr oder weniger vorbei." Er schwieg, nahm seine Serviette und wischte sich den Mund ab. „Ich habe ein besseres Leben kennengelernt. Einige Leute bei uns zu Hause sind zwar anderer Meinung als ich, aber ich kenne ziemlich viele Amisch, die die Erlösung durch Jesus Christus genauso erfahren haben wie ich."

Die Augen des Mädchens strahlten verstehend. „Mama und ich sind auch Christen." Sie drehte sich um und nickte ihrer Mutter zu.

Daniel lächelte. Er freute sich über die Gelegenheit, von seinem Glauben erzählen zu können. Als er später wieder nach seiner Kindheit gefragt wurde, erwiderte er: „Wenn man nicht amisch aufgewachsen ist, ist das schwer zu erklären."

Das Mädchen wollte etwas sagen, aber der Mann aus Kansas mischte sich ein: „In verschiedenen Teilen unseres Staates gibt es amische und mennonitische Siedlungen. Was mich verwirrt, ist die Art, wie sie sich kleiden – sie sehen alle ein bißchen verschieden aus."

Daniel nickte. „Wie Ketchup: siebenundfünfzig verschiedene Sorten, nicht wahr?" Alle brachen in lautes Gelächter aus, obwohl es gar nicht seine Absicht gewesen war, einen Scherz zu machen.

„Was ist mit dem Gemeindebann?" fragte das Mädchen. „Schließen die Amisch tatsächlich Leute aus ihrer Gemeinschaft aus, wenn sie die Regeln nicht befolgen?"

Diese Frage versetzte Daniel einen Stich. Obwohl er den Schmerz der Exkommunikation nicht direkt erfahren hatte, konnte er sich vorstellen, daß Bischof Johannes Beiler und die Gemeindeversammlung in Hickory Hollow wahrscheinlich die erste sechswöchige Frist seiner Meidung bereits eingeläutet hatten. „Einige Gruppen belegen Gemeindemitglieder, die nicht zur Umkehr bereit sind, immer noch mit der Meidung, aber es gibt beispielsweise in Ohio große Gemeindedistrikte, die sich von den strengeren Gruppen abgespalten haben, weil sie mit den Meidungspraktiken Schwierigkeiten haben."

Sie schüttelte den Kopf. „Eine herzlose Sache, finde ich."

„In vielen Fällen ist es grausam, aber ihren Ursprung hat diese Praxis trotzdem im Neuen Testament." Er schwieg und wählte seine Worte mit großer Sorgfalt. „Aber ich muß gestehen, daß viel zu oft Leute wegen ziemlich unwichtiger Übertretungen mit der Meidung belegt werden." Als sie in ihn drangen, nannte er ein Beispiel: „Die Hutkrempe eines Mannes war nur einen Zentimeter zu breit. „‚Weltlich', nannte das der Bischof. Und weil der Mann es nicht einsah, das zu beichten und sich einen anderen Hut zu kaufen, wurde er aus der Kirche und Gemeinschaft ausgestoßen und mit einem schweren Bann belegt." Das löste ein verständnisloses Kopfschütteln und eine noch hitzigere Debatte aus. Daniel war jedoch ausgesprochen dankbar, daß niemand wissen wollte, warum er Hickory Hollow verlassen hatte.

Einige Augenblicke später kam die Wirtin und räumte den Tisch ab – ein unausgesprochener Hinweis an ihre Gäste, allmählich zum Ende zu kommen. Daniel beobachtete das eilige Abwischen und das Abräumen des Geschirrs und verstand den Wink.

„Es hat mir Freude gemacht, mich mit Ihnen zu unterhalten", verabschiedete er sich von den anderen Gästen.

Das Mädchen folgte seiner Mutter aus dem Zimmer, blieb aber noch einmal stehen und sagte: „Ich wünsche Ihnen einen schönen Tag!"

„Danke. Gott segne Sie, junges Fräulein."

Ein schöner Tag, allerdings! Mochte es regnen oder schneien, er war unterwegs zu seiner Katie!

Er ging noch einmal in sein Zimmer, um sich das Gesicht zu waschen und die Zähne zu putzen. Gespannt, was dieser Tag ihm bringen würde, aufgeregt wegen dieser ersten Begegnung nach Jahren der Trennung, kniete er nieder und betete um Gottes Führung. „Hilf mir, Vater, Katie die Wahrheit zu sagen ... so überraschend sie auch in ihren Ohren klingen mag. Ich bitte dich, daß sie mich mit einem verständnisvollen Herzen aufnimmt, so daß ich ein Zeuge für deine Gnade und Liebe sein kann.“ Er zögerte einen Augenblick. „Und wenn es dein Wille ist, bitte ich dich, daß ich im Laufe der Zeit wieder ihre Liebe zu mir wecken kann, die uns früher miteinander verband. In Jesu Namen. Amen.“

Er trat durch den Haupteingang ins Freie und blickte durch die kahlen Bäume zum Himmel hinauf. Der Himmel war dunkel geworden. Ein unheilverkündendes, düsteres Grau hüllte ihn jetzt ein. Die Luft war beißend kalt und schnürte ihm fast die Kehle zu. Er war dankbar für seinen pelzbesetzten Wintermantel und die Lederhandschuhe, während er mit dem Stadtplan in der Hand forschen Schrittes zu seinem Mietwagen ging.

* * *

Katherine durchwühlte alle Schränke im ersten Stockwerk der Villa und suchte das Tagebuch ihrer Mutter. Nach und nach erforschte sie die eingeräumten Wäscheschränke – saubere Stöße samtiger Handtücher mit Monogrammen, Bettwäsche aus Satin und Wolldecken – und noch einen Schrank unweit von ihren eigenen Privaträumen.

Sie hob zusammengefaltete Bettücher aus dem unteren Fach, ging dann weiter zum nächsten Fach und schaute sich jedes einzelne Stoffstück an, auch die Zierdeckchen und die gehäkelten Tischläufer in dem mittleren Fach und dem darüber liegenden Fach, die akurat bis an die Decke gestapelt waren. Es gab eine Vielzahl von Sachen für jeden Anlaß – Damasttischdecken und Servietten in allen Farben, dazu passende Serviettenringe und den verschiedensten Tischschmuck.

Als Katherine ihre Suche beendet hatte, schloß sie die Tür und ging nach oben in den geräumigen Wintergarten. Ihre kranke Mutter hatte in diesem Raum viele Stunden die warmen, heilenden Strahlen der Sonne aufgesaugt und für eine Linderung ihrer Schmerzen gebetet.

Mit einem Seufzen ließ sie sich auf der Ottomane mit Blick nach Süden nieder. *Wo hat Laura ihr Tagebuch aufbewahrt?* fragte sie sich. *Wo nur?*

Katherine dachte an Lydia Miller, ihre mennonitische Verwandte, die sie jetzt zweifellos auffordern würde, Gottes Hilfe in dieser frustrierenden Situation zu suchen; das heißt, falls Lydia nahe genug wäre, um ihr Problem zu kennen. Diese Frau kam mit allem zu Gott, egal, wie wichtig oder unwichtig es war.

In ähnlicher Weise hatte Laura Mayfield oft gebetet und den Herrn im vertraulichen Zwiegespräch angefleht. Rosie Taylor, das persönliche Hausmädchen ihrer leiblichen Mutter und jetzt ihr Hausmädchen, hatte ihr von den Gebeten berichtet, die sie und Laura in den Wochen vor Lauras Tod gebetet hatten.

„Ihre liebe Mutter hat ernsthaft für Sie gebetet“, erzählte ihr Rosie eines Abends, als sie vor dem Kamin in der Bibliothek saßen.

„Daß ich gefunden würde?“

„Ja. Sie betete täglich dafür, daß Sie gefunden würden, bevor die Multiple Sklerose ihren Verstand verwirrte. Von ganzem Herzen wünschte sie sich, Sie kennenzulernen, bevor sie sterben müßte. Aber trotz ihrer Schmerzen, trotz ihrer Sehnsucht, ihre Tochter wiederzusehen, empfand sie eine tiefe Dankbarkeit für das Leben. Jeder neue Tag war für sie erneute Gelegenheit, sich an ihrem Erlöser zu freuen.“

Ihrem Erlöser. Rosie hatte diesen Namen mit einer solchen Ehrerbietung und Freude ausgesprochen, daß es für Katherine unübersehbar war, daß das treue Hausmädchen und ihr Mann, Fulton, der Butler, genau wie Laura ihren Erlöser kannten.

Katherine war also von Gebeten umgeben gewesen. „In all diesen Jahren“, flüsterte sie und lehnte sich mit dem Kopf an das weiche Kopfteil der Liege zurück. Sie fragte sich, ob es Lauras Gebete waren, die sie letztendlich hierher in die Mayfield-Villa geholt hatten. Wenn dem so war, was war dann mit Rebekka Lapp? *Sie* flehte doch sicher auch den Herrn an, daß ihre Adoptivtochter zurückkehren möge. Wie konnten die Bitten *beider* Frauen gehört und erhört werden?

Diese Frage, auf die sie keine Antwort wußte, ließ sie nicht los. Ihre Augen sogen die üppig grünen Farne und anderen Pflanzen in den einheitlichen Terrakottatöpfen auf, und sie versuchte, sich in dem großzügigen Raum, weit entfernt von dem Hasten und Eilen des modernen Lebens, zu entspannen. Der Raum bot ihr alle Bequemlichkeiten, nach denen sie sich immer gesehnt hatte.

Sie hatte plötzlich Durst. Auf einem Tablett neben ihr stand ein Krug mit eisgekühltem Wasser und mehrere saubere, umgedrehte Gläser. Sie goß sich ein Glas Wasser ein und begann leise zu summen. Das Lied war eine der vielen Melodien, die sie im Laufe der Jahre erfunden hatte. Verbotene Lieder nach der *Alten Ordnung* der Amisch.

Sie verschränkte die Beine vor sich auf der Liege und sang. Zwischendurch trank sie immer wieder einen Schluck Wasser. Etwas an dem klaren, kalten Geschmack des Wassers oder an dem Klirren der Eiswürfel in dem Glas lenkte ihre Gedanken auf ein Picknick an einem Himmelfahrtstag, an dem sie mit ihren Eltern und Brüdern teilgenommen hatte, als sie höchstens acht Jahre alt gewesen war ...

Es war in Onkel Moses Lapps Bauernhaus gewesen, das an einer breiten Biegung des Weaver's Creek mehrere Meilen von Hickory Hollow entfernt lag. Die Sonne brannte heiß auf den Rücken der kleinen Katie, die auf der vorderen Verandastufe stand und ein großes Glas eisgekühlter Limonade hinunterkippte.

„Du bekommst noch Kopfschmerzen, wenn du zu schnell trinkst", hatte Mama aus dem Schatten gerufen, wo sie geschaukelt und sich Luft zugefächelt hatte.

„Ach, Mama, es ist so schrecklich heiß", beklagte sie sich und hielt ihr das Glas entgegen. „Bitte, kann ich noch etwas haben?"

Mama kam ihrem Wunsch fröhlich nach. Sie stand auf, ging ins Haus und holte den ganzen Krug heraus. „Das ist für mein kleines Mädchen." Sie goß die gesüßte Limonade in Katies Glas.

„Ach, die kleine Katie wird zu sehr verwöhnt. Sie wird noch ganz verdorben, sage ich", flüsterte Oma Essie. „Habe ich nicht recht?"

Die anderen Frauen – die verheirateten Schwestern ihrer Mama, Nancy Yoder und Naomi Zook; die kräftige Kusine Mattie Beiler, die Hebamme des Dorfes; und drei Tanten, darunter Ella Mae, die Weise Frau – sie *alle* schaukelten weiter und fächelten sich einfach weiter Luft zu, während die Fransen ihrer Gebetsschleier hin und her flatterten. Katie konnte nicht genau sagen, ob die Frauen Oma Essie zustimmten oder versuchten, nicht auf ihre Bemerkung einzugehen, wie sie es gelegentlich taten.

Sollen sie doch denken, was sie wollen, beschloß sie, goß sich ein drittes Glas ein und kippte es trotzig vor den Augen der Frauen hinunter. Befriedigt stand sie auf und setzte sich *unter* die Veranda.

Dort fand sie eine Art schützendes Nest. Im Schatten war es kühl und feucht, der Windhauch angenehm, *und* sie konnte sehr gut hören, was gesprochen wurde. Glücklich, diesen ungestörten Platz – fort von Oma Essies kritischen Blicken – gefunden zu haben, wickelte sie ihr langes Kleid eng um ihre Beine, damit keine Mücke unter ihren Rock fliegen konnte. Sie seufzte und schob die losen Haarsträhnen wieder in die Zöpfe zurück, die um ihren verschwitzten Kopf gewunden waren.

Sie schaute über den Hof zu der Scheune hinüber. Von dort aus weiter über die frisch gepflügten Mais- und Kartoffelfelder zu der Baumreihe in der Ferne. Die Landschaft war ihr so vertraut wie die Säume, die innen in ihrem langen Kleid und der Schürze verliefen. Dieses Land war ihr Zuhause, ihre Welt.

Über ihr wechselten sich die Klatsch- und Geschichtenerzählerinnen in ihrer Muttersprache ab. Das rhythmische Auf-und-Ab der Schaukelstühle aus Nußbaumholz über ihr lullte sie eine Weile ein. Die vertrauten Geräusche trösteten sie.

Sie lehnte sich nach hinten und stützte sich auf ihre Hände. Sie flüsterte leise und zufrieden. „Ich bin verwöhnt, weil Mama mich liebt."

In diesem Augenblick war alles andere unwichtig.

Katherine verschränkte auf der Ottomane die Arme hinter ihrem Kopf und fragte sich, was Großmutter Essie jetzt wohl von ihr hielte. Würde sie sagen, Rebekkas verwöhnte Tochter werde zu sehr verhätschelt und lebe wie eine Prinzessin in einer New Yorker Villa weit weg von Zuhause? Was würde sie von den Feinschmecker-Köchen und den üppigen Mahlzeiten, den Bediensteten und den Hausmädchen halten? Und von den Baumwollhosen, den Seidenblusen und Angorapullovern, die Katherine jetzt so gern anzog?

Sie nahm noch einen Schluck aus ihrem Glas. Was Essie King oder irgend jemand sonst jetzt von ihr denken würde, war unwichtig. Sie führte das eitle englische Leben, nach dem sie sich gesehnt hatte, solange sie zurückdenken konnte.

Die Sonne war verschwunden, von einer schiefergrauen Wolkenbank verdrängt, die sich vom Horizont aus direkt bis zu ihr zu erstrecken schien. Sie fühlte, wie die Kälte des Glases anfing, in sie einzudringen, und ihr ein Frösteln vermittelte. Ohne lang nachzudenken, stand sie auf und drehte das Heizgebläse an, das an der

Wand befestigt war. Als sie zu der Ottomane zurückkehrte, freute sie sich, daß sie nur einen Schalter betätigen mußte, und nach Belieben Wärme hatte.

Musik drang durch den Lautsprecher an der anderen Wand, und sie gratulierte sich im stillen dafür, daß sie den Komponisten erkannte – Johann Sebastian Bach – der, wäre er amisch gewesen, sehr gut nach Hickory Hollow gepaßt hätte: Immerhin hatte er zwanzig Kinder in die Welt gesetzt. Aber andererseits hätte Bachs *musikalische* Kreativität für die Amisch ein Problem dargestellt. Eine Quelle für Streitigkeiten, hätten sie vielleicht gesagt.

Während sie solchen Gedanken nachhing, summte sie immer wieder eine Melodie, nicht um ihrer Vergangenheit zu trotzen – das war nicht mehr nötig. Sie genoß einfach den Augenblick.

Als sie sich ausgeruht hatte, stand sie auf, und ging die Treppe hinab in ihre Privaträume. Dort begann sie, Gitarre zu spielen, und mußte an Maria Stoltzfus denken.

Maria.

Welch ein schöner, vollkommener Name für eine Frau. Eine Frau, die immer versuchte, das zu tun, was vor Gott richtig war. Der Brief, den Maria ihr vor Weihnachten heimlich geschrieben hatte, hatte Katherine überrascht, wenn sie es vorsichtig ausdrückte. Aber sie konnte ihrer Freundin keinen Vorwurf daraus machen, daß sie so etwas Ungehorsames getan hatte. Die Bande schwesterlicher Liebe zwischen ihnen beiden waren ziemlich stark.

Wäre Katherine nicht adoptiert gewesen, wären sie aufgrund der engen Verwandtschaftsverhältnisse in Hickory Hollow – denn man suchte sich seinen Ehepartner immer wieder innerhalb der Gemeinschaft – bestimmt Kusinen oder noch enger miteinander verwandt gewesen.

Was machst du wohl heute, Maria? fragte sich Katherine. *Ahnst du, wie sehr ich dich vermisse?*

2

„Wenn man nur etwas tun könnte, um Katies Meidung wenigstens ein bißchen zu lockern!“ sagte Maria Stoltzfus seufzend zu ihrer Mutter. „Ich finde es viel zu streng, daß man nicht einmal mit ihr sprechen darf.“ Sie erwähnte natürlich mit keinem Wort, daß sie ihrer Freundin keine Briefe schreiben durfte. Trotzdem hätte sie sich gefreut, wenn sie das hätte tun können, ohne den Bischof in dieser Angelegenheit zu hintergehen, wie sie es bereits einmal getan hatte.

Ihre Mutter drehte sich von dem Holzofen um, an dem sie gerade Karotten kochte. „Wenn wir bei Katie Lapp nachsichtig werden, was ist dann mit Daniel Fischer?“

„Ja, es ist ein verzwicktes Problem, fürchte ich.“ Maria dachte an ihre beste Freundin. Sie vermißte sie mehr, als sie sagen konnte. Aber es interessierte sie heute noch mehr als sonst, wie ihre Mutter über diese Sache dachte. Vor allem aus dem Grund, weil sie diesen Nachmittag mit Katies früherem Verlobten verbringen würde – mit dem Mann, den ihre abtrünnige Freundin an ihrem Hochzeitstag im November einfach vor versammelter Gemeinde stehengelassen hatte.

Johannes Beiler hatte Maria eingeladen, sie zu einer Fahrt in die Stadt zu begleiten. Wohin sie genau fahren wollten, wußte sie nicht. Aber es ging nicht so sehr darum, wohin das Pferd und der Wagen sie bringen würde, als vielmehr darum, daß sie überhaupt gemeinsam *wohin* fuhren. Das war für Maria ein Geschenk des Himmels.

„Daniel wird auch in Kürze mit dem Bann belegt ... sobald die sechs Wochen abgelaufen sind“, sagte Rachel. „Außer er kehrt auf dem Absatz um und kommt zurück, um vor allen niederzuknien und zu beichten. Aber das halte ich für nicht sehr wahrscheinlich. Immerhin hatte er fünf Jahre Zeit, sich über sein sündiges Wesen Gedanken zu machen.“

„Wahrscheinlich hast du recht.“

„Da gibt es kein ‚Wahrscheinlich‘“, erwiderte ihre Mutter. „Es heißt, daß dieser Junge noch genauso rebellisch ist wie früher. Er glaubt, er wäre erlöst, und solches Zeug. Wenn das kein haarsträubender Beweis für seinen Stolz ist!“

Maria seufzte. „Daniel ist kein Junge mehr, Mama. Er ist ein erwachsener Mann mit festen Grundsätzen und Vorstellungen. Wir können ihm doch keinen Vorwurf daraus machen, daß er so leben will, wie es sein Herz ihm sagt." Fast hätte sie ‚seine *Bibel*' gesagt, aber sie wußte, daß solche Worte sie in große Schwierigkeiten bringen würden. Nein, für ein Mädchen, das mit dem starken Wunsch aufgewachsen war, das Richtige zu tun, war das ein beunruhigender Gedanke. Sie würde ihn keinem Menschen gegenüber aussprechen. Nicht gegenüber ihrer Mama und bestimmt niemals gegenüber dem Bischof.

Bischof Johannes Beiler war die Erhörung ihrer Gebete, ob er nun Witwer war oder nicht. Sie war klug genug, ihre Chance auf Heirat nicht aufs Spiel zu setzen. Immerhin eilte sie mit Riesenschritten auf ihren einundzwanzigsten Geburtstag zu. Außerdem hatte sie sich in Johannes' Lachen, in seine funkelnden graublauen Augen und in seine fünf Kinder verliebt. Selbst in Levi, diesen achtjährigen Spitzbuben.

Der einzige Haken war nur, daß sie fast krank vor Sorge war, was Katie wohl davon halten würde, wenn sie von Bischof Johannes' wachsendem Interesse an Maria erfahren würde. Würde sie meinen, Maria stelle dem Witwer nach, nachdem Katie ihn sitzengelassen hatte?

Maria schauderte bei dem Gedanken, was aus ihrer Freundschaft werden würde, falls Katie jemals nach Hickory Hollow zurückkäme, um Buße zu tun. *Was wäre dann?* fragte sie sich. Katie – die so dickköpfig darauf bestanden hatte, Katherine Mayfield genannt zu werden, bevor sie davonlief, um ihre *richtige* Mutter zu suchen, würde in der Beziehung zwischen ihrer besten Freundin und Johannes Beiler doch bestimmt keinen Grund sehen, ihr die Freundschaft zu kündigen. Wenn sie etwas von Vergebung und Liebe begriffen hatte, dann würde sie das nicht tun.

Außerdem war jetzt Daniel Fischer unterwegs, um Katie zu suchen. Wer konnte schon sagen, was aus den beiden noch werden könnte! Ach, was sie dafür geben würde, wenn sie Mäuschen im selben Zimmer wie die unglücklich Verliebten sein könnte, wenn und *falls* sie einander je wiederfinden sollten.

Maria begann den Tisch zu decken, obwohl die Männer noch nicht so bald zum Mittagessen hereinkommen würden. Papa und ihre verheirateten Brüder waren in die Druckerei nach Gordonville gefahren, um einen Lehrplan für die amische Schule zu besorgen. Sie planten, gegen Mittag zurück zu sein – es war also noch eine gute Stunde Zeit.

„Meinst du, ich sollte diese Frage bei Bischof Johannes ansprechen?" wagte sich Maria weiter vor.

„Wegen Katies Meidung?" Rachel schaute vom Ofen auf. Auf ihrem Gesicht lag eine ungläubige Miene. „Du machst Witze, Maria! Außerdem hätte es keinen Sinn, deine Chancen aufs Spiel zu setzen ..."

„Mama, bitte ... „ Marias Puls raste schneller. Der Ausflug im Einspänner war ein Geheimnis und mußte auch eines bleiben. Johannes Beiler hatte versprochen, in seinem Wagen am Straßenrand auf sie zu warten.

Gleich hinter der Holzbrücke bei den Fichten, hatte er zu ihr gesagt, als sie ihn neulich zufällig in Prediger Yoders Laden getroffen hatte.

Ihre Mutter rührte wieder die Karotten um. „Mach dir keine Sorgen. Ich werde kein Sterbenswörtchen verraten. Es wäre unklug, zu früh etwas über dich und den Bischof durchsickern zu lassen."

Maria gab ihr im stillen recht. Ihr Gesicht begann bei den verliebten Gedanken, die ihr durch den Kopf schwirrten, zu glühen.

* * *

Rebekka Lapp war so schwach auf den Beinen, daß sie den ganzen Morgen wünschte, sie wäre ein gemästetes Schwein und dürfte in der Sonne liegen und in dem traurigen Schlamm ihres Lebens wühlen. Aber sie stieg in den kalten Keller ihres Hauses hinab, in dem Hunderte von Gläsern mit Eingemachtem und andere Lebensmittel für den Winter lagerten.

Während sie in dem dunklen, feuchten Keller stand, vergaß sie für einen Augenblick, welches Gemüse sie für das Mittagessen geplant hatte. „Ach, was ist nur mit mir los?" murmelte sie und unterdrückte die Tränen. „Höre ich denn nie auf, an Katie zu denken?"

Rebekka ertastete ihre Taschenlampe in dem Kellerschrank, knipste sie an und ließ ihre Augen durch den Keller wandern. Ihr Blick blieb an dem handgemachten Fichtenschrank in der Ecke hängen –

eine ständige Erinnerung an die Wochen vor Katies Meidung und das letzte Versteck des englischen Babykleides.

Wie sie sich nach dem weichen, eitlen Satinkleid sehnte! Sie vermißte es so sehr. Wenn sie es nur wieder an ihr Herz drücken könnte. Und auch ihre Tochter wieder festhalten könnte. Wenn sie nur in der Nähe ihres Mädchens sein könnte, ihrer geliebten Katie ...

Wie lang war es her, seit sie die verbotene Gitarrenmusik durch die Wände des angebauten Großvaterhauses dringen gehört hatte? Wie lang war es her, seit sie Katies tränenüberströmtes Gesicht geküßt hatte?

Zitternd wandte sie sich wieder ihrer Aufgabe zu und wählte ein Glas grüne Bohnen und ein Glas Mais aus den ordentlich eingeräumten Regalen. Samuel, Eli und Benjamin hatten bestimmt einen Bärenhunger und fragten sich, warum kein herzhaftes Essen auf die schwer arbeitenden Männer wartete.

Sie drehte sich um und stieg wieder die Treppe hinauf. Schleppend setzte sie einen Fuß vor den anderen, bis sie schließlich erschöpft und müde oben ankam. Sie lehnte sich einen Augenblick seufzend an die Tür und rang nach Luft, bevor sie in die warme, duftende Küche trat. Oh, sie wünschte sich einen Tag, an dem sie Zugang zu einem Winkel in ihrem Verstand finden würde, an dem alles wieder ganz und heil war. Wie weit war ein solcher Tag entfernt? Wie lang würde es noch dauern, bis sie anfangen würde, ihr Leben ohne ihr kleines Mädchen einzurichten?

Traurig öffnete sie die Deckel der Einmachgläser und schüttete, völlig geistesabwesend, den Mais *und* die Bohnen gemeinsam in einen großen Topf, bevor sie bemerkte, was sie getan hatte.

* * *

Ella Mae Zook saß am Küchentisch ihrer Tochter Mattie. Vor ihr lagen Patchworkteile, die in Stößen von jeweils neun Stück aufgestapelt waren. Sie wollte Sally Beiler, einer ihrer Urenkelinnen, den Aufbau einer „Neunpatch-Decke" zeigen – das einfachste Patchworkmuster. „Du wirst das im Handumdrehen lernen", versprach sie ihr. „Schau mir einfach einmal zu."

Das Mädchen paßte sehr gut auf. Als sie an der Reihe war, es zu versuchen, brachte die Weise Frau wieder alle Teile durcheinander und reichte sie Sally. Sorgfältig legte das Mädchen den Stoff so auf den langen Holztisch, daß immer ein dunkleres Quadrat neben einem helleren zu liegen kam und das Ganze das bekannte Karomuster ergab.

Auf der anderen Seite des Raumes stand Mattie am Ofen und würzte einen Topf mit Kartoffelsuppe und Rahm. Alle paar Minuten kam sie an den Tisch, um zu sehen, welche Fortschritte Sally machte.

Ohne auch nur eine Sekunde aufzublicken, fragte Sally plötzlich: „Wann glaubst du, werden Bischof Johannes und Maria Stoltzfus den Knoten endlich zuziehen?"

Ella Mae räusperte sich und hielt es für angebracht, das Gespräch wieder in andere Bahnen zu lenken. „Es hat keinen Sinn, über so etwas Spekulationen anzustellen. Wenn es Gottes Wille ist, kommen sie schon zur richtigen Zeit zusammen. Es ist unwichtig, wann das genau ist."

„*Falls* es so kommt", fügte Mattie hinzu. „Der arme Mann trauert wahrscheinlich immer noch Katie Lapp nach. So wie sie ihn bloßgestellt hat ... und das auch noch ausgerechnet an ihrem Hochzeitstag! Also, ich an seiner Stelle würde das Thema Heiraten für immer abhaken."

„Aber du bist nicht an seiner Stelle. Zerbrich dir also darüber nicht den Kopf", riet Ella Mae ihrer Tochter. „Der Mann braucht eine gute Mutter für seine Kinder, und er ist klug genug, seine Entscheidung selbst zu treffen. Und Maria ... der Herr segne sie. Johannes Beiler ist der Mann ihrer Träume."

„Ach, meinst du wirklich?" mischte sich Sally wieder ein und errötete leicht. „Du meinst, sie träumt schon länger von dem Bischof?"

Mattie schüttelte den Kopf und kehrte mit einem leisen Murmeln zu der dampfenden Kartoffelsuppe zurück. Ella Mae sprach weiter und versuchte, die Sache zu erklären, ohne irgendwelche Geheimnisse preiszugeben. „Weißt du, manchmal sieht man einfach auf den ersten Blick, daß ein Mensch sehr gut zu einem anderen paßt. Wichtig ist einfach, daß sie zusammengehören, glaube ich."

In diesem Augenblick mußte die alte Frau an Daniel denken. Sie fragte sich, wie es dem lieben Jungen wohl ginge. Er war erst vor kurzem gekommen und hatte sie besucht. Er hatte kräftig an die Tür ihres Großvaterhauses geklopft. Er war geradewegs von den Toten zurückgekehrt und hatte sich nach Katie erkundigt. Ella Mae hatte ihm verraten, was sie wußte. Natürlich hatte sie nicht viel Hoffnung, daß er das mit dem Bann belegte Mädchen je finden würde. In New York gab es so furchtbar viele Menschen! Aber wahre Liebe überwindet manchmal auch die größten Hindernisse, dachte sie. So Gott wollte, wäre das bei den beiden der Fall.

Sally arbeitete schweigend an dem Patchworkmuster. Ella Mae schaute ihr gedankenverloren zu. Ihre Gefühle waren angesichts der Tatsache, daß Daniel am Leben war, und angesichts seiner ganzen Situation sehr aufgewühlt. Wo hatte er die ganze Zeit gesteckt? Und wie kam es, daß Bischof Johannes ihn sofort mit dem Bann belegte, fast zur selben Minute, als die Amisch erfuhren, daß Daniel bei jenem Segelunfall vor fünf Jahren doch nicht ertrunken war?

Und sie hatten ihn angeklagt, weil er „die Erlösung durch Jesus" gefunden hatte. Daniel hatte Ella Mae davon erzählt, als er in ihrer kleinen Küche mit ihr Tee getrunken hatte. Jeder konnte sehen, daß er die Wahrheit sagte. Sie strahlte ihm förmlich aus dem Gesicht, aus den Augen. Als er Ella Mae bat, ihre Bibel sehen zu dürfen, gab sie ihm gern das Buch und hörte begierig zu, wie er einen Vers nach dem anderen las.

Eine Stelle ließ auch ihrer eigenen Seele keine Ruhe. „Wer an den Sohn Gottes glaubt, der hat dieses Zeugnis in sich ... .Und das ist das Zeugnis, daß uns Gott das ewige Leben gegeben hat, und dieses Leben ist in seinem Sohn."

Die Verheißung auf die Erlösung stand mitten in der Bibel! Es war so klar. Daniel *wußte,* daß er erlöst war.

Als er sich verabschiedet hatte, war sie vollkommen überzeugt, daß Daniel die Wahrheit sagte, wenn er erklärte, daß er in Jesus Christus ewiges Leben gefunden habe. Himmel! Je mehr sie über diese ganze Meidung nachdachte, um so weniger Sinn ergab sie.

* * *

Daniel parkte das Mietauto in einiger Entfernung von dem Eingang der Mayfield-Villa. Die runde Auffahrt war so angelegt, daß mehrere Parkplätze an der Seite zur Verfügung standen, bevor die große Kurve zu dem gepflasterten Gehweg hinaufführte, der jetzt mit einer dünnen Schneeschicht überzogen war.

Er faltete den Stadtplan zusammen und legte ihn auf den Beifahrersitz. Dann starrte er durch die Windschutzscheibe auf das vornehme Anwesen im englischen Stil. Er konnte sich kaum vorstellen, daß Katie *hierher* gekommen war, um ihre leibliche Mutter zu finden! Welch ein herrliches Grundstück das war! Die erstaunlichen Informationen, die er dank seiner Schwester Annie und der alten Ella Mae erfahren hatte, konnte er immer noch nicht ganz begreifen. Er wußte jedoch nicht, wie das Mädchen, das er einmal gekannt und geliebt hatte, jetzt fühlte und empfand. Ihre Eltern waren Samuel und Rebekka Lapp, das freundliche und großzügige amische Ehepaar, das Katie wie seine eigene Tochter aufgezogen hatte, und sie würden das auch immer bleiben. Was konnte nur geschehen sein, das ihre Adoptivtochter veranlaßt hatte, von ihnen wegzugehen und sich auf eine solche Suche zu begeben?

Die Antworten lagen in dem großen, mit Weinranken überzogenen Gebäude. Und auch in Katies Herz. Wenn er nur jene geheimen Kammern aufschließen und sein geliebtes Mädchen darin finden könnte.

Aber die Weise Frau hatte ihn gewarnt: „Sie ist nicht mehr das Mädchen, mit dem du aufgewachsen bist. Katie hat viel Schmerz erlitten; sie ist eigensinniger, als ich sie je erlebt habe. Wenn du sie findest, dann sei behutsam zu ihr ... laß ihr viel Zeit, dir alles aus ihrer Sicht zu erzählen."

Oh, er würde Katie gern alle Zeit der Welt lassen. Und auf der Stelle damit anfangen.

Betend öffnete er die Autotür und ging die lange Auffahrt hinauf, an den Lampen, die den Gehweg auf beiden Seiten säumten, vorbei zum Portal. „Lieber Gott im Himmel, hilf mir. Hilf *Katie* und mir", flüsterte er und fuhr sich mit den Fingern durch den Bart, immer noch unsicher, ob es die richtige Entscheidung gewesen war, ihn nicht abzurasieren.

Ohne noch länger zu zögern, ergriff er den Türklopfer aus Messing.

3

Katherine saß mit dem Rücken zu dem flackernden Feuer. Sie hatte den Morgen damit verbracht, auf ihrer Gitarre zu spielen und zu singen. Ihre Stimme hatte ungehindert das Wohnzimmer erfüllt, eines der gemütlichen Zimmer in ihren Privaträumen, in denen sie sich entspannen konnte. Sie hatte die Möbel genauso stehen gelassen, wie sie zu Lauras Lebzeiten gestanden hatten: Die Polstersessel und ein Sofatisch aus Kirschholz standen so, daß sie den tibetanischen Teppich, einen Lieblingsteppich ihrer leiblichen Mutter, besonders zur Geltung brachten.

Während sie ein Lied nach dem anderen sang, wanderten ihre Gedanken nach Pennsylvania zurück und blieben an dem Brief hängen, den Maria ihr Mitte Dezember geschrieben hatte. Sie hatte ihn so oft gelesen, daß sie ihn inzwischen fast auswendig kannte.

Am liebsten würde ich mich aus dem Haus schleichen und dich besuchen ... .

Sie wußte, was ihre Freundin empfunden haben mußte, als sie diese Worte zu Papier brachte. Ihnen *beiden* fehlte ihre Freundschaft, und sie litten darunter, daß sie nicht miteinander sprechen durften.

Katherine verkrampfte die Zehen in ihren Hausschuhen. Sie verabscheute den Bischof – diesen furchtbaren Mann, der fast ihr Ehemann geworden wäre, wenn sie nicht den Mut aufgebracht hätte, bei ihrer Hochzeitsfeier davonzulaufen. Sie hörte auf zu singen, sie hörte auf, die Saiten ihrer Gitarre zu zupfen. Johannes Beiler hatte sie von ihrer Familie abgeschnitten, von *ihren* Freunden. Eine gewöhnliche Meidung war eine Sache, aber er hatte verkündet, daß keiner von ihnen mit ihr sprechen dürfe und daß sie mit niemandem sprechen dürfe! Die Erinnerung daran wütete in ihr immer noch wie hundert gereizte Wespen.

Sie stand auf und schlenderte zu der breiten Fensterfront. Sie hatte immer noch ihre Gitarre in der Hand und schaute über den schneebedeckten Rasen und die angelegten Gärten. Hunderte kahler Bäume – Buchen, Fichten und Ahorn – standen eindrucksvoll auf dem weiten Land, so weit das Auge reichte.

Ein leichter Schneefall hatte eingesetzt. Die riesigen Flocken schienen einen Augenblick hoch oben in der Luft zu schweben, als hielten sie den Atem an, bevor sie zur Erde sanken. Der bedeckte Himmel und die Stimmung dieses Tages erinnerten sie an Wintertage in Hickory Hollow: Die mit Schnee bedeckten Landstraßen bekamen von den schmalen Rädern der Einspänner tiefe Furchen, und ein trabendes Pferd nach dem anderen hinterließ seine Spuren.

In diesem Augenblick traf sie den Entschluß, zu Maria Kontakt aufzunehmen. Sie würde ihre Freundin nicht in Gefahr bringen und ihr nicht selbst einen Brief schreiben. Nein, sie hatte eine bessere Idee. Rosie, ihr Hausmädchen, zu der sie festes Vertrauen hatte, wäre die ideale Person, der sie einen Brief an Maria diktieren könnte.

Katherine drehte sich leicht zur Seite und wollte gerade ihre Gitarre wegräumen und Rosie Taylor rufen, als ihr Blick auf ein hellblaues Auto fiel, das am Rand der runden Auffahrt geparkt war. Bei genauerem Hinsehen erkannte sie ein einziges Paar Fußabdrücke auf dem schneebedeckten Pflaster.

Da hörte sie das gedämpfte Geräusch des Türklopfers, gefolgt von Fultons eiligen Schritten. Sie kniete nieder, um die Gitarre wieder in den Koffer zu räumen. Eine Erinnerung tauchte vor ihrem geistigen Auge auf: Vor Jahren war Daniel der ständigen Auseinandersetzungen mit seinem Vater müde gewesen und hatte ihr das geliebte Instrument gegeben. „Versteckst du die Gitarre für mich, Katie?" hatte er sie an jenem sonnigen Tag mit einem liebevollen Lächeln gefragt.

Wie hätte sie ihm diese Bitte ausschlagen können? „Natürlich tue ich das."

„Du wirst gut darauf aufpassen, nicht wahr, Katie?"

Und ob sie darauf aufgepaßt hatte! Sie war schnurstracks zur Scheune geschritten und hatte sie vor allen, die Katies – und Daniels – Bedürfnis, die verbotene Musik zu spielen, nicht verstanden, versteckt.

Sie wäre vielleicht noch länger ihren Gedanken nachgehangen und hätte sich an der angenehmen Szene, die Jahre zurücklag, erfreut, wäre da nicht die Stimme ihres treuen Butlers gewesen, dessen Tonfall lauter und gereizter wurde. Meine Güte, der Mann klang ja richtig erbost. Wer in aller Welt konnte da nur an der Tür stehen?

Sie trat ans Fenster, sah aber nichts Außergewöhnliches. *Das muß wohl ein aufdringlicher Vertreter sein,* vermutete sie. Sie konnte nur den Mantel des Mannes von hinten sehen. *Fulton wird ihn schon abwimmeln.*

Wie abgeschirmt und sicher sie sich fühlte. Mit einem Seufzen fragte sie sich, wie es wohl gewesen wäre, wenn sie ihr ganzes Leben lang Bedienstete gehabt hätte, die sie ständig von hinten bis vorne bedienten, Menschen, die dafür verantwortlich wären, ihr Leben so süß wie einen Kirschkuchen zu machen. Wenn Laura ihre Tochter behalten hätte, dann hätte sie, Katherine, ein solches Leben genießen können. Dieses Haus war schon bevor ihre leibliche Mutter ihr erstes und einziges Kind geboren hatte, das Zuhause von Lauras Eltern gewesen.

Ohne noch länger auf den Lärm zu achten, trat Katherine an den kleinen Sekretär auf der anderen Seite des Raumes und suchte ihr hübschestes Briefpapier heraus.

Daniel trat von der Tür zurück. „Wollen Sie damit sagen ... daß Katie Lapp nicht mehr hier wohnt?" Er atmete sehr flach.

„Auch wenn ich mich wiederhole, junger Mann: Sie ist fort, und wir alle sind heilfroh darüber", sagte der Butler und blähte wie ein aufgeregtes Pferd seine Nasenflügel auf. „Diese unmögliche Frau ist vor Wochen auf eigenen Wunsch abgereist, auch wenn ich es sehr bedauere, daß ich sie nicht schon viel früher mit eigenen Händen vor die Tür gesetzt habe."

Daniel schüttelte ungläubig den Kopf. Die Worte dieses Mannes schmerzten ihn. „Ist es möglich, daß wir von derselben Frau sprechen? Verstehen Sie, ich möchte *Katie* sehen – das amische Mädchen aus Lancaster County. Wir sind miteinander aufgewachsen, wir waren ineinander verliebt ... ." Daniel unternahm einen Versuch, ihm zu zeigen, wie groß Katie ungefähr war; er erwähnte ihre Haarfarbe, ihre Gesichtszüge – alles vergeblich.

„Anscheinend hat diese Frau Sie auch zum Narren gehalten."

„Aber man hat mir *gesagt,* daß sie hierherkommen würde."

„Gekommen ist sie schon ... und hat ein furchtbares Durcheinander angerichtet." Das Gesicht des Butlers wurde puterrot. „Und das ausgerechnet auch noch an den Weihnachtsfeiertagen."

Daniel war aufgrund der abfälligen Bemerkungen des Fremden sehr betroffen, was seinem Gesicht abzulesen war. Wie konnte das sein? Wo *war* seine geliebte Katie?

Er besaß immerhin die Geistesgegenwart, sich zu erkundigen: „Haben Sie eine Ahnung, wohin sie gefahren sein könnte? Ich wäre Ihnen auch für den kleinsten Hinweis sehr dankbar."

„Ich nehme an, daß sie nach New York City zurückgekehrt ist, von wo sie auch gekommen war."

„Wen in aller Welt kennt sie denn dort?" überlegte er laut. Er sagte dies mehr zu sich selbst als zu dem elegant gekleideten Butler.

„Sie hat Kontakte zu einer Talentagentur, hat man mir gesagt." Der große Mann legte die Hand auf den Türgriff. „Ich will nicht grob sein, aber die Frau war durch und durch eine Betrügerin. Wenn Sie mich jetzt bitte entschuldigen ... ."

„Es tut mir sehr leid, daß ich Sie belästigt habe." Alle seine Hoffnungen waren zerschlagen. „Danke für die Informationen."

„Guten Tag", sagte der Butler.

Daniel drehte sich um und ging mit hängendem Kopf über die breite, schneebedeckte Auffahrt zu seinem Auto zurück. Er dachte an die Weise Frau, an ihre warnenden Worte. *Katie ist nicht mehr das Mädchen, mit dem du aufgewachsen bist.*

Selbstverständlich hatte sie sich seit ihren Teenagerjahren verändert – seit den glücklichen, unbeschwerten Tagen ihrer Freundschaft und ersten Liebe. Soviel er über die Umstände um ihre Meidung wußte, war es gewiß rebellisch von ihr, hierher zu kommen, aber das war nur allzu verständlich.

Trotz allem was er über seine frühere Freundin zu wissen glaubte, beunruhigte ihn das Gespräch mit diesem Fremden – einem Butler – an der Tür des Hauses von Katies leiblicher Mutter sehr stark. Und die Auskunft, die er bekommen hatte, ergab einfach keinen Sinn. Überhaupt keinen.

Die Geräusche an der Haustür rissen Katherine aus ihren Gedanken. Sie stand auf und stellte sich hinter die breiten französischen Türen, die von ihren Räumen in die Eingangshalle führten. Sie lauschte, aber so sehr sie ihre Ohren auch anstrengte – es war unmöglich, den Wortwechsel, der an ihrer Türschwelle vonstatten ging, auszumachen.

Unerwartet kamen zwei Hausmädchen um die Ecke und stießen beinahe mit ihr zusammen. Sie trat zurück und entschied sich, nicht länger an der Tür zu lauschen. Eilig schloß sie die Glastüren hinter sich.

Ihre Gedanken konzentrierten sich auf ihre Absicht, Rosie zu bitten, einen herzlichen Brief an Maria zu schreiben. Sie zog die schmale Tischschublade in der Mitte des Schreibtisches auf. Dort fand sie mehrere weiße Blätter, gerade das Richtige, um sich Notizen zu machen, um einen Entwurf zu erstellen.

Sie nahm einen Füllfederhalter aus der Schublade und begann, für Rosie ein Muster zu schreiben:

Samstag, 17. Januar
Liebe Maria,
Sie kennen mich nicht. Ich habe jedoch schon viel von Ihnen gehört.

Sie hielt inne und las, was sie geschrieben hatte. Sie schaute, wie die englischen Worte auf der Seite aussahen. Katherine fragte sich, ob sie affektiert klangen oder gespreizt.

„Ich werde Rosie fragen", sagte sie laut. Mrs. Taylor kann das bestimmt beurteilen. Immerhin hat sie britische Vorfahren. Ihr Schreibstil würde vielleicht sogar noch formeller klingen als die gezwungenen, gekünstelten Worte, mit denen Katherine versuchte, ihre Gedanken zu Papier zu bringen.

Sie seufzte und überlegte, ob sie gleich am Anfang schreiben sollte, daß die Verfasserin dieses Briefes – Rosie – Maria nur durch Katherine kannte. Daß sie wüßte, daß die amischen Mädchen ihr ganzes Leben lang enge Freundinnen gewesen seien, sich aber aufgrund der Trennung durch die Meidung und die vielen Kilometer, die zwischen ihnen lagen, aus den Augen verloren hätten.

Sie setzte noch einige andere Anfangszeilen auf, knüllte aber alle Blätter wieder zusammen und warf sie in den Papierkorb. Sie brauchte Hilfe. Sie ging zur Wand und zog an einem Samtband. Die Glokke würde ihr Hausmädchen rufen.

Rosie kam schnell. Sie war etwas verwirrt, als Katherine ihr ihre Idee erklärte. „Hier, damit Sie eine Vorstellung davon bekommen, was ich meine." Sie zeigte Rosie eine frisch geschriebene erste Zeile.

Mit großen Augen las das Hausmädchen den Beginn eines Briefes. Sie nahm die Lesebrille von ihrer Nase und schüttelte den Kopf. „Mutet es Ihre Freundin nicht ziemlich seltsam an, wenn sie einen Brief von einer Fremden bekommt?"

„Im ersten Augenblick vielleicht schon." Katherine eilte an ihren Schreibtisch. „Aber mir fällt wirklich keine bessere Möglichkeit ein. Ich will auf keinen Fall, daß Maria Schwierigkeiten bekommt. Der Bischof würde es nie zulassen, daß sie Post von mir bekommt. *Niemals!*"

„Gut, wenn Sie meinen." Mit immer noch leicht verblüffter Miene setzte sich Rosie und nahm den Füllfederhalter zur Hand.

„Das ist zwar vielleicht ein wenig ungewöhnlich, aber ich glaube, Sie und ich, wir werden ein gutes Team abgeben", sagte Katherine. „Wissen Sie, ich vermisse es wirklich, mit meiner Freundin sprechen zu können. Wir haben uns immer alles erzählt."

Rosie nickte mit ihrer sauberen weißen Haube auf dem Kopf und der adretten Schürze. Ein verständnisvolles Lächeln umspielte ihre Lippen. „Ich fürchte, Sie haben für Ihre jungen Jahre schon zu viel durchgemacht."

„Vieles davon habe ich selbst heraufbeschworen." Katherine zog einen Stuhl an den Schreibtisch heran und schaute in Rosies freundliches Gesicht.

Rosie lehnte sich in ihrem Stuhl zurück und legte den Füllfederhalter vor sich auf den Tisch. „Warum erzählen *Sie* mir nicht zuerst einmal etwas über Ihre Freundin. Ich würde gern mehr über Maria erfahren." Sie schmunzelte. „Immerhin werden sie und ich bald Brieffreundinnen sein, oder?"

Katherine mußte lachen. Den Rest des Vormittages sprach sie mit Rosie über ihre angenehmsten Erinnerungen an Hickory Hollow und ihre geliebte Busenfreundin. Sie paßte jedoch gut auf, kein Wort über Bischof Johannes oder ihre große Liebe, Daniel, zu verlieren.

Als sie ihren gemeinsam verfaßten Brief beendet hatten, adressierte Rosie den Umschlag in ihrer Handschrift an Maria Stoltzfus, und die beiden gingen den langen Korridor entlang zur Küche.

Rosie bestand darauf, daß Katherine das Essen nicht allein, sondern gemeinsam mit ihren Hausangestellten einnahm – mit Selig, dem Hilfskoch, Garrett Smith, dem Chefsteward und Neffen des großväterlichen Chauffeurs, Theodore Williams, und den anderen Bediensteten. Das herzhafte Essen bestand aus einem Obstnußsalat, einem Thunfischeintopf, selbstgebackenen Brötchen und einer warmen Tasse Kakao.

Das war nicht die erste Gelegenheit dieser Art. Nachdem sie mehrere Tage allein in dem großen Eßzimmer gegessen hatte – was ihr überhaupt keinen Spaß gemacht hatte –, hatte Katherine beschlossen, daß sie die Gesellschaft ihrer neuen Freunde diesem einsamen Essen bei weitem vorzog. Immerhin war sie es von Kind auf gewohnt gewesen, nach den Hausgottesdiensten und gemeinsamen Arbeitseinsätzen mit Verwandten und Freunden zu essen. Im Leben der Amischgemeinde waren das gemeinsame Brotbrechen und die Tischgemeinschaft ein ganz natürlicher Vorgang.

Selig hatte Katherines Schwäche für Süßes nicht vergessen. Als Nachspeise nach dem Mittagessen gab es einen köstlichen Schokoladenkuchen. Während sie sich ein Stück davon auf der Zunge zergehen ließ, dachte sie erneut an Maria. In zwei Monaten hatte ihre Freundin Geburtstag. Katherine nahm einen weiteren Bissen und starrte auf ihren Teller – Marias Lieblingskuchen. Das wußte sie so sicher wie ihren Namen. Sie vermißte ihre Freundin schmerzlich und hoffte, der ungewöhnliche Brief würde sie nicht verletzen oder in Schwierigkeiten bringen.

„Könnten Sie mich heute nachmittag bitte in die Stadt fahren?" fragte sie Theodore, der an seinem üblichen Platz neben dem großen Küchenfenster saß.

„Sie brauchen nur zu sagen wann, Miss Katherine."

„Theodore kann es nicht erwarten, hinauszukommen. Bei diesem trüben Wetter ist das auch kein Wunder", mischte sich Fulton ein und warf einen Blick auf den älteren Herrn am anderen Ende des Tisches.

„Es würde mich nicht überraschen, wenn wir eingeschneit würden", bemerkte Rosie, woraufhin alle den Kopf zum Fenster drehten.

„Ich sehe, was Sie meinen", sagte Katherine mit einem Blick auf den wolkenverhangenen Himmel. „Wir sollten also am besten gleich nach dem Mittagessen aufbrechen."

„Sehr gern, Miss", nickte Theodore.

Sie schüttelte den Kopf. „Ich möchte gern, daß Sie mich Katherine nennen – einfach nur Katherine. Es würde mich nicht im geringsten stören, wenn Sie mich nie wieder mit ‚Miss' anreden."

„Betrachten Sie Ihren Wunsch als erfüllt", erwiderte Theodore mit einem Grinsen.

„Schreib es dir lieber auf", neckte ihn Fulton. Rosie stieß ihn spielerisch mit dem Ellbogen.

Sie aßen plaudernd und lachend weiter.

Garrett lehnte sich irgendwann während des Essens zurück und schaute Fulton fragend an. „Was hatte eigentlich dieser Wortwechsel heute morgen an der Haustür zu bedeuten?"

Der Butler rückte seine Brille zurecht. „Das war ziemlich seltsam, muß ich sagen. Ein Mann stand vor der Tür und fragte nach Katie Lapp. Bei allem, was recht ist!"

„Haben Sie ihm gesagt, daß wir sie fortgejagt haben?" fragte Katherine zufrieden.

„Selbstverständlich, aber der Mann schien fest entschlossen zu sein, sie ausfindig zu machen. Er ließ nicht locker und erkundigte sich, wo sie jetzt zu finden sei."

„Sagte er, wer er war?" fragte Rosie, die jetzt nicht mehr lächelte.

Fulton überlegte und legte stirnrunzelnd seine Kuchengabel auf seinen Teller. „Der Mann nannte mir nicht seinen Namen. Aber er versicherte mir, daß Katie und er miteinander aufgewachsen seien ... in Pennsylvania in einer amischen Gemeinde."

Dieser Bericht löste lautes Gelächter am Tisch aus, auch bei Katherine, die sich der Frage nicht erwehren konnte, ob dieser arme Mann von der Betrügerin auch getäuscht worden sei, oder ob er gar selbst ein Schauspieler war, der genauso wie die falsche Katie Lapp unlautere Absichten verfolgte. „Sie haben ihn also wieder fortgeschickt?"

Fulton nickte. „Wenn ich mich nicht irre, war der junge Mann am Ende unseres Gesprächs ziemlich aufgewühlt."

Katherine empfand keinen Funken Mitleid mit dem Mann, der an diesem Morgen an ihre Tür gekommen war, wer immer er auch gewesen sein mochte. Im Gegenteil, sie hoffte, daß sie nie wieder etwas von dieser Frau ... dieser hinterhältigen „Katie" sehen oder hören würde!

* * *

Ein kalter Wind wehte über das Land, als Maria über die Hickory Lane eilte. Sie mußte aufpassen, um auf dem vereisten Schnee nicht auszurutschen. Der Himmel hing wie ein grauer Umhang mit schweren Wolken über ihr. Die Wolken waren fast so nahe, daß sie sie berühren konnte. Zwei Krähen schlugen geräuschvoll mit ihren schwarzen Flügeln und flogen den verhangenen Himmel entlang.

Hickory Hollow schien an diesem Nachmittag vollkommen verlassen zu sein. Vielleicht waren alle nach Gordonville zum Einkaufen gefahren – dort gab es viele Geschäfte, in denen man Stoff und Nähbedarf kaufen konnte. Samstags ließen sich die Amisch oft von mennonitischen Fahrern gegen Bezahlung irgendwohin fahren, um einzukaufen oder dergleichen. Die Leute waren gern unterwegs, auch mitten im Winter, obwohl die dunklen Wolken an diesem Nachmittag einen Schneesturm ankündigten. Am besten man ging fort, bevor das Wetter noch schlechter wurde.

Keinen halben Kilometer entfernt stand die geschlossene graue Kutsche des Bischofs am Straßenrand bei dem kleinen Wäldchen, genau wie er es versprochen hatte.

„Gott sei Dank", flüsterte Maria, während sie ihre Schritte beschleunigte und ihrem Herzen befahl, wieder mit normaler Geschwindigkeit zu schlagen, aber vergeblich.

Mehrere Meter von der Kutsche entfernt verlangsamte sie ihre Schritte zu einem normalen Tempo, da sie bei dem Bischof nicht den Eindruck erwecken wollte, sie könne es nicht erwarten, zu ihm zu kommen.

Johannes überraschte sie, als er aus der Kutsche sprang und sie fröhlich begrüßte. „Wie geht's, Maria?"

„Hallo, Johannes."

Sie schwiegen beide. Maria senkte den Blick und überlegte, was sie als nächstes sagen sollte.

Er hustete ein wenig. „Hattest du Schwierigkeiten, heute wegzukommen?"

Sie merkte, daß er wissen wollte, ob irgend jemand etwas von ihrem geplanten Rendezvous erfahren hatte. „Papa hat keine Ahnung." Sorgfältig darauf bedacht, Mamas weibliche Intuition nicht zu verraten, wechselte sie das Thema. „Ein schöner Tag, nicht wahr?"

„Ja, wirklich schön, wenn auch ein bißchen kalt und grau." Er reichte ihr die Hand und half ihr in die Kutsche. Dann eilte er auf die andere Seite und stieg ein.

Mehr als alles andere wollte sie, daß dieser Nachmittag – sie war das erste Mal mit Johannes ganz allein – gut verlief. Ohne ein falsches Wort, ein falsches Handeln oder falsche Gedanken. Die herrlichen Augenblicke sollten harmonisch verlaufen. Aber ihr Herz überschlug sich fast unter ihrem warmen Wolltuch.

Der Bischof ließ die Zügel schnalzen, und das Pferd trabte hinaus auf die Straße. Sie fuhren mehrere Meilen, ohne ein Wort zu sagen. Die schlanke braune Stute trabte gemütlich die Straße entlang und dampfte in der Kälte.

Schließlich brach Johannes das Schweigen und erzählte von seinem ältesten Sohn, dem jungen Hickory-Johannes. „Der Junge hat sich in den Kopf gesetzt, lieber ein Handwerk zu erlernen, statt Bauer zu werden. Erst heute morgen hat er gesagt ... daß er Schmied werden will wie sein alter Vater."

„Aber du bist doch nicht alt", sagte sie vorsichtig, damit er nicht auf die Idee käme, sie wolle ihm widersprechen, „Das bist du wirklich nicht."

Er drehte sich und warf ihr ein breites Lächeln zu. „Das ist sehr nett von dir, Maria."

„Das ist nicht nur *meine* Meinung." Ihre Stimme zitterte und drohte ihr zu versagen.

„*Deine* Meinung zählt für mich mehr, als du ahnst."

Sie war dankbar, daß sie saß, denn sie merkte, wie die Kraft aus ihren Beinen wich – sie hatte ganz weiche Knie wie immer, wenn sie in der Nähe dieses Mannes Gottes war. „Der Beruf eines Schmiedes ist ein guter Beruf für einen Jungen, denke ich", brachte sie über die Lippen.

„Ja, das denke ich auch."

Sie spürte den Wind, der an ihrem Hut zerrte, während sie sich der Stadt Bird-in-Hand näherten. Es war fast so, als fahre sie durch einen Traum und schwebe durch eine bekannte, aber doch irgendwie verschwommene Welt. Sie ertappte sich dabei, daß sie den Atem anhielt, als könnte sie damit der Zeit befehlen, stehenzubleiben, damit die Fahrt nie zu Ende ginge und sie nie aus dem Traum erwachen müßte.

Johannes zügelte das Pferd und brachte die Kutsche langsam zum Stehen. Dann entschuldigte er sich und eilte in die Bank. Einen Mann in seinen Jahren wie ein junges Fohlen über einen Parkplatz eilen zu sehen, war ein Anblick, der sich einem nicht alle Tage bot. Sie hätte hellauf lachen können. Oh, welche Freude! Regten sich bei Johannes die ersten Liebesgefühle für sie? War er auch nur halb so aufgeregt wie sie?

Das Pferd stieß dampfende, warme Luft aus seinen aufgeblähten Nüstern aus, während Maria wartete. Dann kam Johannes springend und laufend zurückgeeilt. Er steckte einen Bankbeleg in seine Manteltasche. Maria amüsierte sich über das Tempo, mit dem er zur Bank und dann wieder zurückgelaufen war. Was mochte wohl der Grund dafür sein? Sie wagte nicht zu fragen. Sie mußte aufpassen, um nicht vorschnelle Schlüsse zu ziehen.

„Magst du ein Eis?“ fragte er fast schüchtern.

„Klingt gut.“ Sie konnte sich an einem so eisigen Tag nichts Kälteres vorstellen und mußte ihre Gesichtsmuskeln in Zaum halten, um nicht zu kichern.

Sie fuhren ein Stück die Straße hinauf und bogen zu einer Eisdiele am Straßenrand ein. Johannes lenkte die Kutsche direkt vor das Schaufenster. „Magst du einen Schokoladeneisbecher?“ fragte er mit einem Lächeln.

„Ja, mit viel Schlagsahne und Nüssen, bitte.“ Sie war sehr überrascht, daß er ihren Geschmack zu kennen schien.

Er setzte sich ans Fenster und bestellte den Schokoladeneisbecher für sie und ein „Bananensplit“ für sich.

Die Rückfahrt nach Hickory Hollow war sehr angenehm, aber inzwischen war ihr ziemlich kalt – das Eis lag kalt und süß in ihrem Magen, und ihre Nerven flatterten, weil sie so nahe neben dem Bischof saß. Ihre Zähne begannen zu klappern, ohne daß sie es verhindern konnte.

„Dir ist ein bißchen kalt, nicht wahr?“ Bevor sie antworten konnte, drehte er sich um und holte eine weitere Decke vom Rücksitz, ließ die Zügel los und legte sie ihr sanft über die Beine.

„D-danke“, stotterte sie und schämte sich, weil sie ihr Zittern nicht hatte verbergen können. Aber für die warme Decke war sie sehr dankbar.

„Ich fahre dich jetzt am besten nach Hause.“

Das war das letzte auf der Welt, was sie hören wollte. Lieber wollte sie erfrieren, als den Ausflug abrupt zu beenden. Aber trotz ihrer Enttäuschung nickte sie unterwürfig. Sie war überzeugt, daß er sie bestimmt irgendwo auf der Straße aussteigen ließe, genauso wie sie sich getroffen hatten. Aber als er nichts davon sagte, als sie sogar an der bekannten Abbiegung und dem Wäldchen vorbeifuhren, schlug ihr Herz schneller. Es sah so aus, als wollte er sie tatsächlich den ganzen Weg bis zum Hof fahren und sie nicht eher aussteigen lassen.

Maria faltete die Hände, die in dicken Handschuhen steckten, als das Pferd in die lange Auffahrt vor dem Haus ihrer Eltern einbog. Ihr Herz erwärmte sich noch mehr für den Witwer. Als er sich zu ihr umdrehte, um sich von ihr zu verabschieden, sprach aus seinen Augen eine unübersehbare Zärtlichkeit.

„Ich sehe dich morgen bei der Versammlung, Maria", sagte er und tippte wie ein richtiger Gentleman an seinen schwarzen Filzhut.

„Ja", war alles, was über ihre Lippen kommen wollte. Oh, sie wollte so furchtbar viel mehr zu dem freundlichen und sanften Witwer sagen. Dinge, die einer stillen, demütigen jungen Amischfrau, die kurz davor stand, eine alte Jungfer zu werden, überhaupt nicht zustanden. Sie war klug genug, nicht mehr zu sagen als „Danke für den Ausflug ... und das Eis."

„Ich hoffe, wir fahren wieder einmal miteinander aus." Seine Augen strahlten sie an, als er sich verabschiedete. „Gott sei mit dir, Maria Stoltzfus."

„Und auch mit dir." Inzwischen konnte sie nicht einmal mehr seinen Namen flüstern. Aber ihr Herz sang seinen Namen unaufhörlich. *Johannes Beiler ...*

Trotz der dunklen Wolken, die keinen Sonnenstrahl durchließen, war es für sie der schönste Tag, den der Herr je gemacht hatte.

Marias Beine trugen sie gerade so lange, daß sie die Hintertür aufstoßen und in die Abstellkammer eilen konnte, wo sie sich auf den alten Rohrstuhl fallen ließ. Sie kicherte leise vor sich hin und bemühte sich nach Kräften, nicht zu platzen. Mit vor Aufregung zitternden Händen nahm sie ihr Tuch und den Hut ab.

Sie war sicher, daß die Familie vor dem Küchenofen versammelt war, und holte erst mehrmals tief Luft, um ihre aufgewühlten Gefühle zu beruhigen. Als sie sich wieder ein wenig gefasst hatte, schritt sie in die warme duftende Küche ihrer Mutter.

Zu ihrer Überraschung war niemand zu sehen. „Gut", sagte sie leise, trat an die Spüle und ließ Wasser über ihre kalten Hände laufen, um sie allmählich aufzuwärmen. Sie war sehr froh, das Haus ganz für sich allein zu haben. Niemand war da, der sie durch zu viele Fragen aus ihren Träumen gerissen und auf den Boden der Tatsachen zurückgeholt hätte. Sie konnte nach Herzens Lust in ihren Tagträumen versinken und jede Minute dieses Nachmittagsausfluges in Gedanken noch einmal durchleben.

Ihr Ausflug mit dem Bischof war tatsächlich in jederlei Hinsicht geheim geblieben. Vielleicht durch göttliche Vorsehung.

4

Nach dem Mittagessen läutete das Telefon in der Mayfield-Villa. Katherine hörte unbewußt das Klingeln, reagierte jedoch nicht. Ihre Ohren waren an das moderne Gerät noch nicht gewöhnt. Sie überprüfte noch einmal die Adresse auf dem Briefumschlag. Als sie die Worte *Hickory Hollow Lane* las, entwich ihr ein leises Seufzen. *Wie seltsam und „verhudelt"*, dachte sie. Altdeutsche Worte mischten sich immer wieder ungebeten in ihr Denken.

Viele Wochen waren vergangen, seit sie den altdeutschen Dialekt das letzte Mal benutzt hatte. Es war wohl nicht möglich, ihre Muttersprache zu vergessen, aber da weit und breit niemand aus der Amischgemeinschaft in ihrer Nähe war, fragte sie sich, ob sie ihre Muttersprache wohl mit der Zeit vergessen würde. Nicht, daß sie sich darüber den Kopf zerbrochen hätte. Nein, in diesen Tagen beschäftigte sie sich mehr damit, ihre Worte und Sätze vornehmer und englischer zu formulieren. Besonders jetzt, da sie Leute wie Justin Wirth traf und unbedingt eine elegante englische Dame werden wollte.

Eines der jungen Hausmädchen kam an ihre Flügeltüren, blieb zwischen den Türen stehen und machte einen schnellen Knicks. „Miss Katherine, ein Mister Wirth ist am Telefon ... für Sie."

„Ich nehme den Anruf hier entgegen. Danke." Überrascht, daß er so bald anrief, eilte sie an das Telefon. Meine Güte, sie hatte ihn doch erst gestern abend gesehen! „Hallo?"

„Katherine, wie geht es dir heute?"

„Gut, danke. Wie geht es *dir?*"

„Es könnte nicht besser sein." In seiner Stimme lag ein charmanter Tonfall. „Ich wollte dich fragen, ob du am Sonntagabend mit mir essen gehst. Ich kenne ein nettes ruhiges Restaurant nicht weit von Canandaigua. Ein altes Schloß."

Sie konnte es kaum glauben, daß er sie schon *wieder* einlud. „Das klingt reizvoll."

„Darf ich dich gegen halb sechs abholen?" fragte er höflich.

„Halb sechs paßt mir gut." Sie war so furchtbar unsicher. Ihr „Auf Wiedersehen" kam viel zu schnell, fürchtete sie, aber Justin klang rundum zufrieden ... fast liebevoll. Der Klang seiner sonoren

Stimme lag noch in ihren Ohren, während sie daran ging, ihren Mantel und eine Briefmarke für Marias Brief zu holen.

* * *

Als Theodore mit dem Auto vorfuhr, spielte ein verschmitztes Grinsen um seine Lippen. „Zu Ihren Diensten“, sagte er, als er die hintere Wagentür öffnete.

„Zum Postamt bitte.“

„Ihr Wunsch ist mir Befehl, Miss.“ Er schloß die Tür und ging um das Auto herum auf die Fahrerseite.

Auf dem Weg in die Stadt plauderten sie gemütlich miteinander. An einer Stelle fragte sie: „Warum sind Sie heute so gut gelaunt?“

„Kann ein Chauffeur nicht hin und wieder fröhlich sein?“

„Aber natürlich!“

Er warf einen Blick über seine Schulter. „Ich muß sagen, es ist eine große Freude, *Sie* so fröhlich zu sehen, Miss Katherine.“

Sie dachte einen Moment über seine Bemerkung nach. „Finden Sie, ich sollte ernster sein ... aus Respekt vor Lauras Tod?“

„Oh, meine Güte, nein. Das wollte ich damit gewiß nicht sagen.“

Sie wagte es nicht, Justin und ihre Pläne, miteinander essen zu gehen, zu erwähnen. Theodore war immerhin ein älterer Gentleman und hielt es vielleicht nicht für passend, so bald nach Lauras Beerdigung so viel Frohsinn zu zeigen. Mit einem Seufzen lehnte sie sich während der kurzen Fahrt in die Stadt in ihrem Sitz zurück. Die Limousine war reiner Luxus, und die Fahrt verlief so glatt wie nur irgend möglich.

„Ist Ihnen warm genug, Miss Katherine?“ fragte Theodore, als sie an einer roten Ampel warten mußten.

Sie hob den Finger und bewegte ihn drohend. „Mir ist warm genug, aber bitte nennen Sie mich nicht mehr ‚Miss‘, oder ich ...“ Sie hielt inne. „Lassen Sie mich überlegen. Womit könnte ich Ihnen drohen?“

Er grinste, legte den Kopf zur Seite und warf einen Blick durch die Windschutzscheibe auf den dicht fallenden Schnee. „Im Augenblick könnten Sie mir mit einem neuen Schneesturm auf diese ohnehin schon dicke Schneeschicht Angst einjagen. Genau das könnte auf uns zukommen. Schauen Sie sich nur einmal den Himmel an."

Sie tat, wie er gesagt hatte, und stellte überrascht fest, daß der Schnee jetzt in großer Dichte fiel – sie befanden sich inmitten eines wolkenbruchartigen Schneegestöbers. „Angenommen, wir schneien tatsächlich ein, wie Rosie sagte?"

„Was wäre dann?"

„Haben wir denn genügend Kerzen in der Villa?"

„Immer."

„Und die Speisekammer. Ist sie gut bestückt?"

„Dafür ist immer gesorgt", versicherte er ihr.

„Wie ist es mit Feuerholz? Hat man daran gedacht, für den Fall, daß der Strom ausfällt, einen Stoß Holz zu hacken?"

Er zuckte mit den Achseln. „Wenn ich mich recht erinnere, wurden im Herbst über zwei Ster Holz geliefert."

Sie konnte sich ein Schmunzeln nicht verkneifen. „Es könnte leicht sein, daß Ihr modernen Leute die eine oder andere Lektion von einem amischen Mädchen lernen könnt. Von einem *früheren* amischen Mädchen wohlgemerkt."

Theodore ging auf ihren Versprecher nicht ein. „Damit könnten Sie schon recht haben." Er bog mit dem Auto zu dem Parkplatz vor dem Postamt ein. „Wir sind da, Katherine ... ohne ‚Miss'."

„Danke, Theodore, ohne das ‚Sir'."

Er grinste und tippte an seine Mütze. „Dann belassen wir es dabei, einverstanden?"

Sie nickte zustimmend und reichte ihm den Brief, den sie aufgeben wollte. Sie war sehr froh, daß sie gemütlich und warm in dem schönen Auto sitzen bleiben konnte. Sie dachte an ihre Brüder – Elam, Eli und Benjamin. Sie würden vor Staunen den Mund nicht mehr zubekommen, wenn sie ihre Katie in einem so eleganten Auto fahren sähen! Sie fragte sich sogar, ob ein solches Gefährt nicht sogar den einen oder anderen von ihnen in Versuchung führen könnte, selbst einmal fahren zu wollen.

„Elam wahrscheinlich nicht", flüsterte sie, als sie sich die Sache genauer überlegte. Ihr verheirateter Bruder war viel zu streng, um auch nur zu erwägen, von der *Alten Ordnung* abzuweichen. Seine junge Frau genausowenig. Puh, es wäre unmöglich, Elam oder Annie und ihr neugeborenes Baby in ein solches Auto zu bringen.

Sie hielt nach Theodore Ausschau. Wenn sie jemals zu einem Besuch nach Hickory Hollow fahren würde, dann nur, um ihre Mutter zu sehen – davon ließe sie sich auch durch die Meidung nicht abhalten! Und sie würde Theodore mitnehmen und sich von ihm überall hinfahren lassen. Oh, sie würde nicht mit ihrem neuen Leben prahlen. Aber sie würde den Amisch, und besonders ihrem Bischof zeigen, daß sie, so schlecht sie Katie auch behandelt hatten, ihren Abenteuerdrang nie unterkriegen würden.

* * *

Wieder in seinem Zimmer in der Pension, wählte Daniel Fischer eine lange Nummer für ein Ferngespräch. Die Sekretärin des Architekturbüros in New Jersey nahm den Anruf entgegen.

„Hallo? Könnte ich bitte Owen Hess sprechen?" fragte er.

Die Sekretärin stellte den Anruf ohne Zögern durch.

„Dan, wie schön, daß du dich meldest", kam die bekannte Stimme. „Wie läuft alles oben im Norden?"

Er war erleichtert, daß er seinem Chef nicht konkret gesagt hatte, welcher Natur seine Fahrt nach Canandaigua war. „Ich habe hier nichts mehr zu tun", sagte er. „Ich packe meine Sachen und komme mit dem nächsten Flug zurück."

„Schön, daß du angerufen hast, Dan. Gott segne dich."

Owens Worte klangen ihm noch in den Ohren, als er auflegte. *„Gott segne dich."* Es tat gut, solche Worte zu hören, besonders an Tagen wie diesem. Dankbar, daß er schon vor Jahren sein Vertrauen ganz auf Jesus gesetzt hatte, packte er seine persönlichen Sachen zusammen und schaute sich noch einmal in seinen zwei Zimmern um, um sich zu vergewissern, daß er auch nichts liegengelassen hatte. Er stellte seinen Koffer neben die Tür und ging noch einmal ans Telefon. Er mußte noch einen Anruf tätigen und seinen Rückflug umbuchen, bevor er zum Flughafen fahren konnte.

Nachdem der Rückflug geregelt war, stieg er mit seinem Gepäck die Treppe hinab. Es hatte ein herrlicher Augenblick in seinem Leben werden sollen, ein wunderbarer Wiedersehenstag mit seiner geliebten Freundin. Und jetzt verließ er die Stadt, ohne Katies hübsches Gesicht auch nur gesehen zu haben – statt dessen hatte er sich die Beschimpfungen dieses Butlers anhören müssen.

Die Hauswirtin schaute ihn überrascht an. „Oh, Mr. Fischer, Sie verlassen uns so bald schon wieder?"

„Ja, ich hoffe, das bedeutet keine Unannehmlichkeiten für Sie. Mein Aufenthalt in der Stadt wurde erheblich verkürzt, aber ich danke Ihnen für Ihre Gastfreundschaft, und ich bezahle gern eine weitere Nacht, wenn ich jederzeit wieder ein gern gesehener Gast bei Ihnen bin – das heißt, falls ich je wieder nach Canandaigua komme." Er hatte keine Ahnung, warum er so etwas sagte. Er würde nicht mehr in diese Stadt zurückkommen. Seine Katie war fort – spurlos verschwunden.

Die Frau tat sein Angebot mit einem Kopfschütteln ab. „Sie brauchen keinen Cent mehr zu bezahlen als vereinbart. Aber vergessen Sie nicht, sich in unser Gästebuch einzutragen, bevor Sie abreisen."

Nach diesen Worten bezahlte Dan für die eine Übernachtung, verabschiedete sich und rollte seinen Koffer zu dem Mietwagen hinaus. Sein Herz war genauso schwer wie die schneebeladenen Wolken über ihm.

Als er aus dem Parkplatz bog, sah er, wie das junge Mädchen und ihre Mutter in den Parkplatz einfuhren. Sie winkten ihm lächelnd zu. Vor seinem geistigen Auge spielten sich die Ereignisse dieses Morgens noch einmal ab, angefangen mit dem Frühstück und der Neugier um seine amische Herkunft.

Als er sein Gepäck am Flughafen abgegeben hatte, konnte er sich hinsetzen und ein bißchen ausruhen. Er war völlig erschöpft und wünschte, er hätte diese Fahrt nie unternommen. Nicht, nachdem sich alles als so erfolglos erwiesen hatte – die verschlossenen Türen, die überwältigende Enttäuschung, die Ungewißheit, wohin Katie in New York City gegangen war, und warum sie überhaupt dorthin gefahren war.

Was bleibt noch zu tun? fragte er sich. Es hatte keinen Sinn, sie weiter zu suchen und Hunderte von Schauspielagenturen abzuklappern. Der Gedanke, daß sie an einem solchen Lebensstil, an einem solchen Beruf Interesse fand, überraschte ihn wirklich.

Lieber Gott, sei bei Katie, wo auch immer sie sein mag, betete er schweigend. Um sich von den beunruhigenden Bemerkungen, die der Butler sonst noch gemacht hatte – daß Katie eine Betrügerin sei und viel Unheil angerichtet habe –, abzulenken, trat Daniel an den Kiosk und kaufte sich eine Zeitung.

Er zwang sich, sich auf den Inhalt zu konzentrieren, und las die erste Seite. Ihm war alles recht, um seine Gedanken davon abzuhalten, zu der entmutigenden Begegnung mit dem Butler zurückzukehren.

In der Gesellschaftsspalte fiel sein Blick auf eine seltsame Überschrift. *Junge amische Frau Alleinerbin eines großen Besitzes in Canandaigua.* Er las weiter und überflog die Seite. „Katie“, sagte er plötzlich. „Katie ist Katherine Mayfield.“

Er schlug die Zeitung zu, eilte zum Schalter und traf Vorkehrungen, daß sein Gepäck noch nicht abgeschickt wurde. Ohne zu zögern, lief er den ganzen Weg bis zum Ausgang des Flughafenterminals, winkte einem Taxi und ließ sich auf dem schnellsten Weg zur Mayfield-Villa fahren.

* * *

Nach dem kurzen Halt im Postamt träumte Katherine von ihren Sonntagsplänen. Ein elegantes Dinner für zwei, hatte Justin gesagt. In einem Schloß ...

Ein solches Essen erforderte alles andere als eine schlichte Kleidung. Ein elegantes, schimmerndes Kleid aus Satin mit Spitzen oder Samt. Und den richtigen Schmuck. Rosie hatte sich bereit erklärt, sie bei einem Einkaufsbummel zu beraten, und hatte Katherine ihre Meinung zu ihren Einkäufen in einem Warenhaus in Canandaigua kundgetan.

Es war ihre erste wirkliche Verabredung seit über fünf Jahren, und Katherine dachte über ihre Wirkung auf den Künstler nach. Gestern abend war sie ein wenig in Tagträumen versunken, als sie sich in der gemütlichsten Ecke der Bibliothek vor den Kamin gekuschelt und über die Möglichkeit einer Zukunft mit dem sympathischen jungen Mann nachgedacht hatte.

Ihre erste Begegnung am Weihnachtstag lag erst kurze Zeit zurück. Der gutaussehende Künstler mit den blauen Augen war von Laura als Porträtmaler engagiert und in die Villa geholt worden. Er sah aber nicht nur gut aus. Er war auch sensibel und nett – ein ehrlicher Mann. Sie bewunderte solche hervorragenden Eigenschaften bei einem Menschen. Vielleicht weil dieselben Charaktereigenschaften auch ihr geliebter Daniel besessen hatte. Daniel ... der wie sie Musik und Gitarren geliebt hatte, der ihre eigenwillige, impulsive Art ertragen und sie trotzdem geliebt hatte. Wenn er nicht ertrunken wäre, wären sie inzwischen bestimmt miteinander verheiratet. Und hätten zweifellos mehrere Kinder. Das war so sicher wie die Sonne. Und auch so sicher wie der Mond.

Daniel Fischer, bei den Amisch für immer in guter Erinnerung. Für immer vermißt von seiner kleinen Katie, der jungen Frau, die viel länger um seinen Tod getrauert hatte, als es üblich war. Länger, weil sie glaubte, sie beide hätten wirklich zusammengehört, weil sie eine so große Freude daran gefunden hatten, das Herz des anderen zu erforschen.

Jetzt gab es einen anderen Mann. Einen Mann, der lebte. Zwei Verabredungen in zwei Tagen. Rebekka Lapp würde sagen, ein solcher Junge wolle ihr den Hof machen. Katherine lehnte sich gemütlich in den Rücksitz zurück, legte die Arme um sich und schmunzelte ein wenig.

„Sieht so aus, als hätten Sie Besuch", sagte Theodore und riß sie mit seiner Stimme aus ihren Träumen. Er deutete mit dem Kopf auf ein Taxi, das vor dem Haupteingang parkte.

Katherine konnte nur den Rücken eines großgewachsenen, blonden Mannes in einem dunklen Mantel sehen, der an der Tür stand. Sie bemerkte auch Fulton, der die Arme vor der Brust verschränkt hatte und verärgert wirkte. „Ob das wohl derselbe Mann ist, der heute schon einmal hier war und nach dieser furchtbaren Frau gefragt hat, dieser Schauspielerin, die ... „

„Gestatten Sie mir, Ihnen eine Begegnung mit einem solchen Mann zu ersparen", bot Theodore an und steuerte die Limousine zur Rückseite des Hauses. Er drehte sich um und blickte sie über die Schulter freundlich und fragend an. „Es stört Sie doch nicht, durch den Osteingang zu gehen, nicht wahr?"

Sie nickte zustimmend. „Es ist ja nicht so, daß ich diesen Eingang noch nie benutzt hätte." Sie erinnerte sich an das eine Mal, als sie völlig aufgewühlt, von allen unbemerkt, in das Haus geschlichen war und gehofft hatte, ihre leibliche Mutter noch lebend anzutreffen.

„Gut, Miss ... Entschuldigen Sie, *Katherine*. Dann lasse ich Sie hier aussteigen." Er stellte die Limousine ab und stieg aus. Dann eilte er um sie herum und hielt ihr die Tür auf. Die Schneedecke auf dem Pflaster wuchs von Minute zu Minute. Der Chauffeur begleitete sie bis zum Eingang und stützte mit der Hand ihren Ellbogen.

„Danke, Theodore. Sie sind so nett.“ Sie lächelte ihn freundlich an und trat schnell ins Haus. Sie stapfte fest auf, um sich den Schnee von den Schuhen zu schlagen, bevor sie den Korridor betrat, der zum Haupteingang führte. Sie trug immer noch ihren Mantel und ihren Hut.

Als sie sich der großen Treppe näherte, hörte sie Stimmen – die beherrschten, leisen Stimmen zweier Männer, die lebhaft, jedoch höflich miteinander redeten. Neugierig spähte sie durch den langen Gang und sah Fulton wie eine Schloßwache im Türrahmen stehen. Wenn sie sich nicht irrte, bestimmte er den Hauptteil des Gesprächs und bombardierte den Fremden mit vielen Fragen.

Sie blieb stehen und lauschte. Sie versuchte, so viel wie möglich von dem Fremden zu sehen, erblickte aber nur seinen Mantel. Sie war ziemlich sicher, daß es derselbe Mann war, den sie heute schon einmal gesehen hatte. Sie schlich sich näher heran und konzentrierte sich auf seine dichten Haare, die über Fultons Kopf knapp zu sehen waren. Sie waren auffallend blond, wie Tausende Löwenzahnblüten im Sommer. Etwas an ihrer goldblonden Farbe erinnerte sie an jemanden in Pennsylvania. Einen Schulkameraden? Einen ihrer Vettern? Sie war sich nicht ganz sicher, wahrscheinlich, weil sie so viele nahe und entfernte Verwandte hatte.

Hinter den zwei Männern fiel der Schnee in dichten Flocken zur Erde. Es war, als hätte jemand ein Federkissen aufgeschlitzt und schüttelte es so kräftig, daß die Federn einen weißen Vorhang bildeten.

Sie hörte ihren Namen und eine schroffe Antwort von Seiten ihres Butlers. „Ich kann Ihnen nicht erlauben, Miss Mayfield zu sprechen, wenn Sie sich weigern, mir zu sagen, wer Sie sind oder welcher Art Ihr Besuch ist“, kam die kurz angebundene Antwort.

Inzwischen war Katherine nahe genug herangeschlichen, um die Worte des Fremden verstehen zu können. „Miss Mayfield ist eine liebe Freundin von mir.“

„Das würde mich sehr überraschen“, erwiderte Fulton mit drohendem Unterton. „Das gleiche sagten Sie heute morgen von Katie Lapp.“

„Aber ... ich bitte Sie, lassen Sie mich mit Katherine sprechen. Überlassen Sie doch ihr die Entscheidung."

Katherine fiel an die Wand zurück. Ein unmöglicher Gedanke raubte ihr den Atem. Die leise Stimme war ihren Ohren genauso vertraut wie ihre eigene Stimme. Aber das konnte nicht sein!

Fulton begann, die Tür ins Schloß zu schieben. „Es tut mir leid, Sir. Ich muß Sie erneut auffordern zu gehen."

„Warten Sie!" rief Katherine und trat einen Schritt vor. „Bitte ... würden Sie den Mann hereinlassen. Nur für einen Augenblick."

Fulton zog erstaunt die Brauen nach oben. „Miss? Sind Sie sich dessen ganz sicher?"

„Er sagt, er kenne mich ... Es ist in Ordnung", versicherte sie ihm, ohne zu atmen. „Führen Sie den Herrn bitte in den Salon."

Die Augen des Butlers blitzten, aber er öffnete trotzdem die Tür weiter und führte den Mann herein.

Katherine trat zurück und warf einen Blick in den Spiegel auf dem Gang. Sie schaute den jungen Mann nicht an, während Fulton ihn in das Empfangszimmer führte. Rosie kam durch den Gang zu ihr geeilt und bot ihr an, den Mantel und Hut abzunehmen. „Oh, danke, Rosie. Das hätte ich beinahe vergessen." Ihr Mund wurde furchtbar trocken, ihre Lippen waren ganz steif.

Sie drehte sich wieder zum Spiegel um und starrte hinein. Sie zog ihren Pullover glatt und fuhr sich mit zitternden Fingern durch die Haare, aber sie nahm nur wenig von dem wahr, was sie sah. Dann trat sie zurück, atmete tief ein und betrat mit einem gezwungenen Lächeln den Salon.

Fulton und der Fremde blieben stehen, während Katherine durch den Raum ging, vorbei an polierten Tischen und zahlreichen Stühlen im viktorianischen Stil und einem Sofa aus Kirschholz, das mit taubenblauem Samt bezogen war.

„Sir", sagte der Butler kurz angebunden zu dem Fremden. „Darf ich Ihnen Miss Katherine Mayfield vorstellen."

Der Mann machte einen Schritt an Fulton vorbei und trat mit ausgestreckter Hand auf Katherine zu. „Hallo, Miss Mayfield."

Widerwillig ergriff sie seine Hand. In ihrem Kopf drehte sich alles, als sie in seine ausdrucksstarken blauen Augen schaute. „Und Sie sind?" Sie wagte es kaum, seine Antwort zu hören.

„Ein alter Freund", war seine ganze Antwort.

Katherine nickte Fulton zu. „Danke, Fulton“, sagte sie und war froh, daß ihr die richtigen Worte eingefallen waren, die Worte, die Rosie und die anderen sie gelehrt hatten. Wenigstens fand sie darin einen gewissen Halt.

„Bitte, setzen Sie sich“, bot sie an und deutete steif zu dem Sofa. Sie klammerte sich an den Schutz der Formalitäten und fühlte sich wie in einem furchtbaren, verwirrenden Traum.

„Danke ... aber ich will nicht lange stören.“ Er setzte sich nur zögernd. Jetzt, da er endlich mit ihr allein war, fühlte er sich unsicher. Er blieb noch einen Augenblick stehen, dann setzte er sich auf die Kante des Sofas und betrachtete ihr Gesicht. War das alles ein Irrtum? Hatte er diese Frau wirklich einmal gekannt?

Seine Stimme war nur noch ein leises Flüstern. „Ich warte schon so lange darauf, dich wiederzusehen, Katie.“ Er betrachtete sie lange, und wieder zog ein leichtes Runzeln über seine Stirn. „Aber vielleicht ist es zu spät“, fügte er hinzu.

„Oh?“ Auch sie starrte in sein Gesicht, in seine Augen und konnte immer noch nicht begreifen, was sie zu sehen meinte.

„Vielleicht solltest du dich setzen“, hörte sie ihn sagen. Zitternd setzte sie sich auf einen Stuhl. Sie fühlte sich, als treibe sie durch einen chaotischen Traum. Einen vollkommen chaotischen Traum.

Himmel, was war nur mit ihrem Gehirn los? War sie dabei, den Verstand zu verlieren? Dieser Mann erinnerte sie an Daniel ... aber das *konnte nicht* sein!

„Es fällt mir schwer, weiter zu sprechen“, sagte er leise. Seine Worte fielen wie Regentropfen auf eine Rosenblüte. „Ich möchte dir keine Angst einjagen. Ich weiß, daß du glaubst, ich wäre vor fünf Jahren gestorben.“

Sie hielt den Atem an und schaute ihm forschend ins Gesicht. „Ich verstehe nicht. Wer *sind* Sie?“

Er schwieg kurz, ließ sie aber keine Sekunde aus den Augen. „Ich bin Daniel ... aus Hickory Hollow.“

Ein scharfer Schmerz durchbohrte sie. „Daniel? Aber Daniel Fischer ist im Meer ertrunken.“ Sie schaute ihm fragend in die Augen. Sie hatte Mühe zu atmen. Erinnerungen wirbelten durch ihren Kopf. „Ich ... ich ...“ Ihre Stimme erstickte in einem Schluchzen. „Ich weiß nicht, was ich sagen soll.“

„Bitte sage nichts, Katie. Laß mich dir alles erklären.“

Sie konnte ihm nicht länger zuhören, konnte den erstickenden, düsteren Unglauben, die Verwirrung nicht länger ertragen. Sie wandte den Blick ab. Die Szene lag ihr wie ein schwerer Stein im Magen und brannte schmerzliche Wunden in ihr Inneres.

Trotzdem zog es sie wieder zu seinem bärtigen Gesicht und zu seinem modernen Haarschnitt. Fast alles an ihm erinnerte sie an Daniel. Die blaubeerfarbenen Augen, die goldblonden Haare, die sanfte Stimme. Besonders die Stimme.

Sie hielt einen Augenblick den Atem an, dann fragte sie, kaum fähig, die Worte über die Lippen zu bringen: „Wie ... kannst du ... noch leben?"

Er schwieg kurz, holte tief Luft und suchte und fand ihren Blick. „Ich bin nie ertrunken, Katie. Ich habe einen furchtbaren Fehler begangen."

Sie schluckte die Tränen, die sich Bahn brechen wollten, mühsam hinunter und weigerte sich, sie zuzulassen. Sie nahm allen Mut zusammen und sagte unter großer Kraftanstrengung: „Einen Fehler? Du hast mich *glauben* lassen, du wärst gestorben?"

Er senkte den Kopf. „Ich nehme es dir nicht übel, daß du außer dir bist."

Sie ballte die Fäuste in ihrem Schoß. „Wie soll ich wissen, daß du wirklich Daniel bist?"

Er zuckte vor Schmerz zusammen. Er hob den Kopf und schaute sie wieder an, als versuche er, sich an Zeiten, Umstände zu erinnern ... sich an etwas, an irgend etwas zu erinnern. Schließlich trat ein Leuchten in seine Augen. „Erinnerst du dich an den Tag, als wir auf dem Felsen saßen – auf *unserem* Felsen – mitten im Weaver's Creek? Ich habe dir an diesem Tag gezeigt, wie man Noten schreibt."

Sie verschränkte die Arme vor sich, als wollte sie sich vor der Wirklichkeit dieses unglaublichen Augenblicks schützen.

„Ich gab dir meine Gitarre. Du hast sie in der Scheune deines Vaters versteckt ... auf dem Heuboden."

Sie konnte ihr Zittern nicht länger unterdrücken und schaute weg. Sie wünschte, sie könnte sich angesichts dieser unglaublichen Wahrheit, des quälenden Schmerzes bei der Erinnerung an ihre frühere Liebe, der von Sekunde zu Sekunde steigenden Verletzung und tobenden Wut, weil sie so furchtbar betrogen worden war, beherrschen.

„Oh, Katie, ich habe dich furchtbar vermißt ... in all diesen Jahren."

Sie atmete tief durch. „Ich bin jetzt *Katherine*. Katherine Mayfield."

Er seufzte und nickte langsam. „Annie hat mir von deiner Adoption erzählt, und daß du Hickory Hollow verlassen hast, nachdem der Bischof dich mit dem Bann belegt hat ... und daß du deine leibliche Mutter suchen wolltest. Aber nur die alte Ella Mae hatte den Mut, mir zu verraten, wo ich dich suchen könnte."

Sie drehte ihm das Gesicht zu. „Du ...bist also wieder zu den Amisch gegangen?"

„Nur, um mit meinem Vater und meiner Mutter zu sprechen ... und mit Annie." Er brach ab, als gäbe es noch einiges mehr, als er ihr im Moment zu sagen wagte.

Ihre Blicke begegneten sich wieder. Katherine brach es erneut das Herz. „Der Daniel, den ich kannte, sagte, er würde mich lieben. *Er* sagte: ‚Was auch geschehen mag ... '" Ihre Augen füllten sich mit Tränen. „*Dieser* Daniel hätte mich nie so mies hintergangen."

„Deshalb komme ich ja zu dir. Ich möchte dich um Vergebung bitten." Er stand auf und eilte an ihre Seite. „Ich möchte dir alles erklären."

„Was gibt es da zu erklären?" sagte sie, ohne sich darum zu kümmern, daß ihre Stimme lauter wurde. „Du hast mich zum Narren gehalten, Daniel ... Du hast mir das Herz gebrochen. Ich habe damals geglaubt, daß ich ohne dich nicht weiterleben könnte. Du hast mich um dich trauern lassen, bis ich so krank war, daß alle in Hickory Hollow dachten, ich würde nie wieder gesund werden. Und jetzt kommst du einfach so an meine Tür, als wäre nichts gewesen?"

Er kniete vor ihr nieder. „Ich wünschte, ich könnte die Uhr zurückdrehen, Katie. Ehrlich, das wünschte ich von ganzem Herzen. Ich hätte dich damals mitnehmen sollen."

Sie schüttelte den Kopf. „Die Vergangenheit läßt sich nicht mehr ändern. *Hätte sollen* hat noch nie irgend etwas geändert."

Seine Augen wurden feucht, aber er schwieg.

„Ich bin nicht mehr das Mädchen, das du früher einmal geliebt hast." Sie stand abrupt auf. Der Schmerz um ihre gemeinsame Vergangenheit, der Zorn, schmählich hintergangen worden zu sein, fraßen sie innerlich fast auf. „Ich wollte, du wärst nie hierhergekommen."

Er war jetzt auf den Beinen. „Katie ... ich ..."

„Kein Wort mehr. Bitte. Ich kann darüber nicht sprechen." Sie warf sich die Hände vor das Gesicht, um ihre Tränen zu verstecken und ihr Schluchzen zu ersticken.

Sie fühlte seine Hand auf ihrer Schulter. „Oh, Katie. Es tut mir so furchtbar leid."

„Bitte ... würdest du jetzt gehen?" flüsterte sie und drehte sich von ihm weg. Mit aller Energie, die sie aufbringen konnte, rief sie ihren Butler. Das Klicken von Fultons Schuhen auf dem Fußboden brachte ihr eine gewisse Erleichterung. Fulton würde jetzt alles in die Hand nehmen. *Er* würde sich um sie kümmern.

Daniel schaute sie noch einmal an, während der Butler wartend in dem breiten Türrahmen stand. „Ich hatte nicht die Absicht, dir mit diesem Besuch weh zu tun, Katie. Gott sei mit dir."

Stumm und hilflos begegneten sich ihre Blicke und blieben aneinander haften.

Fulton vergeudete keine Zeit, den Mann zur Tür zu leiten, und Katherine drehte sich um und floh in ihre privaten Räume.

5

Daniels Rückkehr von den „Toten" war *das* Gesprächsthema in ganz Hickory Hollow und auch das einzige Thema, über das Mattie Beiler beim Abendessen reden konnte, während sich draußen die Abenddämmerung über das alte Bauernhaus in der Mitte von Hickory Hollow legte. Sie ging sogar so weit zu sagen, der junge Mann sei „vom Teufel" – er und sein verlogenes Wesen. Wie konnte er nur nach New Jersey davonlaufen und sich mit diesen Engländern einlassen.

Mit einem Blick auf ihre Mutter, die betagte Ella Mae, redete Mattie aufgebracht weiter. „Gott weiß, wie sehr dieser Daniel Fischer seiner Mama das Herz gebrochen hat. Er ließ sie einfach glauben, er sei tot!"

„Ach, verurteile ihn doch nicht so herzlos", tadelte Ella Mae ihre Tochter und schaute mit einem strengen Blick von ihrem Strickzeug auf. „Der arme Junge weiß, was es heißt zu leiden."

„Der arme Junge! Ich höre wohl nicht richtig!" schimpfte Mattie los und rutschte mit ihrem Stuhl näher an den Holzofen in der Küche heran. „Er hat sein Leiden doch selbst verschuldet, oder?" Sie biß sich auf die Zunge und wartete darauf, daß ihre Mutter für den sympathischen Jungen in die Bresche springen würde. Sie schaukelte heftig in dem handgezimmerten Schaukelstuhl, nahm die dikke Nadel und ihre Handarbeit und murmelte verächtlich etwas vor sich hin.

Ihre Mutter blieb still. Mattie schaute immer wieder zu ihr hinüber und hoffte, die Weise Frau würde die Dinge aus ihrer Perspektive beleuchten und etwas zu dem Gespräch beitragen.

Sekunden vergingen, leer und unbefriedigend. Mattie wartete darauf, nein *sehnte sich* danach, das Gespräch wieder anzufachen. Sie war unruhig und konnte nicht tatenlos sitzenbleiben und zusehen, wie ein so guter Abend vergeudet würde.

Als sie das Schweigen schließlich nicht länger ertragen konnte, meinte Mattie bissig: „Ich finde, Daniels Familie hat viel durchgemacht. Und Bischof Johannes hat das Recht, ihn mit der *Meidung* zu belegen – genauso wie er es mit Katie und jedem anderen gemacht hat, der hier ungehorsam ist."

Ella Maes Stricknadeln bewegten sich rasch und klapperten leise und rhythmisch vor sich hin. Sie schwieg und blickte kein einziges Mal auf. Das Singen der Nadeln, so leise es auch war, verärgerte Mattie fast noch mehr, als wenn ihre Mama zu stricken aufgehört und etwas über Daniel gesagt hätte. *Irgend etwas*. Ella Mae war heute abend genauso gesprächig wie eine Taubstumme, und Mattie glaubte, den Grund dafür zu kennen. Sie hatte den Verdacht, daß die alte Frau eine Schwäche hatte, wenn es um Daniel ging. Jakob Fischers durch und durch rebellischer Sohn war aus heiterem Himmel aufgetaucht und hatte um die Vergebung seiner Sünden in der Vergangenheit gebeten. „Es heißt, daß Daniel nicht vorhat, lange hier in der Gegend zu bleiben. Und er hat nicht vor, bei den Amisch oder in der Gemeinde Buße zu tun. Er hat andere Dinge in seinem gottlosen Sinn – wahrscheinlich wird er Hickory Hollow ganz den Rücken kehren und in die Welt zurückgehen, um Geld zu machen. Er ist jetzt ein eitler Architekt, weißt du – und zeichnet Entwürfe für eitle Leute. Puh, wenn er richtig im Kopf wäre, wüßte er, daß er die Gaben, die der Herr ihm geschenkt hat, hier in Hickory Hollow nutzen könnte. Er hätte es nicht nötig, einen beschmutzten Scheck von sündhaften Leuten anzunehmen. Das wäre absolut nicht nötig!"

„Mattie, du strapazierst unnötig deine Nerven", sagte ihre Mutter schließlich und schaute sie mit einem Blick an, als wäre sie ein gejagter Bär.

„Ach, was soll man denn von so etwas halten?" murrte diese und rückte ihren Stuhl ein Stück vom Feuer weg. „Die Beichte dieses Jungen war nicht einmal die Luft wert, die er atmet. Und dann bleibt er nicht hier und wartet auf die Gemeindeversammlung und beugt nicht seine Knie in heiliger Buße ... „ Sie warf die Hand in die Luft. „Statt dessen mußte er sagen, er sei erlöst – und habe vor Gottes Augen Gnade gefunden. Was für ein Stolz! Er wird diesen Tag todsicher noch bereuen!"

Die Weise Frau sah ziemlich angewidert aus, auch wenn alles, was ihre Tochter gerade gesagt hatte, die Wahrheit und nichts als die Wahrheit war. Mattie wußte das, denn sie hatte mit gut der Hälfte der weiblichen Bevölkerung von Hickory Hollow darüber gesprochen. Die einhellige Meinung lautete, daß Daniel und Katie wahrscheinlich in mehr als nur einem Sinn *wirklich* zusammengepaßt hatten, und wenn nicht bald jemand etwas unternähme, um die Alte Ordnung aufrechtzuerhalten, würden sie noch mehr junge Leute an die Welt und den Teufel verlieren.

* * *

Benjamin Lapp betätigte die Pumpe und füllte mehrere Eimer mit frischem Wasser aus dem Brunnen. Er half seinem älteren Bruder, die Tiere auf dem Hof zu versorgen, bevor die nächste bitterkalte Nacht hereinbrach.

Die jungen Männer wechselten ein paar hitzige Bemerkungen, bis Benjamin es nicht länger ertragen konnte. „Ich habe doch Augen im Kopf!" fuhr er seinen Bruder an. „Mama geht es immer schlechter, würde ich sagen. Sie kann sich zur Zeit auf nichts richtig konzentrieren."

Eli holte etwas Heu für die Maultiere. „Du kannst doch nicht erwarten, daß Mutter so schnell über die Sünden unserer Schwester hinwegkommt."

„Und was ist mit Papa? Er leidet auch darunter."

Eli meinte: „Er ist zur Zeit unausstehlich."

Benjamin ging kopfschüttelnd zum Milchhaus hinüber. „Das ist alles ihre Schuld. Alles", murmelte er. Sein Zuhause war kein angenehmer Ort mehr. Seine Mama war fast die ganze Zeit aufgewühlt und furchtbar nervös und regte sich auf, wenn man es am wenigsten erwartete. Der Gipfel war, daß sie dabei meistens auf Papa losging. Sogar der Bischof war ein- oder zweimal hier gewesen. Aber vergeblich, soweit Benjamin das beurteilen konnte.

Es gab nur einen einzigen Menschen, der seine Mama beruhigen konnte. Das hatte er bei mehreren Gelegenheiten beobachtet. Die meisten Leute hatten aufgehört, Ella Mae Zook als die Weise Frau zu bezeichnen, seit der Bischof sie erst kürzlich stark zurechtgewiesen hatte. Aber wie er gehört hatte, hatte die liebenswerte alte Frau in ihrem Haus mit Daniel Fischer, dem Jungen, der seine Schwester früher einmal geliebt hatte, einen Tee getrunken und sich mit ihm unterhalten. Daniel hatte sich auch die *Meidung* eingehandelt. Er war einfach hierhergekommen und hatte allen erzählt, daß er Vergebung für seine Sünden gefunden hätte, und lauter solche Sachen.

Er sollte doch so klug sein, und den Amisch nicht solches Zeug erzählen. Wußte er denn nicht, was in der Bibel stand: „Die Frucht der Gerechtigkeit aber wird gesät in Frieden für die, die Frieden stiften"?

Benjamin spuckte einen Strohhalm aus und schaute durch das verschmutzte Fenster des Milchhauses. Er versuchte über das nachzudenken, was er einen der Söhne von Bischof Johannes letzten Sonntag nach dem Predigtgottesdienst sagen gehört hatte. Daß es ein Gesetz geben sollte, das den Leuten verbietet, umherzugehen und solche stolzen Worte zu verbreiten. „Wir sollten ihnen Einhalt gebieten, wenn sie so prahlen."

Benjamin war so gescheit, sich mit keinem Gedanken für heilig zu halten. *Erlöst* nannten es die Mennoniten. Er war zu einem guten, aufrichtigen Amischmann erzogen worden und wußte, daß er nicht herumposaunen durfte, er sei reingewaschen und gerecht. „Eigenlob stinkt", sagte sein Vater immer. Schon seit Benjamin als kleiner Junge auf den Knien seines Vaters gesessen hatte, hörte er solche und ähnliche Worte; diese Worte steckten voll Klugheit und Wahrheit.

Er drehte sich um und ging ins Haus. Die Nacht war feucht und kalt, und er fror durch und durch. Hoch am Himmel funkelten die Sterne wie Diamanten an einem dünnen Schleier. Über dem weiten, offenen Feld zu seiner Rechten war der Mond aufgegangen. Er war wie von einem seidenen Heiligenschein umgeben. „Es wird bald viel Schnee geben", sagte er zu sich.

„Mit wem sprichst du denn?" rief sein Bruder, der über den Hof gelaufen kam und ihn einholte.

„Nur mit mir selbst."

Sie schwiegen einen Augenblick und gingen stumm weiter zum Haus.

Dann sagte Eli plötzlich: „Du vermißt sie, nicht wahr?"

Benjamin zog seinen Mantelkragen enger um den Hals und hielt ihn mit beiden Händen fest.

„Und, habe ich recht?"

„Es geht niemanden etwas an, ob ich sie vermisse oder nicht."

Eli brach in ein lautes Gelächter aus. „Ich hätte schwören können, daß du das sagst!"

„Wir schwören nicht, Bruder. Du solltest dich schämen." Er wollte Eli schlagen. Wie konnte Eli sich nur über seine ehrlichen Gefühle lustig machen? Er hätte seinen Bruder wirklich liebend gern auf den eisig kalten Boden geworfen und ihn kräftig seine Faust spüren lassen. Vielleicht hätte er es tatsächlich getan, wenn Rebekka nicht den Kopf aus der Hintertür gesteckt und mit ihrer kleinen Glocke geläutet hätte, als gäbe es keinen neuen Tag.

„Zeit zum Abendgebet“, grinste Eli hämisch.

„Das ist gut ... für *dich.*“

Eli atmete tief durch. Benjamin sah den Atem über dem abgetragenen Arbeitshut seines Bruders zum schwarzen Himmel aufsteigen. „Wenn wir ehrlich sind, kann keinem von uns das Beten schaden. Damit wir nicht ... „ Er schwieg kurz. „Damit wir nicht *alle* am Schluß noch mit dem Bann belegt werden wie Daniel Fischer und unsere Schwester.“

Über diese ehrliche Bemerkung überrascht, besonders aus dem Mund eines so rauhen Gesellen wie Eli, schwieg Benjamin. Sie eilten die hinteren Stufen hinauf und gingen in das Sandsteinhaus.

* * *

Alle fünf Kinder des Bischofs knieten an der langen Bank in der Küche, dem wärmsten Raum in dem großen Haus. Johannes Beiler sprach ein kurzes Gebet und dankte Gott für seinen großen Segen und dafür, daß er sie in seinem Willen und in seiner Vorsehung führte und leitete. Dann befahl er sein Leben und seine Familie in die Hände des allmächtigen Gottes.

„Gute Nacht, Papa“, sagte Hickory-Johannes, der Älteste, als das Gebet zu Ende war. Die jüngeren Kinder – die sechsjährige Susie und der vierjährige Jakob – kamen und gaben ihrem Vater einen Kuß, bevor sie ihrer großen Schwester Nancy, die eine Laterne trug, die Treppe hinauffolgten.

„Schlaft gut“, rief er ihnen nach, als er ihre Füße in den ersten Stock hinauftapsen hörte. Dieses angenehme Geräusch tröstete ihn.

Ach, welch ein Tag das gewesen war. Kalt ... fast eisig und so feucht, daß man bis auf die Knochen fror. Der angenehmste Teil des Tages war sein Nachmittagsausflug mit Maria Stoltzfus gewesen. Sie war ein richtig nettes Mädchen. Und anscheinend ziemlich glücklich darüber, daß er sie zu dem Ausflug eingeladen hatte. Sie hatte die Röte auf ihren runden Wangen und das Zögern in ihrer

Stimme, als sie mit ihm sprach, nicht verbergen können. Marias Qualitäten übertrafen die ihrer besten Freundin bei weitem. Er hätte sich ohrfeigen können, daß er Katie Lapp je eines Blickes gewürdigt hatte. Natürlich wußte er damals nicht, was er heute wußte. Von der Arbeit des Tages müde, drehte er die Gaslampe aus und stieg die Treppe hinauf. Es störte ihn nicht, sie im Dunkeln zu gehen. Er war jede einzelne Stufe gewohnt, kannte das Knarren der dritten und der fünften Stufe und das Holzgeländer, das von so vielen Händen, jung und alt gleichermaßen, glattgerieben worden war.

Er dachte an seine geliebte verstorbene Frau. Miriam würde lachen, wenn sie ihn jetzt sehen könnte: ein Mann mittleren Alters, der versuchte, einem Mädchen den Hof zu machen – einer jungen Frau mit gerade einmal zwanzig Jahren. Und das mit einem Haus voller Kinder zwischen zwölf und vier. Ja, sie würde wahrscheinlich lachen.

Seufzend setzte er sich aufs Bett und starrte in die Dunkelheit hinaus. Seit Wochen ließ ihn Maria bei den Predigtgottesdiensten nicht aus den Augen, besonders an den Sonntagen, wenn er für die Schriftlesung zuständig war.

Er hatte sich gefragt, wann wohl sein Herz anfangen würde, bei ihrem Anblick ein wenig schneller zu schlagen – so wie bei Katie Lapp –, und hatte deshalb beschlossen, Maria heute mit zur Bank zu nehmen. Wie sich herausstellte, war die Zeit mit ihr nicht nur überraschend angenehm gewesen. Er hatte auch festgestellt, daß er es wirklich genossen hatte, Maria neben sich in der Kutsche sitzen zu haben ... und mit ihr Eis zu essen. Vielleicht spielte es keine so furchtbar wichtige Rolle, ob das Herz wie bei einem verliebten Schuljungen schneller klopfte. Eine tiefe Freundschaft war auch ein guter Anfang – und die beste Voraussetzung dafür, gemeinsam alt zu werden. Das würde bestimmt niemand bestreiten. Immerhin brauchte ein Mann in seiner Position eine hübsche junge Frau, die ihm noch einige Nachkommen schenkte und ihm half, die Kinder, die er mit Miriam gezeugt hatte, aufzuziehen.

Maria hatte die nötige Geduld für eine solche Aufgabe. Er schlüpfte ins Bett, sagte leise seine Gebete und beschloß, daß er *diese* Brautwerbung nicht lang hinauszögern würde. Er würde Maria glücklich machen und ihr noch in den nächsten Wochen seine Absichten offenbaren.

* * *

Katherine baute so viele weiche Kissen um sich herum, wie sie finden konnte. Sie hatte sich einen Stapel Bücher aus der Bibliothek geholt. Rosie hatte ihr dabei geholfen. Sie hatte großes Einfühlungsvermögen bewiesen, auch wenn Katherine jeden erdenklichen Versuch unternahm, ihre verweinten Augen und ihr rotes Gesicht zu verbergen. Sie hatte sogar verlangt, daß ihr das Abendessen in ihr privates Wohnzimmer gebracht würde.

Rosie hatte ihr geholfen, einige der alten Klassiker zu finden, die Laura im Laufe der Jahre immer wieder gern gelesen hatte. Am schönsten bei der Entdeckung der Bücher war, daß in einigen davon Lauras kindliche Handschrift auf den ersten Seiten zu sehen war. Diese Entdeckung freute Katherine, und das aus gutem Grund.

In ihrer derzeitigen aufgewühlten Verfassung brauchte sie Ablenkung, eine Fluchtmöglichkeit. So sehr sie es auch zu verdrängen versuchte, war sie noch lange, nachdem Fulton Daniel zur Tür geführt hatte, völlig verstört gewesen. Sie war weinend in ihr Zimmer gelaufen, und nichts, was Rosie oder eines der anderen Hausmädchen sagte, konnte sie trösten. Als sie nach dem Fremden gefragt wurde, schüttelte sie nur den Kopf und weinte noch mehr.

Rosie saß jetzt auf einem Stuhl neben Katherines Bett. „Wenn ich Ihnen vorlese, können Sie vielleicht mit der Zeit einschlafen."

Sie drehte sich zu ihrem Hausmädchen um. Sie litt noch immer darunter, daß sie so lange und so herzzerreißend geweint hatte. „Rosie, Sie sind sehr nett, aber warum behandeln Sie mich ... wie ein Kind?"

„Sie haben einen anstrengenden Tag hinter sich. Machen Sie sich deshalb keine Sorgen."

Rosie stand auf und strich die Decke auf dem Bett glatt. „Es ist doch nicht schlimm, die Hausherrin ein wenig zu verhätscheln, oder? Es ist unübersehbar, daß Sie jemanden brauchen können, der Sie aufmuntert."

Katherine nickte und schaute den Bücherstapel durch, da sie auf keinen Fall über den Besuch, der ihr so viel Kummer bereitete, sprechen wollte. Niemand brauchte die Geschichte zu kennen, die hinter dem, was sich heute im Salon abgespielt hatte, steckte. Oder sonst irgend etwas über Daniel Fischer. „Dieses Buch sieht interessant aus", sagte sie und zog ein abgegriffenes Buch heraus und reichte es Rosie.

„Oh, ja. Das war eines von Lauras Lieblingsbüchern." Rosie schlug das Buch auf. „Soll ich anfangen?"

Katherine nickte mit einem tiefen Seufzen.

„Kapitel eins hat den Titel: ‚In dem Elnora in die höhere Schule geht und viele Lektionen lernt, die sie nicht in ihren Büchern findet.'"

„Welch eine lange Kapitel-Überschrift", murmelte Katherine und machte es sich in ihrem Kissenberg bequem. Während sie aufmerksam lauschte, dachte sie über die vielen Lektionen nach, die sie selbst auch schon in ihrem Leben gelernt hatte. *Die meisten* davon waren schwer ... und nicht in Büchern zu finden.

Obwohl die Geschichte damit begann, daß Elnora mit ihrer Mutter über ihren Wunsch, die höhere Schule zu besuchen, diskutierte, konnte Katherine kein Wort davon behalten. Amische Schulen hatten nur acht Klassen; dann machte man seinen Schulabschluß. Die Jungen blieben zu Hause und halfen ihren Vätern in der Landwirtschaft, oder sie lernten einen Handwerksberuf; die Mädchen wurden die rechte Hand ihrer Mütter; sie paßten auf die jüngeren Geschwister auf, halfen im Haushalt, kümmerten sich um den Gemüsegarten und wirkten beim Einmachen von Obst und Gemüse mit.

Obwohl Rosie mit starker Betonung und sichtbarer Begeisterung las, machte ihre Stimme Katherine doch bald schläfrig. Sie wußte bereits aus früheren Erfahrungen – von den Wochen und Monaten nach Dans angeblichem Tod –, daß ständiges Weinen eine große Müdigkeit und ein überwältigendes Gefühl von Hilflosigkeit nach sich zog.

„Ich hätte dich mitnehmen sollen ..." Seine zärtlichen Worte verfolgten sie bis in den Schlaf.

* * *

Sie stöhnte und drehte sich in ihrem Bett um. Plötzlich wurde ihr bewußt, daß Rosie nirgends zu sehen war. Das Zimmer war jetzt dunkel. Nur ein Strahl gedämpften Lichtes fiel durch die Fenster und warf über ihren Füßen schwach umrissene Schatten auf das Deckbett.

„Daniel, warst das wirklich du?“ flüsterte sie in das Kissen, während erneut Tränen über ihre Wangen liefen. „Bist du *wirklich* am Leben?“

Sie sank wieder in einen unruhigen Schlaf und träumte von einem kleinen Mädchen, das in Lancaster County in Pennsylvania in einer amischen Familie aufwuchs.

6

Dicker Rauch lag in der Luft über New Jersey. Daniel atmete den beißenden Geruch ein, als er die Stufen zu seinem Auto hinuntereilte, das am Straßenrand abgestellt war. Heute war Sonntag. Während der Fahrt zur Kirche schaltete er versehentlich das Gebläse ein, und der unangenehme Gestank drang in das Wageninnere.

Er war versucht, wieder ins Haus zu gehen und sich zu verkriechen, aber er wußte, daß er der Versammlung der Gläubigen nicht fernbleiben sollte, egal, in welcher Verfassung er sich befand. Der wenige Schlaf, den er letzte Nacht gehabt hatte, konnte bestenfalls als unruhig bezeichnet werden. Störende Träume hatten ihn gequält.

Er mußte bei mehreren roten Ampeln stehenbleiben. Der Wochenendverkehr und der trübe graue Himmel legten sich ihm aufs Gemüt. Das alles erinnerte ihn an seinen kurzen Abstecher nach Canandaigua und den Trübsinn, der sich seiner bemächtigt hatte, als er das zweite Mal zum Flughafen gefahren war. Vollkommen erschöpft, war er während des Rückflugs nach Newark eingeschlafen und erst beim harten Aufsetzen auf der Landebahn wieder aufgewacht.

„Daniel hätte mich nie so mies hintergangen ...“

Er schaltete in einen höheren Gang, richtete den Blick auf die Fahrbahn vor sich und überholte nur dann, wenn es unbedingt nötig war. Es würde ihm bestimmt guttun, seine mennonitischen Freunde wiederzusehen, Loblieder zu singen, eine Predigt über Gottes Wort zu hören. Owen Hess und seine Frau Eve freuten sich gewiß, ihn zu sehen. Sie würden sich höflich über seine Fahrt nach Canandaigua erkundigen und keine neugierigen Fragen stellen; darauf konnte er sich zum Glück verlassen.

Wenn Montag gewesen wäre und er sich auf dem Weg zum Büro befände, hätte sich seine depressive Stimmung möglicherweise auf seine Arbeit ausgewirkt; er hätte sich bestimmt nicht richtig auf seine Entwürfe konzentrieren können, da seine Gedanken sich immer wieder um Katie drehten. Obwohl das Geschäft sehr ruhig lief, was für diese Jahreszeit typisch war, hätte er sich nur mit Mühe konzentrieren können. Das wußte er. Quälende Erinnerungen kreisten jede wache Minute in seinem Kopf. Die letzten fünf Jahre waren mit ähnlichen Gedanken gefüllt gewesen. In Wirklichkeit hatte sich nichts geändert.

„Ich wünschte, du wärst nie hierhergekommen ..."

Er fuhr in eine gepflasterte Einfahrt, die zu einem Parkplatz hinter dem Kirchengebäude führte. Er schaltete die Zündung ab, zog die Handbremse kräftig an und warf einen Blick auf seine Armbanduhr. Ein paar Minuten hatte er noch Zeit.

„Lieber Herr", betete er. „Ich bitte dich um deine Kraft für den heutigen Tag. Hilf mir, Katie – Katherine, wie sie sich jetzt nennt – loszulassen und sie deiner Hand und deinem Schutz zu überlassen. Aber hilf mir trotzdem, sie für dich zu gewinnen. Öffne Türen, damit ich ihr deine Liebe und deine erlösende Gnade bezeugen kann. Ich bin bereit, deinen Willen zu tun, was es auch kosten mag. In Jesu Namen. Amen."

Als er die Augen wieder aufschlug, schaute er durch die Windschutzscheibe zur Sonne hinauf, die sich nach Kräften bemühte, die grauen Rauchschwaden und Wolken zu durchdringen. Er warf einen Blick auf eine Baumgruppe, die sich zwischen den eng zusammenstehenden Gebäuden befand und deren kahle Äste wie drei- und vierzackige Mistgabeln zum Himmel aufragten.

Trotz seines Gebets konnte Daniel seinen Trübsinn nicht von sich abschütteln. Er hätte genausogut Trauerkleidung tragen können, um dies der Welt kundzutun.

Als er sich umschaute, sah er, daß noch einige andere Autos auf den Parkplatz einbogen und links und rechts von ihm hielten. Es war Zeit, auszusteigen und in die im Kolonialstil gebaute Kirche mit den weißen Säulen zu gehen. Freunde winkten ihm fröhlich zur Begrüßung zu, und obwohl Daniel am liebsten seinem inneren Drang nachgegeben hätte und einfach aus dem Parkplatz ausgeschert und wieder nach Hause gefahren wäre, zwang er sich zu bleiben und hoffte, in den Lobliedern und in der Predigt Trost zu finden. Besonders heute brauchte er die Gemeinschaft mit seinen Brüdern und Schwestern im Herrn.

* * *

Katherine tat es leid, daß sie Rosies rücksichtsvolle Einladung, mit ihr und ihrem Mann zum Gottesdienst zu gehen, ablehnen mußte.

„Vielleicht ein anderes Mal", sagte Rosie mit einem Lächeln. „Passen Sie gut auf sich auf, Katherine."

Sie hoffte, Rosie würde sie verstehen. Es war nicht so, daß sie kein Interesse daran gehabt hätte, in die Gemeinde zu gehen, die Laura immer besucht hatte. Sie fühlte sich nur schrecklich müde, erschöpft, nachdem sie sich die ganze Nacht weinend in ihrem Bett hin- und hergeworfen hatte, obwohl sie ihre Tränen mit aller Willenskraft unterbinden hatte wollen. Ihre Welt war gestern aus den Fugen geraten. Alles ... *alles* hatte sich geändert. Selbst ihre Pläne, mit Justin Wirth essen zu gehen, standen jetzt in Frage. Und da war der Brief an Maria, den sie nur wenige Stunden, bevor Daniel aufgetaucht war, zur Post gebracht hatte.

Oh, wenn sie das nur geahnt hätte, dann hätte sie Rosie den Brief vielleicht überhaupt nicht diktiert, dann hätte sie eine solch gewagte Korrespondenz überhaupt nicht begonnen. Ihr Wunsch, Kontakt zu ihrer amischen Freundin aufzunehmen, wäre bestimmt nicht so stark gewesen, wenn sie gewußt hätte, daß Daniel noch lebte.

Sie seufzte tief und beschloß, den Morgen im Schlafzimmer zu verbringen und da auch zu frühstücken. Sie zog es vor, liegenzubleiben – allein, im Nachthemd und Morgenmantel.

Das Wetter spielte sicher auch eine Rolle bei ihrer Lethargie. Sie setzte sich neben das Fenster, schaute zu, wie der Schnee sich immer höher aufschichtete, und hoffte, der Butler und das Hausmädchen waren unbeschadet zur Kirche gekommen.

Nachdem sie das Frühstück mit Rühreiern, Schinken, Toast und Saft zu sich genommen hatte, schlüpfte sie wieder unter die Decke und wünschte sich, sie könnte ihre unruhigen Gedanken von sich abschütteln. In dem Versuch, alles zu tun, um sich zu entspannen, begann sie, leise auf Deutsch zu singen, ein altes Lied aus ihrer Kindheit. „Welch ein Freund ist unser Jesus, oh, wie hoch ist er erhöht ..."

Wie hoch ist er erhöht.

Die Worte berührten ihr wundes Herz, und sie dachte über Lauras Liebe zu Jesus inmitten der verwirrenden Realität ihres eigenen Lebens nach. Es war schwer, sich vorzustellen, daß der Sohn Gottes ihre Trauer verstand, sich vom Himmel herabbeugte und persönlich in das Leben eines Menschen eingriff. Dieser Gedanke mutete sie weltlich, ja sogar ketzerisch an.

Sie drehte sich auf die Seite, zog die Knie an, legte die Hände um ihren Bauch und versuchte, sich wieder zu entspannen, so daß sie wieder einschlafen konnte.

Etliche Stunden später, kurz vor der Abendessenszeit rief Justin Wirth an. Leoma, eines der älteren Hausmädchen, kam an die beiden Türen, die zum privaten Wohnzimmer führten, in dem Katherine saß. „Mister Wirth ist am Telefon, Miss Katherine."

„Danke", sagte sie und nahm den Hörer des Telefons ab, das auf dem kleinen Tisch neben ihr stand.

Justins Stimme klang nervös. „Hallo, Katherine. Ich hoffe, du bist nicht böse, weil ich erst so spät anrufe, aber die Straßen werden immer tückischer, meldet der Wetterbericht. Ich glaube, es wäre nicht klug, das Risiko einzugehen, dich bei einem solchen Wetter auszuführen. Ich fürchte, das Schloß wird warten müssen."

Katherine war insgeheim erleichtert. Sie hatte ohnehin nicht das Gefühl, an diesem Abend eine gute Gesellschaft zu sein – sie fühlte sich viel zu elend für ein romantisches Abendessen in einem Schloß. „Ich verstehe."

„Bist du einverstanden, wenn ich in ein paar Tagen wieder anrufe?" fragte er. „Dann können wir vielleicht einen neuen Termin ausmachen."

„Ja, ... wenn der Sturm sich gelegt hat."

Er schwieg kurz. „Ich hoffe doch, daß dieser Schneefall bald aufhört."

Sie verabschiedeten sich, ohne noch lange zu reden. Sie hoffte, sie habe nicht zu kurz angebunden oder unbeteiligt geklungen. Als sie noch einmal über das Gespräch nachdachte, überlegte sie, ob sie nicht hätte erwähnen sollen, daß sie sich freue, ihn wiederzusehen. Ob sie nicht etwas Nettes oder Freundliches hätte sagen können.

Aber sie hatte keine freundlichen Gedanken gehegt. Sie hatte, wenn sie ehrlich war, überhaupt nicht viel gefühlt. Sie wünschte, sie wäre noch so klein wie in ihren Träumen der letzten Nacht. Denn dann würde sie auf den Schoß ihres Vaters krabbeln und sich von ihm in seinem großen, wunderbaren Hickory-Stuhl nach Herzenslust schaukeln lassen. Und wenn sie genug davon hätte, würde sie von Mamas Strudel essen, bis sie fast Magenschmerzen bekäme.

Genau das würde sie jetzt tun, wenn sie nicht erwachsen wäre ... und englisch.

* * *

Nach dem Morgengottesdienst wurde Daniel von Owen und Eve Hess zum Mittagessen in ein Restaurant eingeladen. „Auf unsere Rechnung natürlich", sagte Owen mit einem freundlichen Grinsen. „Wir haben in letzter Zeit nicht viel von dir gehabt."

Höflich bat Daniel, das Essen auf ein anderes Mal zu verschieben. „Ich würde sehr gern mit euch essen, aber ... nun ja, dieses Mal paßt es mir nicht so ganz. Ich hoffe, ihr versteht das."

Eve hakte sich bei ihrem Mann unter und warf einen neugierigen Blick auf Daniel. „Fühlst du dich nicht gut?" fragte sie, während sie durch die Kirche in Richtung Ausgang schlenderten.

„Das Wetter macht mir ein bißchen zu schaffen, denke ich", antwortete er, da er nicht darauf eingehen wollte, wie er sich wirklich fühlte.

„Also, gut. Dann sehe ich dich morgen im Büro." Owen lächelte freundlich und wandte sich zum Gehen.

Während der Sonntagsschule hatte Schneeregen eingesetzt, und als Daniel aus der Kirche trat, stellte er fest, daß der Parkplatz mit einer Eisschicht überzogen war. Vorsichtig ging er zu seinem Auto und ließ den Motor an. Er ließ den Motor laufen, während er das Eis von den Fenstern kratzte.

Wieder im Auto, wartete er, bis er an die Reihe kam und in dem dichten Verkehr auf dem glatten Parkplatz, auf dem mehrere Reifen durchdrehten und die Autos langsam vorwärtszuckelten, eine Lükke fand. Er hatte es nicht eilig. Er nahm seine Bibel vom Beifahrersitz und blätterte darin, bis er den Brief fand, den er Katie am Abend vor seinem Besuch in der Mayfield-Villa geschrieben hatte. Er hielt ihn fest und starrte die Worte an, las aber nicht. Vielmehr sah er Katie vor seinem geistigen Auge, ihr Verhalten, ihre moderne Kleidung ... wie sie sich in den über fünf Jahren, seit er sie das letzte Mal gesehen hatte, verändert hatte. Sie war noch genauso attraktiv wie damals – sie hatte dieselben leuchtend roten Haare, dieselben hellbraunen Augen – aber ihre Sprache, die Wahl ihrer Worte hatte ihn etwas verwirrt, als er in dem eleganten Salon saß. Das Fehlen der amischen Kleidung, besonders das Fehlen der Kopfbedeckung und der moderne Haarschnitt hatten ihn vor Rätsel gestellt. Aber er vermutete, daß sein verändertes Aussehen für sie wahrscheinlich genauso ungewohnt gewesen war.

In all den Jahren, die er sie gekannt hatte, hatte Katie nie Make-up benutzt. Sie hatte nie versucht, sich schöner zu machen, und hatte das auch überhaupt nicht nötig gehabt. Er fragte sich, was sie wohl veranlaßt hatte, sich so demonstrativ von ihrer schlichten Erziehung zu lösen. Die Art, wie sie sich benahm, ihr ganzes Auftreten, war, als hätte sie ein Mädchenpensionat besucht. Aber wann hätte sie das tun sollen? Und warum?

Er war neugierig auf ihre leibliche Mutter, die Frau, die Katie gesucht hatte. Hatte Katie bei ihrer leiblichen Mutter Eigenschaften entdeckt, die sie bei Rebekka Lapp nie kennengelernt hatte, und hatte sie diese übernommen?

Daniel schaltete den Scheibenwischer ein. Der Schnee fiel jetzt noch dichter. Unbewußt blickte er in seinen Rückspiegel und sah, daß eine Fahrerin ihm winkte, aus seiner Parklücke zu stoßen. Er bedankte sich mit einem Winken und mußte leise schmunzeln.

Ruth Stine. Eine nette junge Frau, die einige seiner unverheirateten Freunde gelegentlich erwähnt hatten. Owen und Eve hatten auch schon von ihr gesprochen. Er glaubte nicht, daß einer von ihnen ihn ohne seine Zustimmung mit Ruth verkuppeln wollte. Aber andererseits hatte er keinem seiner Freunde von seiner großen Liebe erzählt, die jetzt Herrin einer großen, vornehmen Villa war. Owen hatte zwar die Geschichte von Daniels Jugendliebe gehört – wenigstens einen Teil davon –, aber er hatte keine Ahnung, daß Daniel Katherine erst gestern gegenübergestanden hatte.

Es würde ihn nicht weiterbringen, wenn er versuchte, das alles zu erklären. Seine Begegnung mit der modernen Katie war für ihn ein Schlag ins Gesicht gewesen. Aber was hatte er eigentlich erwartet? Katie war schon immer impulsiv und eigenwillig und hatte oft recht vehement ihren Standpunkt vertreten. Auch in den Jahren, in denen sie miteinander befreundet waren, hatte sie ihn mit Fragen bombardiert. Warum mußte er ausgerechnet in eine Bibelstunde gehen? Warum hatte er Freunde außerhalb der Amisch-Gemeinschaft?

Er war sich ziemlich sicher, daß sie damals vermutet hatte, daß er mit Mennoniten verkehrte. Er hatte auch diesen Teil seines Lebens nicht vor ihr geheimgehalten. Und wenn er diesen Anschein erweckt hatte, dann nur aus Sorge um sie, denn er hatte in Katie keine religiösen Zweifel schüren wollen, er hatte sie nicht auf den Gedanken bringen wollen, daß das amische Leben möglicherweise nicht richtig sein könnte ...

Die Heimfahrt war weniger anstrengend. Der Verkehr war aufgrund des Schnees und der vereisten Straßen spärlich. Er überlegte, was er sich zum Mittagessen kochen könnte und mußte an den herrlichen Geschmack von gebratenem Hähnchen denken, bei dem einem das Wasser im Mund zusammenlief. Was für ein „einfaches, schlichtes" Rezept! Er hatte es vor Jahren auf eine Karteikarte geschrieben. Das Geheimnis lag in der Menge der Butter, mit der das Hähnchen bestrichen wurde. Die Vorfreude auf dieses Gericht beschäftigte ihn, als er vorsichtig in die Seitenstraße einbog – in *seine* Straße –, die zu eng und zu wenig befahren war, als daß hier geräumt oder gestreut würde, selbst bei einem starken Schneesturm.

Er stellte das Auto am Straßenrand ab und trotzte mit eingezogenem Kopf dem heftigen Wind. In der warmen Garderobe des Hauses zog Daniel seinen Mantel aus, nahm seinen Schal ab und warf beides über den Garderobenhaken in dem schmalen Eingangsbereich. Er eilte zum Kühlschrank und öffnete das Gefrierfach, nahm ein Hähnchen heraus, steckte es in die Mikrowelle und schaltete auf ‚automatisches Auftauen'. Während er wartete, trat er ans Küchenfenster und schaute zu, wie der Schnee so dicht wie Gänsedaunen durch den grauen Nebel fiel. Gedanken an Katie beschäftigten sein Denken, sein Herz. Er fragte sich jetzt, ob sie vielleicht recht hatte. Vielleicht *hätte* er sie tatsächlich in Ruhe lassen *sollen*. War es ein Fehler gewesen, sie zu suchen – unangemeldet in ihrer Villa aufzutauchen und ihr Leben derartig durcheinanderzubringen?

Er konnte an nichts anderes mehr denken und spürte den Wunsch, für sie zu beten, dafür zu beten, daß sie jemanden – *etwas* – fände, das sie zum Glauben an Jesus führen würde.

Er widmete sich wieder seiner Hausarbeit und stellte die Zutaten für die Zubereitung des Hähnchens bereit – Mehl, Salz, Hähnchengewürz, Pfeffer und Butter. Er mußte etwas tun, um sich abzulenken. Ein Mann sollte sich einmal am Tag ein großes Essen gönnen, und wenn auch nur, um den Schmerz einer verlorenen Liebe zu betäuben.

7

In Hickory Hollow sehen alle Amischfrauen gleich aus, erinnerte sich Katherine, als sie am zweiten Tag hintereinander eingeschneit waren. Sie saß in der gemütlichen Bibliothek am Feuer und las weiter in Lauras Lieblingsroman. Die Ähnlichkeiten zwischen ihr selbst und Elnora Comstock, einem Mädchen, das Motten fing, um sein Schulgeld bezahlen zu können, fesselten sie. Elnora, eine junge Frau, die in den 60er Jahren des 19. Jahrhunderts in Indiana aufgewachsen war, lebte nach der „Goldenen Regel", liebte die Natur und wünschte sich nichts sehnlicher, als von ihrer Mutter geliebt zu werden.

Seufzend konnte Katherine das schlichte braune Kleid fast an ihren Knöcheln fühlen, als sie den mitreißenden Bericht von Elnoras erstem Tag an der höheren Schule verfolgte, wie sie von spöttischen und höhnischen Bemerkungen begleitet, das Klassenzimmer betrat. Sie wußte genau, wie sich dieses liebe Mädchen aus „der alten Zeit" gefühlt haben mußte. Katherine hatte das gleiche erlebt, besonders dann, wenn sie in Central Market oder in Roots – Orte, an denen amische Bauern und andere Händler ihre Waren verkauften – etwas zu besorgen hatte.

Die Leute, vor allem die Touristen, gafften gern. Sie erinnerte sich lebhaft an ihre Abscheu, wenn sie das Objekt von Spott und Hohn war, auch wenn sie nie ein Wort darüber fallenließ. *Alle* schlichten Frauen zogen die Aufmerksamkeit der Fremden auf sich – damit, wie sie ihre Haare auf dem Hinterkopf zu strengen Knoten zusammenbanden, durch ihre schmucklose Kleidung, die obligatorische Kopfbedeckung. Daß sie genauso aussah wie jede andere Frau in Hickory Hollow, hatte in ihr ein Gefühl der Leere erzeugt. Aber im Alter von dreizehn Jahren, als ihre beste Freundin anfing, von Tag zu Tag rundlicher und fülliger zu werden, war Katherine immer noch schlank und dünn geblieben. Manchmal hatte sie Maria und die anderen Mädchen in ihrer Schulklasse betrachtet und war dankbar gewesen, daß sie nicht deren Figur hatte. Selbst die Form und Größe ihrer Schatten im Sommer beim Baden war für sie ein Grund zur Freude, denn nur in ihnen konnte sie manchmal ihre eigene Individualität wahrnehmen, wenn auch sehr unvollständig.

* * *

„Puh, ist das kalt draußen!“ Marias Mutter kam ins Haus. Sie hatte eine Ladung Feuerholz auf den Armen.

Montag war Waschtag, und Maria hätte sich beinahe die Finger abgefroren, als sie die Wäsche auf der Veranda aufgehängt hatte. „Ich kann mich an keinen Januar erinnern, der so kalt gewesen ist“, sagte sie und trat an den Ofen, um zu helfen, Holzscheite in das Feuer zu schieben.

„Zu diesem Schluß kommen wir jeden Winter. Aber es ist wirklich so eiskalt, daß man überhaupt nicht mehr richtig warm wird“, sagte Rachel, während sie zur Spüle ging, um sich die Hände zu waschen.

Maria ging wieder an ihre Arbeit und bereitete alles zum Brotbakken und was sonst noch zu tun war, vor. „Nächsten Sonntag wird das Haus voll sein“, bemerkte sie bei dem Gedanken, daß die Familie Stoltzfus dieses Mal an der Reihe wäre, ihr Haus für den Predigtgottesdienst zu öffnen. Bischof Johannes würde mit seinen fünf Kindern kommen und im Wohnzimmer des Hauses stehen, die Heilige Schrift aufschlagen und ganze Kapitel daraus vorlesen.

„Es kommt nicht mehr allzuoft vor, daß wir den Gottesdienst hier bei uns im Haus haben“, fügte Rachel hinzu. „Der Bezirk ist so groß geworden, daß er schon fast aus den Nähten platzt.“

Maria lachte. „Die Nähte verlaufen vom Weaver's Creek bis zur Bundesstraße hinauf.“

„Ja, es wird nicht mehr lange dauern, bis Prediger Yoder uns auffordern wird, uns zu teilen, schätze ich. Dann wird ein neuer Bezirk entstehen.“

Maria war überrascht, das zu hören. „Ist das dein Ernst? *So* viele Amisch sind wir?“

Ihre Mutter nickte und ging zur Speisekammer, um Mehl und Zucker zu holen. „Es ist nur eine Frage der Zeit, bis ein Ältestenrat einberufen wird. Dann werden die nötigen Entscheidungen getroffen.“

Maria behielt ihre Gedanken für sich. Wenn sie ehrlich sein wollte, war sie sehr froh, das zu hören. Sie konnte nur hoffen, daß die Amisch irgendwie die Erlaubnis bekämen, wieder mit Katie zu sprechen, falls das gebannte Mädchen nach Hickory Hollow zurückkehren sollte. Aber wenn nicht ... und wenn die Familie Samuel Lapp unter den Familien sein sollte, die in einen anderen Gemeindebezirk eingeteilt wurden, dann könnte es gut sein, daß der Prediger dieser Gruppe – er würde durch das Los gewählt – sich in dieser Frage mit dem neuen Bischof einigen könnte. Natürlich hatte sie die Absicht, selbst mit Bischof Johannes über dieses Thema zu sprechen ... eines Tages. Aber von den Frauen wurde erwartet, daß sie sich nicht in Gemeindeangelegenheiten einmischten. Und schließlich wollte sie die aufkeimende Beziehung zu Johannes Beiler auf keinen Fall aufs Spiel setzen. Nichts – fast nichts – war es wert zu riskieren, daß Johannes Beiler das Interesse an ihr verlor.

* * *

Katherine legte ein Lesezeichen auf die Seite des Buches, das sie gerade las, klappte es zu und legte es auf den Teetisch vor ihrem Sessel. Sie ging zu dem großen Fenster und schaute hinaus. Der Schnee fiel so schnell und dicht wie aus einer nicht versiegenden Quelle, daß ihr fast schwindelig wurde. Sie lehnte ein Knie auf das niedrige Fenstersims und hielt das Bild, das sich ihr bot, in ihrem Gedächtnis fest: der weite Rasen, die bizarren Bäume im Osten. Dieses Grundstück war einer der schönste Flecken auf Erden. Wie das alles in ihren Besitz gekommen war, konnte sie kaum begreifen. Aber trotzdem war es so.

Da stand sie nun, in ihrem eigenen gemütlichen Haus, eingeschneit und von meterhohen Regalen mit faszinierenden Büchern, flackernden Kerzen und einem knisternden Feuer umgeben. Plötzlich wurde ihr bewußt, daß sie, sah man einmal von den hübschen Möbeln, Teppichen, Vorhängen und Wandbehängen ab, genausogut in Samuel Lapps Haus in Hickory Hollow stehen und den Nachmittag ohne den Luxus von Strom oder elektrischer Heizung hätte genießen können.

„Was siehst du, wenn du in deine Zukunft schaust?“

Daniel hatte ihr diese Frage gestellt, als sie noch sehr jung gewesen waren, irgendwann im Sommer, als sie beide barfüßig eine staubige Straße entlangliefen und einem ausgerissenen Pony in der glühenden Hitze nachjagten. „Hundstage“ hatten sie die heißesten Wochen im Juli und August immer genannt.

Im folgenden Winter hatte er ihr dieselbe Frage noch einmal gestellt, als sie in der Schulpause draußen spielten. Natürlich hatte sie keine Ahnung gehabt, was er ihr damit wirklich hatte sagen wollen, und sie hatte dabei unbeirrt den Schnee weiter zu einer runden Kugel geformt.

Sie erinnerte sich an die Tage, als wäre es erst gestern gewesen: Der Schnee war um sie herum gefallen und hatte sich in Minutenschnelle immer höher auf den Stufen, die in das Schulhaus mit dem einzigen Klassenzimmer führten, aufgetürmt. Der erste richtige Schneesturm in ihrem Leben!

Sie erinnerte sich an die schweren alten Stiefel, die sie getragen hatte, an den riesigen Schneemann, den sie und Daniel angefangen hatten miteinander zu bauen. Aber sie hatten viel Hilfe von ihren Vettern und amischen Freunden bekommen, bis der Schneemann dastand und sie mit seinen Augen aus Oliven aus einer Pausenbrottüte fröhlich ansah. Der nach oben gebogene Mund hatte aus zerbrochenen Karottenstückchen bestanden, erinnerte sie sich, und der schwarze Filzhut hatte dem jungen Daniel gehört.

Er war ein paar Schritte zurückgetreten, um das dicke Geschöpf zu begutachten, und hatte dann hellauf in die frostige Luft gelacht. Er hatte so sehr gelacht, wie sie ihn noch nie lachen gesehen hatte. Sein Lachen kam aus voller Tiefe, und sein Gesicht war krebsrot angelaufen. Sie hatte angefangen, ihn zu jagen und hatte ihn schließlich angebettelt, er solle sich doch von ihr fangen lassen. Das tat er. Ohne Vorwarnung drehte er sich um und blieb im Schnee stehen.

Sie rannte gegen ihn ... mit voller Wucht und landete an seiner starken Brust, aber nur, weil der Schnee so glatt war, daß sie wirklich nicht bremsen konnte.

Katherine mußte lächeln. Sie konnte seine Augen sehen. Sie waren so blau wie Heidelbeeren und glänzten so hell, als habe er sich riesig darüber gefreut, daß sie nicht rechtzeitig stehenbleiben konnte und ihn fast umgerannt hätte, und wahrscheinlich hatte er sich auch gefreut, daß sie deswegen ganz rot angelaufen war.

Sie trat vom Fenster zurück und wünschte sich, diese Jugenderinnerungen würden verblassen. Sie hoffte, sie würden aufhören und die Richtigkeit ihrer Entscheidung, Daniel fortzuschicken, nicht in Frage stellen.

Garrett Smith kam in diesem Augenblick in die Bibliothek und stellte ein rundes Silbertablett auf den niedrigen Tisch neben dem Kamin. „Der Tee ist fertig“, sagte er mit einer Verbeugung. „Selig hat Ihre Lieblingskekse gebacken.“

Sie wußte, was es war, ohne nachzusehen. „Bitte richten Sie Selig meinen herzlichsten Dank aus.“

Garrett blieb stehen und wartete, bis sie ihn entließe. Sie schlenderte zu den vier Sesseln, die um einen breiten ovalen Tisch in der Mitte eines großen Teppichs standen. „Ich habe gerade überlegt“, begann sie. „Könnten Sie ... würden Sie mit mir eine Partie spielen?“

Seine Augen wurden ganz groß. Ein unsicheres Lächeln zog über sein Gesicht. „Miss?“

„Dame“, sagte sie. „Spielen Sie eine Partie Dame mit mir?“

Er nickte und verbeugte sich erneut. „Zu Ihren Diensten, Miss Katherine.“

Sie war des höflichen, formellen Gesprächstones müde und schüttelte den Kopf. „Ich nenne Sie nicht ‚Sir‘, wenn Sie mir versprechen, mich nicht mehr ‚Miss‘ zu nennen. Was halten Sie davon?“

Er nickte. Seine Wangen wurden im Feuerschein ganz rot.

„Und außerdem könnten wir dieses ganze formelle Gerede abstellen. Ich bekomme schon richtig Kopfschmerzen davon ... ganz ehrlich.“

„Wie Sie wünschen“, sagte er, ihren Wunsch vergessend.

„Versuchen Sie es doch einmal mit ‚Gute Idee‘.“ Sie schaute ihn forschend an. Er verzog keine Miene. „Und achten Sie darauf, daß es richtig ‚guut‘ klingt ... ja?“

Er trat von einem Bein auf das andere. Dann nickte er. „Also schön.“

„Also *guut*“, verbesserte sie ihn.

„Guut“, kam das Echo. Damit goß der junge Mann eine Tasse Tee ein und gab ein paar Tropfen Milch in die Porzellantasse. „Zukker?“

„Immer.“

Ein Tisch wurde herausgeholt und vor dem Feuer aufgestellt, damit die Flammen das Damebrett beleuchteten.

„Sie fangen an“, sagte sie, als sie einander gegenübersaßen.

„Wie Sie wünschen.“

„Nein ... nein.“ Sie drohte ihm im Scherz mit dem Finger.

„Ah, ja. Sehr guut."

Sie beugte sich vor und schaute ihn aufmerksam an. „Das wird ein richtig gutes Spiel. Nicht wahr?"

„Ja, richtig guut", sagte er und überraschte sie mit seiner amischen Aussprache.

* * *

Katherine besiegte Garrett bei dem Damespiel – in allen drei Partien. Dann rief sie Rosie. „Haben wir irgendwo im Haus Laternen?"

„In den Garagen vielleicht", antwortete Rosie. „Möchten Sie gern eine für Ihr Zimmer?"

Sie stand auf und trat an den Kamin. „Ich finde, wir könnten heute abend doch alle gemeinsam hier zu Abend essen. Aber ohne Laternen wird es ziemlich dunkel sein."

„Zumindest bräuchten wir noch ein paar Kerzen", schlug Rosie vor. „Im ganzen Bezirk ist der Strom ausgefallen. Heute abend haben wir vielleicht überhaupt keinen Strom."

Katherine winkte beruhigt ab. „Ich denke, darauf können wir uns einstellen." Sie drehte den Rücken zum Feuer. „Es könnte richtig lustig werden."

Rosie legte den Kopf zur Seite. „Vielleicht können Sie uns zeigen, wie wir es genießen können."

Sie wußte, daß das Hausmädchen auf Katherines Kindheit anspielte – in der ihr alle modernen Annehmlichkeiten gefehlt hatten. „Ich habe eine Idee. Nach dem Abendessen erzählen wir einander Geschichten."

Rosie schmunzelte vergnügt und ging jemanden suchen, der eine Laterne auftreiben sollte.

„Danke", rief sie ihrer Freundin und Angestellten nach. Dann flüsterte Katherine leise: „Das wird ein richtig guter Abend werden." Sie hoffte es von ganzem Herzen.

Sie würde versuchen, den Abend zu genießen, während sie in der Bibliothek gemeinsam mit ihren neuen Freunden zu Abend essen und sich vor dem knisternden Kamin Geschichten erzählen würde. Trotzdem war es, so sehr sie es auch versuchte, unmöglich, den Gedanken aus ihrem Kopf zu verbannen, daß Daniel am Leben war ... daß er die ganze Zeit am Leben gewesen war.

8

Der Postbote setzte vor dem Briefkasten der Familie Stoltzfus seinen kleinen weißen Wagen in eine Schneewehe. Marias Vater lief hinaus, um ihm zu helfen. Maria beobachtete die Situation von ihrem Zimmerfenster aus.

Der Tag hatte mit einer hellen Morgendämmerung und der Hoffnung auf viel Sonnenschein begonnen, aber bald zogen graue Wolken über Hickory Hollow und brachten erneut viel Schnee mit sich.

Maria mußte lachen, als sie ihren Vater sah, wie er schob und schnaufte, während der Postbote den Motor des kleinen Lastwagens laut aufheulen ließ und die Räder durchdrehten. Wenn der Mann amisch wäre, könnte er ein Pferd vor einen Schlitten spannen und ungehindert seine Arbeit verrichten und die Post bedenkenlos austragen, genauso wie ihr Papa sie und ihre älteren Brüder früher an den schlimmsten Wintertagen zur Schule gebracht hatte. Natürlich ließen sich diese Engländer von niemandem sagen, wie sie ihre Post verteilen sollten. Sie schüttelte den Kopf und dachte, daß einen Menschen nichts sicherer im Schnee versumpfen ließe als richtig moderne Wagenräder. Ganz gewiß.

Sie setzte sich ans Fenster und versank in Tagträume um ihre nächste Verabredung mit Johannes Beiler. Wann würde er sie einladen, wieder mit ihm irgendwohin zu fahren? Vielleicht würde er sie nach dem Gottesdienst ansprechen und sie zu einem weiteren Ausflug in seiner Familienkutsche einladen. Vielleicht auch schon früher. Sie hoffte es, denn es erschien ihr so ganz und gar richtig, mit dem Bischof zusammenzusein ... als wäre es göttliche Vorsehung, von der er so oft predigte. Die Zeit mit Johannes Beiler war genau so, wie sie sich das immer ausgemalt hatte – damals, als er noch nicht frei gewesen war und sie nicht von ihm hatte träumen dürfen. Damals, als er mit Katie Lapp verlobt gewesen war.

„Die Post ist da!" rief Abe Stoltzfus zu ihr die Treppe hinauf. „Es ist ein Brief für dich dabei, Maria."

Für mich? Sie lief eilig die Treppe hinab. „Von wem ist er?"

„Schwer zu sagen. Sieht nach einem Stempel aus New York aus." Er kniff die Augen zusammen, als er den Absender las. „Kennst du jemanden mit Namen Taylor? Eine Mrs. Rosie Taylor."

Sie schüttelte den Kopf. „Noch nie von einer Frau mit diesem Namen gehört." Aber sie konnte es trotzdem nicht erwarten, den Brief zu lesen, und eilte in die Küche, wo sie ein scharfes Messer fand und den Umschlag aufschlitzte.

Sie setzte sich neben den Holzofen in den Schaukelstuhl ihres Vaters und begann zu lesen:

Samstag, 17. Januar

Liebe Maria,
obwohl ich Ihnen noch nie begegnet bin, habe ich gehört, daß Sie eine nette und treue Freundin sind, und daß Sie die Natur dieses Briefes gewiß verstehen werden.
Mir ist zu Ohren gekommen, daß es eine junge Frau gibt, die Sie kennen, zu der Sie aber keinen Kontakt mehr haben dürfen. Ich spreche von Katherine Mayfield, die früher Katie Lapp hieß. Ich muß Ihnen gestehen, daß ich von Dingen wie dem amischen Kirchenbann keine Ahnung habe. Ich möchte auch nicht neugierig sein. Der Grund, warum ich Ihnen heute schreibe, ist Ihre Freundin Katherine, die Sie nicht in Schwierigkeiten bringen will. Vielmehr sollen Sie wissen, daß sie Sie sehr vermißt und die vielen Male, die Sie in der Vergangenheit freundlich zu ihr waren, nicht vergessen hat. Sie macht sich auch Sorgen um Rebekka Lapp, die Frau, die sie erzogen hat. Sie hofft, daß Sie ihr die Nachricht überbringen können, daß Katherine auch ihre Mutter sehr liebt und vermißt.
Sie käme nicht auf den Gedanken, Ihnen direkt zu schreiben, auch wenn sie sich sehr freuen würde, wenn so etwas erlaubt würde. Katherine ist sich nicht sicher, was diese Art der Korrespondenz betrifft – ob Ihr Bischof diese Weise, mit Ihrer lieben Freundin zu sprechen, erlauben würde oder nicht.
Im Namen von Katherine Mayfield
(ehemals Katie Lapp)
Mrs. Rosie Taylor

Maria faltete den Brief zusammen und steckte ihn in den Umschlag zurück. Sie hoffte, ihr Vater würde nicht ausgerechnet in diesem Augenblick in die Küche kommen und sehen, daß sie kaum Luft bekam und daß ihre Finger zitterten. Sie drückte den Brief an ihr Herz und hielt ihn fest. Sie wünschte von ganzem Herzen, daß sie dieser einfühlsamen Frau, Mrs. Rosie Taylor, die ihr diese Nachricht geschrieben hatte und dabei sowohl auf Katies als auch auf ihre Gefühle Rücksicht genommen hatte, einen Antwortbrief schreiben könnte. Was für eine wunderbar gute Dame das sein mußte.

Dann lehnte sie sich in dem Schaukelstuhl zurück und war dankbar, daß die liebe Katie einen so netten Menschen gefunden hatte, auch wenn Rosie mit ziemlicher Sicherheit eine Engländerin war. Maria hätte den ganzen Tag damit verbringen können, über Katie nachzusinnen und sie schrecklich zu vermissen und zu wünschen, sie wäre nie aus Hickory Hollow fortgegangen, aber auf sie wartete Arbeit, die erledigt werden mußte. Also ging sie mit ihrer Mutter und Großmutter Ruth – der Mutter ihres Vaters – daran, Vaters Arbeitshosen zu flicken.

Sie saßen um den Küchentisch und erzählten Geschichten. Nach einer Weile begann Maria, Socken zu stopfen, und mußte daran denken, wie gern sie das gleiche eines Tages für Bischof Johannes und für seine Kinder tun würde. Es würde bestimmt nicht lange dauern, bis sie eine echte Liebe für die ganze Familie empfände.

„Abe sagte etwas von einem Brief, der irgendwo in New York abgestempelt wurde", sagte Großmutter Ruth und blickte von ihrer Näharbeit auf.

Rachel wartete nicht, bis Maria etwas dazu sagte. „Ist das nicht dort, wohin Samuel Lapps Tochter gefahren ist? Ich glaube, Rebekka hat so etwas gesagt."

Maria wollte vor ihrer Familie kein Geheimnis darum machen. Aber trotzdem wollte sie den Brief niemandem zeigen, denn er war sehr kostbar für sie. „Der Stempel ist aus Canandaigua, einer Stadt irgendwo im Bundesstaat New York", brachte sie zustande.

„Ja, und wen kennst du da oben?" wollte Großmutter Ruth sofort wissen.

Warum mußte diese Frau nur immer alles so genau wissen! Maria wünschte, sie hätte den Brief geheim halten können, wenigstens für einen oder zwei Tage. Wenn sie dann etwas zu sagen *hätte,* wäre es allein ihre Idee.

„Maria?" Jetzt fragte ihre Mutter nach und klang nicht so, als würde sie locker lassen.

„Eine Frau namens Rosie Taylor hat mir geschrieben“, antwortete sie mit einem Seufzen.

„Rosie?“ Großmutter Ruth steckte ihre Nadel in eine Spule mit weißem Zwirn und kratzte sich durch ihre Haube hindurch den Kopf. „Ich kenne keine Rosie in New York. Du, Rachel?“

Maria überlegte, ob sie einfach mit der ganzen Wahrheit herausrücken und alles über Katie erzählen sollte ... und über sich selbst. Denn wenn die Amisch herausfanden, daß Samuel Lapps gebannte Tochter eine Fremde benutzte, noch dazu eine Engländerin, um jemandem aus ihrer Mitte eine Nachricht zukommen zu lassen, dann war vorauszusehen, was für ein Aufhebens darum gemacht würde.

Beide Frauen hielten in ihrer Näharbeit inne und schauten zu ihr herüber.

„Ach, ich kenne auch keine Rosie da oben“, sagte sie schließlich.

„Ja, wenn das so ist ... „ Großmutter Ruth nahm wieder ihre Nadel und den losen Flicken und wandte sich erneut ihrer Arbeit zu.

„Ja, dann ... „ Mama tat das gleiche.

Maria seufzte leise, um die Sache nicht erneut zu thematisieren. Sie war ehrlich erleichtert, daß die Angelegenheit so abrupt fallengelassen wurde.

* * *

„Ihnen fällt schlicht und ergreifend die Decke auf den Kopf. Das ist alles“, sagte Rosie. „Das läßt sich leicht beheben.“

Katherine war sich nicht so sicher. „Haben Sie denn heute schon aus dem Fenster geschaut? Es liegt immer noch meterhoher Schnee. Ich weiß nicht, ob es gut wäre, jetzt schon aus dem Haus zu gehen.“

Rosie schüttelte den Kopf. „Die Straßenräumdienste sind in vollem Einsatz. Schon den ganzen Morgen.“

„Sie meinen also, Theodore könnte sich wieder auf die Straße wagen?“

Rosie setzte ihre Arbeit fort, in dem Wohnzimmer unmittelbar neben Katherines Schlafzimmer Staub zu wischen und aufzuräumen. „Ich habe noch nie einen besseren Chauffeur als Theodore

Williams gesehen. Sie können sich glücklich preisen, daß er geblieben ist."

Diese Bemerkung weckte Katherines Neugier. „Was wollen Sie damit sagen? Dachte er daran, sich zur Ruhe zu setzen?"

„Ja, als Laura so schwer krank wurde und zu befürchten war, daß sie sterben würde, spielte er mit dem Gedanken, seine Berufstätigkeit nach ihrem Tod zu beenden."

„Wirklich?"

Rosie nickte. „Ja, er dachte daran, aufzuhören und Rochester, dem Juniorchauffeur, die Arbeit zu überlassen, aber Sie wissen ja, was aus *ihm* geworden ist."

Katherine ging durch das Zimmer und wünschte, sie wäre diejenige, die saubermachte. Es mutete sie immer noch seltsam an, bezahlte Hilfen im Haus zu haben, die alle Arbeiten verrichteten und Dinge aufräumten, die *sie* durcheinandergebracht hatte. „Ich vermisse Rochester nicht besonders", gestand sie. „Aber andererseits kannte ich ihn kaum."

„Der junge Mann müßte unter anderem einige Lektionen in puncto Etikette lernen", sagte Rosie und hob eine Vase hoch, um den Sofatisch zu polieren. „Es würde mich nicht überraschen, wenn er sich einen anderen Beruf gesucht hätte, nachdem Mr. Bennett ihn entließ."

„Oh ... warum denn das?"

„Er schien einfach nicht hierher zu passen. Meiner Meinung nach war Rochester nicht dafür geschaffen, Angehörige der gesellschaftlichen Oberschicht zu chauffieren."

Katherine wurde plötzlich unsicher. „Sie meinen, vornehme Leute wie Dylan und Laura Bennett?"

Rosie hielt mit dem Staubwischen inne. „Oh, meine Güte, nein ... ich wollte damit nicht das sagen, was Sie jetzt denken müssen. *Sie* gehören natürlich auch dazu. Sie sind eine vornehme junge Dame. Das sehe ich an der Art, wie Sie schöne Dinge genießen können."

Rosie gab sich die größte Mühe, ihre unbedachte Bemerkung zu überspielen. „Aber ich wurde schlicht erzogen ... amisch", sagte Katherine. „Ich bin wirklich niemand aus der Oberschicht."

„Oh, doch, aber natürlich *sind* Sie das", beharrte Rosie. „Und Sie werden staunen, wie schnell Ihre antiquierte Lebensweise ... und wahrscheinlich auch Ihr rückständiges Denken anfangen werden, von Ihnen abzufallen. Es ist nur eine Frage der Zeit. Sie werden schon sehen."

Je länger ihr Hausmädchen redete, um so weniger war sich Katherine sicher, wie sie sich selbst sehen sollte: englisch oder doch nicht ganz englisch.

Rosie sprach weiter. „Sehen Sie doch nur, wie Ihr Freund – wohlgemerkt ein Künstler – von Ihnen angetan ist. Justin Wirth hat bestimmt Ihre aristokratischen Wurzeln erkannt – den vornehmen Hintergrund Ihrer *Mutter*."

Bei dieser ungeschickten Äußerung begann Katherine zu zittern. Sie verdrängte Rosies Bemerkung und hoffte, das Interesse, das Justin hatte, habe mehr mit ihr selbst als mit ihrer vornehmen Herkunft zu tun. Höflich entschuldigte sie sich und begab sich auf die Suche nach Theodore Williams.

Sie fand ihn vor der Haustür, wo er die Stufen hinter dem Haus kehrte. Den schwersten Teil des Schneeräumens – die weißen Massen wegzuschaufeln – hatte er bereits erledigt. „Guten Tag", rief sie ihm von der breiten Veranda aus zu.

Er zog seinen Hut ab und grinste. „Welch eine nette Abwechslung von dem Sturm." Er hielt inne und schaute zum Himmel hinauf.

Sie folgte seinem Blick, atmete die kalte Luft ein und schaute zu den Wolken auf, die an einem immer noch nicht ganz klaren Himmel hingen. Der Höhenzug in der Ferne zeigte sich nur als graublauer Streifen am Horizont.

„Sind die Straßen schon wieder frei?" fragte sie zögernd.

Er nickte. „Wohin darf ich Sie fahren?"

Sie hatte noch keiner Menschenseele von ihren Plänen erzählt, aber sie konnte es nicht erwarten, eine ehrenamtliche Aufgabe zu finden. „Wie wäre es mit dem Hospiz in der Stadt ... wo Schwester Natalie arbeitet?" fragte sie.

„Oh, das Canandaigua-Hospiz?"

„Ja, dorthin möchte ich gern fahren." Sie war voller Zuversicht und hoffte, die fröhliche Krankenschwester wiederzusehen, die Laura in der kritischsten Phase ihrer Krankheit persönlich gepflegt hatte.

Theodore stützte sich auf den Besen. „Wann wollen Sie losfahren?"

Sie warf einen Blick auf ihre Armbanduhr. Sie war es immer noch nicht gewohnt, Schmuck zu tragen, und dann auch noch eine richtig vornehme, mit Edelsteinen besetzte Uhr! „In einer Stunde? Ist das zu früh?“

„Absolut nicht. Ich komme mit dem Auto pünktlich um fünfzehn Uhr zum Haupteingang.“

„Danke, Theodore. Ich werde fertig sein.“ Sie drehte sich um, um wieder ins Haus zu gehen. Dabei wäre sie beinahe mit Rosie zusammengestoßen, die vor der Küche, in der Nähe des Butlerbüros, auf sie wartete.

„Könnte ich kurz mit Ihnen sprechen?“ fragte Rosie mit angespannter Miene und besorgtem Blick.

„Worum geht es?“

„Ich fürchte, ich könnte Sie vielleicht beleidigt haben, Katherine. Ich habe überhaupt nicht nachgedacht, als ich über Ihre ... Vergangenheit sprach.“

„Bitte, machen Sie sich darüber keine Gedanken.“ Katherine verstand, was das Hausmädchen versuchte, zwischen ihnen zu bereinigen. Bei genauerem Nachdenken hatte sie fast damit gerechnet, daß Rosie ihre Bemerkungen im Wohnzimmer bereuen würde. „Sie haben mir nichts als Gutes erwiesen, seit ich hier bin. Sie müssen sich bei mir nicht entschuldigen.“

Rosies Gesicht verzog sich zu einem breiten Lächeln. „Es ist ein Vergnügen, für Sie zu arbeiten, Miss ...“

„Nur *Katherine*.“

Rosie schaute Katherine in die Augen. „Das gefällt mir so an Ihnen. Sie sind so ein natürlicher Mensch ... überhaupt nicht eingebildet.“

Sie nickte. „Dann bleiben wir dabei, ja?“

Rosie mußte schmunzeln. „Ja, gern.“

Ohne weitere Diskussionen entschuldigte sich Katherine wieder und eilte an der Küche vorbei zu dem schmalen Gang zum Hauptgang des Hauses und in ihre Privaträume.

* * *

„In der Innenstadt waren die Straßen gut geräumt und gestreut“, erklärte Theodore, der konzentriert auf dem Fahrersitz saß, während Katherine auf der Rückbank auf der rechten Seite Platz genommen hatte.

Sie beobachtete mehrere Leute, die schwere Mäntel, Hüte oder Schals, Stiefel und Handschuhe trugen. Durch die getönten Scheiben der Limousine betrachtete sie die Passanten genauer, von denen einige an Ampeln warteten, bevor sie die Straße überquerten.

Etliche waren zweifellos unterwegs, um Geld von der Bank zu holen, andere, um auf der Post etwas zu erledigen. Wieder andere waren wohl unterwegs, um frische Luft zu schnappen, nachdem sie zwei ganze Tage lang nicht aus dem Haus hatten gehen können. Reklameleuchten funkelten in Schaufenstern, und sie dachte daran, wie sehr die Engländer ohne Strom leiden würden. Ihre Welt würde bei einer solchen Notlage zweifellos zusammenbrechen. Aber wenn sie ehrlich war, hatte sie den Ausfall der elektrischen Beleuchtung genossen. Das war für sie eine günstige Gelegenheit gewesen, Feuerholz zum Heizen und Kochen in der Mayfield-Villa zu verwenden. Während sie darüber nachdachte, fragte sie sich, was ihre Angestellten wohl davon hielten, wenn sie hin und wieder absichtlich die Lichter ausschalteten und Kerzen und Laternen in der Villa benutzten. Etwas, über das es sich nachzudenken lohnte ...

* * *

Natalie Judahs Miene erhellte sich, als sie Katherine erblickte. „Oh, hallo. Schön, Sie wiederzusehen."

Sie lächelte die Krankenschwester an. „Es ist auch schön, Sie zu sehen."

„Sie sehen gut aus", sagte Natalie und reichte Katherine die Hand.

„Danke." Katherine blickte sich in dem Aufenthaltsraum um. Die Wände waren mit üppigen grünen Pflanzen geschmückt, und in der einen Ecke des Raumes flogen in einem Käfig bunte Vögel herum. Welch eine friedliche Umgebung für einen todkranken Patienten. „Ich kann den Frieden in diesem Raum richtig spüren", sagte sie.

Natalie sah in ihrem hellblauen Pullover und ihrer cremefarbenen Hose so natürlich und entspannt aus, daß Katherine erst jetzt auffiel, daß sie Lauras Krankenschwester noch nie in Straßenkleidung gesehen hatte. Schwester Natalie mußte Katherines Blick auf ihre

Kleidung bemerkt haben. „Die leitende Schwester und alle Mitarbeiter tragen hier im Hospiz normale Kleidung", erklärte sie. „Das ist eine unserer Möglichkeiten, leichter einen Bezug zu unseren Patienten herzustellen."

„Wie viele Patienten haben Sie hier?"

Wir haben zur Zeit eine Station mit zwölf Betten, könnten aber noch zehn mehr versorgen, wenn wir den Platz dafür hätten." Natalie erzählte weiter, daß das Hospiz in der Stadt hohes Ansehen genoß. „Wir sind schon seit vielen Jahren hier, und das Gebäude platzt sprichwörtlich aus allen Nähten."

Katherine hörte aufmerksam zu, da sie kein Wort der Krankenschwester verpassen wollte. „Haben Sie auch Musik im Hospiz?" fragte sie und mußte an ihre Gitarre denken.

„Wir haben eine tragbare Anlage, die von Zimmer zu Zimmer gerollt werden kann. Einmal in der Woche kommen ein Flöten- und ein Harfenspieler und unterhalten unsere Patienten. Musik ist eine gute Therapie, auch für die Mitarbeiter", sagte Natalie mit einem Lächeln. „Ja, wir freuen uns über alle ehrenamtlichen Helfer, die musikalisch begabt sind. Soll ich Sie einmal durch das Haus führen?"

„Ja, das würde mich sehr interessieren."

Obwohl sie nicht danach fragte, eines der Zimmer zu sehen, in denen die Krankenhausbetten und persönlichen Dinge der Patienten untergebracht waren, genoß Katherine die Führung durch die Gemeinschaftsräume. Gemütliche Tische förderten Gespräche und die Gemeinschaft für alle, die dazu noch in der Lage waren. Am meisten faszinierte sie das riesige Aquarium mit den zahlreichen bunten Fischen.

Am Ende des Rundgangs kam sie zu dem Schluß, daß ein solches Hospiz ein guter, friedlicher Ort war, um den letzten Tagen auf dieser Erde entgegenzusehen. Weiter unten auf dem Gang erblickte Katherine überrascht einen kleinen Jungen, der abgezehrt und blaß in einem Rollstuhl saß. Er konnte nicht älter als acht oder neun sein, und etwas an ihm erinnerte sie an Levi Beiler, Bischof Johannes' Sohn in Hickory Hollow. Sie empfand tiefes Mitgefühl für das Kind ... für alle Patienten, und sie würde ihre Zeit und ihre Dienste nur zu gern anbieten.

Am Ende des kurzen Rundgangs fragte sie, ob Natalie Zeit habe, um mit ihr über ein ehrenamtliches Engagement zu sprechen. „Ich wäre sehr interessiert daran."

„Natürlich. Kommen Sie mit." Schwester Natalie ging mit ihr in ein kleines Zimmer, in dem mehrere Schwesternhelferinnen saßen und Kaffee tranken. „Möchten Sie etwas zu trinken?"

„Ein Glas Wasser wäre nicht schlecht."

Natalie ließ das Wasser erst eine Weile laufen, bevor sie ein sauberes Glas unter den Wasserhahn hielt. „Wie geht es Ihnen, Katherine ... seit Lauras Tod?"

„Es war natürlich nicht leicht, ein Familienmitglied zu verlieren, auch wenn ich meine leibliche Mutter kaum kannte." Sie besann sich und nahm Haltung an. „Wie geht es *Ihnen?*"

„Oh, ich habe viel zu tun, wie immer. Ich bin zur Zeit ständig unterwegs." Natalie reichte ihr das Glas Wasser. Dann deutete sie auf einen leeren Tisch in der Mitte des Raumes.

Katherine setzte sich und trank einen Schluck. Sie wußte, wie es war, wenn man so viel zu tun hatte ... und abends vollkommen erschöpft von der Arbeit des Tages nur noch müde ins Bett fiel. Sie war damit aufgewachsen, fast genauso müde aufzustehen, wie sie ins Bett gegangen war. Aber diese Tage lagen jetzt weit zurück.

„Ich könnte mir vorstellen, Ihnen bei Ihren jüngeren Patienten zu helfen", schlug sie vor.

Natalie wirkte sehr erfreut. „Freiwillige Mitarbeiter sind immer willkommen. Wir bieten ein zweiwöchiges Schulungsprogramm an. Außerdem sind ein Gespräch und Bewerbungsunterlagen erforderlich."

„Ich will alles tun, was nötig ist, um Ihnen zu helfen."

Natalie schenkte sich eine Tasse Kaffee ein. „Wir sind im Augenblick knapp an Personal. Wir können das Bewerbungsgespräch also gern auch jetzt gleich führen."

„Danke. Das bedeutet mir wirklich sehr viel." Katherine fühlte sich plötzlich unsicher. Sie spürte einen Kloß in ihrer Kehle.

„Geht es Ihnen gut?" Natalie zog die Augen zusammen und legte ihre Hand auf die von Katherine.

„Ich freue mich darauf, wieder aus dem Haus und unter Menschen zu kommen", gestand Katherine. „So groß die Villa auch ist, ist sie doch manchmal sehr einengend. Ich weiß nicht, wie ich es richtig beschreiben soll."

Natalie schien sie zu verstehen. „Ja ... ich glaube, das kann ich mir vorstellen."

„Ich habe auch daran gedacht, einen Patchwork-Kurs anzubieten. Ich will in der Bibliothek Stepprahmen aufstellen. Kennen Sie vielleicht jemanden, der daran Interesse haben könnte?"

Natalies Augen wurden groß. „Ist das Ihr Ernst? Sie wollen einen Kurs für traditionelle amische Patchworkdecken anbieten?"

„Wir könnten mit dem bekannten Neuner-Patch anfangen und uns dann zu einem meiner Lieblingsmuster vorarbeiten – dem „Vogel-Muster", erwiderte sie. Ihre eigene Aufregung wuchs, als sie Natalies Gesicht beobachtete.

„Zählen Sie mich gleich zu den Teilnehmern. Wann fangen wir an?"

„Von mir aus sofort. Sobald ich einen Rahmen auftreiben kann oder jemanden finde, der mir einen baut."

Natalie blies über ihren Kaffee. „Ich weiß von mehreren amischen Siedlungen in und um Canandaigua. Jemand aus unserem Spenderkreis könnte wissen, wer so etwas macht."

„Wirklich?"

„Ja, unbedingt. Wir haben handgemachte Decken im Hospiz – einige sind von Amischfrauen hergestellt, glaube ich. Sie hängen in den Patientenzimmern an den Wänden."

Katherine wäre nie auf den Gedanken gekommen, eine Decke an die Wand zu hängen, aber sie konnte verstehen, warum die Engländer auf solche Ideen kamen. „Was für eine nette Dekoration."

„Aber gewiß. Die Decken sind warm und fröhlich; oft erzählen sie eine Geschichte. Wir haben sogar einige, bei denen die Namen der Schöpferinnen auf den einzelnen Quadraten eingenäht sind ... wirklich hübsch."

Sie unterhielten sich noch weiter über Katherines Idee, einen Anfängerkurs für Patchwork-Steppen in der Mayfield-Villa anzubieten. Natalies Reaktion war so überraschend positiv, daß Katherine ermutigt wurde zu handeln. Zusammen mit ihrer ehrenamtlichen Arbeit im Hospiz würde der Patchworkkurs ihr helfen, die quälenden Gedanken an Daniel zu vertreiben. Welch ein wunderbar guter Plan das war.

Auf der Rückfahrt verlangsamte Theodore die Limousine vor dem Postamt und wartete, bis die Ampel auf Grün umschaltete. Während sie zuschaute, wie die Leute hinein- und herausströmten, um ihre Briefe und Pakete abzugeben, wanderten ihre Gedanken zu dem Brief, den sie und Rosie für Maria verfaßt hatten. Sie fragte sich, ob er wohl schon in Hickory Hollow angekommen sei.

Sie konnte nur hoffen, daß ihre Freundin aus dem Brief all die Liebe heraushörte, mit der sie ihn ihr geschickt hatte, und daß der Brief einem Menschen, der ihr so lieb war, keine Probleme bringen würde.

9

Marias Zimmer – mit einem Bett, einem kleinen Tisch, einem hohen Rohrstuhl und einer schmalen Kommode, auf der ein mittelgroßer Spiegel befestigt war – sah ziemlich kahl aus. Die kärgliche Einrichtung ihres Zimmers störte sie nicht. Ihr gefiel die Freiheit, sie zog den kahlen Holzboden modernen Teppichen und Decken vor.

Sie wickelte sich in eine Decke und setzte sich auf die Kante ihres schmalen Bettes. Sie war außer sich vor Freude. Morgen würde sie *hier* in ihrem Elternhaus Johannes Beiler wiedersehen. Oh, sie konnte den Gedanken kaum ertragen, daß sie die ganze Nacht mit Schlafen vergeuden sollte! Der Mond, der durch das Fenster schien, beleuchtete wie ein Licht ihre Seele.

Sie trat mit der Decke ans Fenster. Sie schaute hinaus auf den Hof und weiter an dem Tabakschuppen vorbei und noch weiter, wo sich das Land in weiten, großen Feldern offen vor ihr ausbreitete. Der Schnee lag dick auf der Erde, und in der Ferne strahlten am Abendhimmel zwei helle Sterne.

Es war kalt im Zimmer, aber sie zitterte nicht vor Kälte, sondern vor Freude bei der Erinnerung daran, wie sie auf der Rückfahrt mit Bischof Johannes am letzten Samstagnachmittag aufgeregt und angespannt dagesessen hatte. Das war jetzt schon eine ganze Woche her. Es kam ihr vor, als wäre es erst gestern gewesen. Die Vorfreude darauf, daß die Gemeinde morgen zum Gottesdienst zu ihnen kommen würde, nahm ihr fast den Atem. Aber noch mehr als das hoffte sie, mit Gewißheit zu hören, ob der Bischof tatsächlich nach Schaefferstown fahren würde, um an der Beerdigung eines alten Predigerfreundes teilzunehmen. Sie hatte so etwas vor zwei Tagen im Kramladen gehört, als der junge Levi Beiler mit Prediger Yoder geplaudert und erzählt hatte, daß sein Vater am kommenden Montag zu einer Beerdigung fahren würde.

Sie hatte sich hinter eine Reihe abgepackter Zuckersäcke gekauert und hatte Levi und den Prediger mit gespitzten Ohren belauscht.

„Dann wird dein Papa aber jemanden brauchen, der auf euch Kinder aufpaßt, bis er wiederkommt", hatte Prediger Yoder gesagt.

Levi hatte geistesabwesend genickt und den Glasdeckel von den

Pfefferminzstangen hochgehoben. „Papa weiß schon jemanden für uns, glaube ich."

Marias Herz schlug bei den Worten des Jungen schneller. An wen dachte der Bischof? Dachte Johannes an Maria, daß sie bei seinen Kindern bleiben könnte?

Sie wandte sich vom Fenster ab und huschte über den kalten Fußboden zu ihrem Bett. Dann nahm sie die Decke und legte sie oben auf den Deckenstoß, der sich auf dem Bett auftürmte. Weil der Boden eiskalt war, schlüpfte sie unter die Laken, um ihre Gebete aufzusagen. Gott würde sicher Verständnis dafür haben. In dieser vom Mondschein erhellten Nacht lag sie unter den warmen Dekken, die ihre Mama und Großmutter Ruth genäht hatten, und dankte dem Herrn dafür, daß er über ihrem Leben wachte. Und auch ... über Johannes' Leben.

Gegen Mitternacht lag Maria immer noch hellwach in ihrem Bett. Ihre Augen waren weit offen und schauten in das fahle Mondlicht hinein. Sie hatte in letzter Zeit mehrere Methoden angewandt, um sich abzulenken, wenn sie nicht einschlafen konnte. Eine bestand darin, an die Tage zu denken, als sie und Katie noch kleine Mädchen waren. Eine ihrer schönsten Erinnerungen war an einen Sommerabend, an dem sie sich beide von einem Picknick bei den Lapps davongeschlichen hatten. Sie hatten gut aufgepaßt, daß ihnen niemand folgte, und waren dann den Maultierweg hinabgelaufen, der zum Maisfeld führte, über die Lichtung und zu dem tiefen großen Teich mit seiner einsamen Insel in der Mitte.

Unter der blassen Mondsichel waren sie flüsternd und kichernd in dem alten Boot auf das stille Wasser hinausgerudert. Auf halbem Wege hatte Katie beschlossen, daß sie nicht den ganzen Weg zu der Insel rudern, sondern sich einfach auf dem Wasser treiben lassen könnten. Sie legten sich zurück und blickten zu den vielen Lichtpunkten am Nachthimmel hinauf.

Eine Weile sprach keine von ihnen ein Wort. Doch dann mußte Katie niesen. Das Geräusch hallte auf dem Wasser wie kleine Wellen wider. Maria konnte nicht mehr aufhören zu kichern. Sie setzten sich auf und schauten sich an. Die besten Freundinnen der Welt. Sie lauschten auf die friedlichen Geräusche der Nacht und das Lachen und Rufen, das vom Hof der Lapps, fast einen halben Kilometer entfernt, über das Wasser getragen wurde.

„Ich wünschte, wir könnten uns eines Tages verschwägern, damit wir richtige Schwestern wären", hatte Katie leise gesagt.

„Das ist doch eigentlich unwichtig. Wir sind uns jetzt schon viel näher als richtige Schwestern, oder?"

„Schwestern in unseren Herzen", flüsterte Katie und schaute Maria mit strahlenden Augen an.

„Recht hast du", stimmte sie ihr zu.

Maria schloß die Augen und dachte an ihre liebe Schwester und Freundin. Bei diesen Gedanken drängten ihr Tränen durch die Augenlider und tropften auf das alte Federkissen.

Recht hast du ...

Schnell überlegte sie sich eine andere Methode, um einschlafen zu können. Sie würde ihre amischen Gebete immer wieder aufsagen – mehrere Male auf Deutsch und dreimal auf Englisch. Falls sie das immer noch nicht müde machte, würde sie an alles denken, was sie erlebt hatte, solange sie überhaupt zurückdenken konnte, also ungefähr an die ganze Zeit seit ihrem vierten Lebensjahr bis zum heutigen Tag.

Aber so sehr sie sich auch anstrengte, schienen die Jahre alle irgendwie im amischen Ablauf der Jahreszeiten mit ihren täglichen Aufgaben ineinander zu verschwimmen ... sie mußte immer wieder an dieselben Dinge denken. Aufstehen, Frühstück machen, die täglichen Arbeiten im Haus und auf dem Hof verrichten, Lebensmittel einwecken, anderen Frauen helfen, *ihr* geerntetes Obst und Gemüse einzumachen, nähen, flicken, putzen, backen, kochen, jeden zweiten Sonntag zum Gottesdienst gehen, Besuche abstatten und ins Bett gehen. Bis zu Katies Rebellion gegen Bischof Johannes und ihrer Meidung hatte Maria nie eine Abweichung von den regelmäßigen Verrichtungen ihres Lebens bemerkt. Nicht, daß es etwas Interessanteres als das tägliche Leben geben mußte, nicht wirklich. Aber es *war* etwas, das aus dem Rhythmus herausstach – daß Katie den Bischof an ihrem Hochzeitstag einfach stehengelassen hatte. Wenigstens gab diese traurige, wenn auch überraschende Geschichte den Frauen etwas, worüber sie sich den Mund zerreißen konnten. Aber Maria gab sie noch viel mehr. In ihrer Trauer um Katie hatte sie Hoffnung gefunden.

Sie beschloß hier und jetzt, in der Dunkelheit ihres stillen Zimmers, daß sie dem Bischof und auch den anderen *nichts* von dem

Brief von Rosie Taylor erzählen würde, die irgendwo in New York wohnte.

* * *

Manchmal las Samuel Lapp Rebekka sonntags abends laut etwas vor, wenn es im Haus ruhig geworden war. Dann, wenn sie alle genug gegessen und auch die Nachspeise vertilgt hatten. Sie hörte ihm besonders gern zu, wenn er aus einer der vielen Kolumnen in *Die Botschaft,* einer Wochenzeitschrift für die Amisch der Alten Ordnung und für die Mennoniten, vorlas.

„Hör dir das an", sagte ihr Mann belustigt. „Das geschah in Kutztown ... gestern nacht muß es in Luke Hoovers Schweinestall einen furchtbaren Tumult gegeben haben. Es klang, als habe eines seiner Schweine ernsthafte Probleme. Es grunzte und jammerte herzzerreißend aus dem Schweinestall. Und dann fing auch noch Clarence Leids verwirrter alter Hahn an zu krähen und dem lärmenden Schwein sein Mitgefühl auszudrücken. Das Duett war nicht lang zu hören, da der Hahn die Sau anscheinend übertönte. Und das war das Ende der Geschichte."

Rebekka saß still da und schaukelte weiter, während ihr Mann die Zeitung auf seinen Schoß legte und seine Brille abnahm. Er lachte so sehr, daß ihm die Tränen in die Augen traten, aber sie versuchte, ihn nicht anzustarren.

Mit einem Ohr hatte sie ihm zugehört, als er den Bericht vorlas, der sich tatsächlich zugetragen hatte. Sie hatte genug mitbekommen, um über die lustige Geschichte leicht lächeln zu können und gelegentlich zu nicken, wenn er ihr beim Lesen hin und wieder einen Blick zuwarf.

Aber ihr Herz fühlte sich an wie ein großer Eisklotz. Hart und kalt. Und je mehr sie sich wünschte, das Eis würde schmelzen und ihr Herz wieder weich werden lassen, so wie es früher gewesen war, um so härter fühlte es sich an.

Als er sich wieder gefangen hatte, warf Samuel einen Blick in ihre Richtung. „Was sagst du dazu?"

„Nun ja ..." Sie zwang sich zu einem Lächeln. „Wenn du versuchst, mich zum Lachen zu bringen ... ach, es gibt nicht viel, was ich im Augenblick lustig finde." Sie hätte ihm auch erzählen können, was der Grund dafür war, aber sie vermutete, daß er das ohnehin wußte.

Samuel nickte, nahm die Zeitung und las den restlichen Abend für sich. Sie machte ihm keinen Vorwurf, nicht im geringsten. Ihr Mann trug seine eigene Last an der Trauer um die Rebellion ihrer Tochter und den Gemeindebann, mit dem sie belegt worden war. Seit sie dann auch noch Hickory Hollow verlassen hatte, litt er furchtbar unter der Situation. Das wußte Rebekka. Aber in letzter Zeit schien er mit dem Verlust allmählich besser umgehen zu können. Es gab zwar Gelegenheiten, in denen er ihr oder ihren Söhnen gegenüber die Stimme erhob und sich über, wie sie meinte, unwichtige Dinge aufregte. Ein Blick in Elis und Benjamins Gesicht verriet, daß sie ebenfalls merkten, daß es Samuel sehr stark belastete. Es war für die ganze Familie eine schwere und bedrückende Zeit.

Sie lehnte den Kopf zurück und seufzte. Weit in der Ferne hörte sie einen Kauz aus den Bäumen hinter dem Bach nach seinem Weibchen rufen.

* * *

Ihr kleines Enkelkind, Daniel Lapp – nach dem Namen seines Onkels Daniel Fischer benannt, den alle für tot gehalten hatten, der aber wieder quicklebendig aufgetaucht war – schrie wie am Spieß, als Rebekka Lapp früh am Montagmorgen die Küche des Hauses ihres ältesten Sohnes betrat.

Annie, ihre Schwiegertochter, begrüßte sie . „Das Baby hat eine Kolik, glaube ich.“ Annie holte den Kleinen aus seinem Bettchen und wiegte ihn in ihren Armen.

Rebekka nahm ihren Mantel ab, während der Kleine immer noch nicht aufhörte zu weinen. „Er hat Bauchweh, ja.“ Sie trat auf die beiden zu und rieb in kreisrunden Bewegungen über seinen winzigen Rücken. „Das hilft manchmal, daß die Blähungen aufhören. Versuche es einmal damit.“ Dann trat sie wieder zurück und überließ es Annie, dem Kleinen sanft den Rücken zu reiben.

Inzwischen ging sie in das vordere Zimmer, in dem zwei große Stepprahmen aufgestellt waren, die auf die Frauen warteten, die nach dem Frühstück eintreffen würden. „Maria Stoltzfus kommt heute nicht“, sagte sie, als sie in die Küche zurückging.

„Ja, das habe ich schon gehört. Sie wurde anscheinend gebeten, den ganzen Tag auf Johannes Beilers Kinder aufzupassen." Annies Gesicht verzog sich zu einem breiten Lächeln. „Ich schätze, der Bischof hat ein Auge auf sie geworfen."

Rebekka setzte sich an den langen Tisch. Sie runzelte die Stirn, als sie laut hörbar seufzte. „Das vermute ich auch, aber du kennst das alte Sprichwort genausogut wie ich: ‚Wer Zeit vergeudet, vergeudet sein Leben.' Ich habe nicht erwartet, daß Johannes noch lange Witwer bleibt."

Annie schüttelte den Kopf und massierte immer noch ihrem Baby den Rücken. „Er wird schließlich nicht jünger."

„Nein, das wird niemand."

Daniel hörte auf zu weinen und gab leise, glucksende Geräusche von sich. „Jetzt hat er wahrscheinlich großen Hunger", sagte Annie und setzte sich, um das Baby zu stillen.

„Ich spüle dir das Geschirr ab." Mit diesen Worten trat Rebekka an die Spüle und ließ Wasser einlaufen.

„Danke, Mama." Annie seufzte. „Es ist ganz schön schwer, hier alles sauber zu halten, seit der Kleine da ist ... und das nächste ist schon unterwegs."

„Du sagst mir nichts, das ich nicht selbst erlebt hätte." Rebekka erinnerte sich sehr gut daran, wie es war, drei Kinder kurz hintereinander zu bekommen. Alle drei forderten ihre Aufmerksamkeit, während die Hausarbeit und die Arbeit auf dem Hof sich immer höher auftürmte. Aber keine Sekunde hatte sie es bedauert, drei großartige Söhne geboren zu haben und später Katie als Kind anzunehmen. Nein, wenn sie noch einmal die Wahl hätte, würde sie wieder genau das gleiche tun. Nur eines würde sie heute anders machen: das Babykleid aus Satin vernichten, das bei Katie so viel Verwirrung ausgelöst hatte und sie von den Amisch fortgezogen hatte – zu dieser englischen Frau in New York. So sehr sie das rosafarbene Kleid auch gemocht hatte, wußte sie doch mit Sicherheit, daß dieses winzige Kleidungsstück der Grund dafür war, daß ihr Geheimnis am Ende preisgegeben wurde. Jetzt war das Babykleid nicht mehr da. Ella Mae Zook hatte es ihr entlockt. Kein Wunder, daß die Leute sie als Weise Frau bezeichneten. Sie war nicht nur weise, sie war auch noch richtig gerissen. Und mehr denn je hatte Rebekka sie in Verdacht, mit Katie unter einer Decke zu stecken.

Warum sonst hatte sie vor einigen Wochen Daniel Fischer, der ebenfalls mit dem Bann belegt war, in ihr Großvaterhaus eingeladen? Warum sonst hatte sie ihm gesagt, wohin er fahren müsse, um Katie zu suchen?

Als die Frauen nach und nach zu dem Arbeitseinsatz eintrafen, konnte sie ihre quälenden Fragen verdrängen. Sie setzte sich und nähte gerade, winzige Stiche auf eine nagelneue Decke, die ein Geburtstagsgeschenk für eine von Annies Kusinen werden sollte. Zum ersten Mal seit langer, langer Zeit war sie nahe daran, wieder eine Geschichte zum besten zu geben. „Ich möchte versuchen, heute eine Geschichte zu erzählen", sagte sie zögernd. „Vielleicht schaffe ich es. Ich weiß es noch nicht ..."

Annie und die anderen brachen in einen lauten Beifall aus. Rebekkas Wangen erröteten vor Verlegenheit, aber als sie den Mund öffnete, um die ersten Worte einer ihrer alten Lieblingsgeschichten zu erzählen, merkte sie, daß sie noch nicht so weit war. Eines Tages würde sie ihre Geschichten wieder spinnen, denn das war eine gute und richtige Sache. Etwas, nach dem sie sich schon lange sehnte – etwas, das sie ganz ehrlich vermißte –, aber sie konnte sich einfach noch nicht dazu überwinden. Jetzt noch nicht.

* * *

Maria begrüßte die vier ältesten Kinder des Bischofs an der Hintertür, als sie von der Schule nach Hause kamen. Jakob, der Jüngste, hielt ihre Hand, während sie auf der Veranda standen und die Sturmtür aufhielten. „Wie war es heute in der Schule?" fragte sie, als einer nach dem anderen ins Haus strömte.

Nancy und Hickory-Johannes setzten zu einer langen Beschreibung darüber an, was sie gelernt hatten. Aber Susie begann, sobald sie das Haus betreten hatte, zu weinen.

„Was ist denn passiert?" fragte Maria und wischte dem Mädchen die losen Haarsträhnen aus der Stirn.

Susie zog ihren Rocksaum hoch und deutete auf ihr aufgeschlagenes Knie. „Au! Ich habe ... mir ... furchtbar weh getan!" jammerte sie.

Maria kniete nieder und schaute der Sechsjährigen in die Augen. „Dann schauen wir einmal, wie *furchtbar* schlimm es ist."

„Ich ... ich bin gestürzt und habe mir das Knie aufgeschlagen." Susie beugte sich vor und zeigte ihr die Wunde. Dabei weinte sie die ganze Zeit.

Ein schneller Blick und Maria sah, daß sich bereits ein Schorf gebildet hatte.

„Es tut so weh!" Susie hörte nicht auf zu jammern.

Levi verdrehte die Augen und verzog die Lippen, als wüßte er mehr über die Verletzung, wollte es aber nicht sagen. Er zog seine Stiefel aus und stellte sie neben die von Hickory-Johannes'.

Nancy gab schließlich eine Erklärung zu dem Unfall ihrer Schwester. „Sie ist heute morgen in der Pause gestürzt. Sie hat dem Lehrer kein Wort davon gesagt ... aber *jetzt* jammert sie."

Maria nahm das kleine Mädchen in die Arme. „Ach, du hast die ganze Zeit den Schmerz ausgehalten? Dann komm jetzt und trinke eine heiße Schokolade. Das hilft besser als *alles* andere."

Susie nickte. Ihre Unterlippe schob sich vor, als sie Marias Hand nahm und ohne weitere Klagen zum Tisch ging, auf die Bank rutschte und mit feucht schimmernden Augen auf ihren Kakao wartete.

Einige Zeit danach deckte Maria mit Nancys Hilfe den Tisch und servierte ein köstliches Gericht aus Hähnchen und Klößen.

„Du solltest öfter zu uns kommen", sagte Nancy und grinste sie an. „Papa liebt gutes Essen."

„Und ob er das tut!" sagte der kleine Jakob. „Und ich auch!"

Susie hatte ihr aufgeschlagenes Knie vergessen und nickte heftig. „Wir brauchen eine Mama ... ganz dringend."

Maria grinste und schloß die Beilerkinder mit jeder Minute mehr ins Herz.

Hickory-Johannes wechselte das Thema. „Wann will Papa zurückkommen?"

„Irgendwann heute abend", antwortete sie ihm.

Nancy lächelte und senkte den Kopf. „Dann sollten wir am besten ein paar Klöße für ihn aufheben", sagte sie leise.

„Gute Idee", nickte Levi, auch wenn er kein einziges Mal zu Maria aufblickte.

Während sie mit den Kindern um den großen Tisch saß und alle eifrig mit ihrem Essen beschäftigt waren, während ihre Gesichter vor Hoffnung strahlten, wußte sie mit Gewißheit, daß dieses Haus der Ort war, wohin sie gehörte – nach dem sich ihr Herz sehnte.

Mit einem Seufzen beschloß sie erneut, daß sie den freundlichen und ehrlichen Brief von dieser fremden Frau namens Rosie, die ihr in Katies Namen geschrieben hatte, nicht beantworten würde. Es gäbe nur eine Möglichkeit, wie sie so etwas jemals in Betracht ziehen könnte; Bischof Johannes müßte von sich aus das Verbot, mit Katie zu sprechen, aufheben.

10

Die Suche nach dem Tagebuch von Laura nahm die ganze Woche in Anspruch. Als Katherine schon ganz erschöpft davon war, die zwei großen Dachböden zu durchforsten, setzten Selig und Garrett mit Rosies und Fultons Hilfe die Suche ohne sie fort.

„Es taucht bestimmt dann auf, wenn der Herr will, daß ich es finde“, sagte Katherine schließlich.

Rosie sprach ihr Mut zu. „Ich bin sicher, daß es irgendwo hier sein muß.“

Plötzlich kam Katherine ein erschreckender Gedanke. „Könnte es sein ... glauben Sie, Dylan wußte von Lauras Tagebuch und hat es mitgenommen, als er seine Sachen packte?“

Rosie warf ihrem Mann einen schnellen Blick zu. „Was hältst du von diesem Gedanken, Fulton? Ist das möglich?“

Der Butler richtete sich auf und versicherte Katherine und Rosie kopfschüttelnd, daß dies nicht der Fall sein konnte. „Bestimmt nicht. Welchen Nutzen hätte er davon?“

„Keinen, außer, daß er vielleicht dachte, es könnte ihm heimliche Konten oder etwas Ähnliches verraten“, fügte Rosie mit einem leisen Stöhnen hinzu. „Aber das wäre natürlich passiert, bevor Laura getrennte Konten eingeführt hat.“

„Du hast recht.“ Fulton saß in einem gepolsterten viktorianischen Sessel im Butlerbüro gleich neben der Küche. Er kratzte sich am Kopf und warf einen Blick auf das Treppenhaus. „Ich glaube nicht, daß Dylan Bennett eine Ahnung davon hatte, daß die junge Laura überhaupt ein Tagebuch führte.“

Rosie legte ihm die Hand auf die Schulter. „Sie muß es mit anderen Schätzen aus ihrer Jugend irgendwo sicher verwahrt haben.“

„Sollte ich vielleicht Mr. Cranston anrufen?“ überlegte Katherine. „Könnte *er* etwas darüber wissen?“

„Das bezweifle ich. Das Tagebuch ist über zweiundzwanzig Jahre alt. Ich muß sagen, es ist sehr unwahrscheinlich, daß ein Anwalt es hat.“

Während Fulton noch sprach, hatte Katherine wieder einmal das Gefühl, daß Lydia Miller ihr raten würde, wegen des verlorenen Tagebuchs zu beten. „Gott kümmert sich um jede Kleinigkeit in deinem Leben, Katie“, hatte sie ihr bei mehreren Gelegenheiten gesagt.

Trotzdem suchte Katherine weiter in jedem Schrank, jeder Nische und Schublade der großen Villa, ohne Gott mit einer so weltlichen Sache wie dem verlorenen Tagebuch eines schwangeren Teenagers zu belästigen, auch wenn diese junge Frau ihre eigene Mutter gewesen war.

* * *

Zehn Tage später parkten vier Autos in der runden Auffahrt vor der Mayfield-Villa. Natalie Judahs Auto und die Fahrzeuge von drei anderen Frauen, die mit Begeisterung auf die Ankündigung eines Patchworkkurses in der Zeitung von Canandaigua geantwortet hatten. Katherine war über ein solches Interesse an ihrem Kurs überglücklich. Sie stand an der Tür, wo normalerweise Fulton postiert war, und begrüßte jede der Damen persönlich.

Sie bat alle in das Wohnzimmer, damit sie sich ein wenig kennenlernen konnten, bevor sie Garrett anwies, heißen Tee und Gebäck zu bringen.

„Es ist so schön, daß Sie gekommen sind“, sagte Katherine, die neben dem Feuer stand und sich an den Kaminsims lehnte. Sie stellte zuerst sich selbst vor, dann Leoma, Natalie Judah, Missy Braun, Elizabeth May und Rosies Schwester Ada. „Alles künftige Patchworkstepperinnen“, sagte sie zu ihnen.

Sie lächelten und nickten. Die Frauen unterhielten sich freundlich, und Katherine erfuhr, daß Ada und Elizabeth schon vor Jahren gemeinsam einen Patchworkkurs belegt hatten, sich aber seitdem nicht mehr gesehen hatten. „Wir brauchen dringend einen Auffrischungskurs“, sagte Ada mit einem Lächeln in Elizabeths Richtung. „Aber da Katherine früher amisch war, werden wir es uns dieses Mal vielleicht besser merken können.“

Früher amisch war.

Diese Bemerkung machte Katherine nachdenklich. Wahrscheinlich, weil noch nie jemand so von ihr gesprochen hatte. Sie stand da und wollte den Frauen gerade die Grundlagen des Steppens nahebringen, als eine flüchtige Erinnerung auftauchte und sie sich an einen bestimmten Monat in der amischen Schule erinnerte. Sie war gerade sechzehn geworden und hatte die amische Lehrerin vertreten, die normalerweise die Kinder unterrichtete. Wieder einmal stand sie als Lehrerin da, aber heute drehte es sich nicht um Lesen, Schreiben und Rechnen.

Der Abend wurde sehr lebendig, und obwohl einige der Frauen als Fremde zu ihr gekommen waren, hatte Katherine schon nach der ersten Stunde das Gefühl, daß sie diese eleganten Engländerinnen wirklich gern hatte, und sie hoffte, daß aus den gemeinsamen Abenden bleibende Freundschaften entstehen würden.

* * *

Die verbliebenen Wochentage füllten die Vorbereitungskurse im Hospiz aus. Natalie Judah war immer freundlich und nett. Sie war dankbar für Katherines Interesse an dem Hospiz. Katherine war froh, daß ihre Mutter Gelegenheit gehabt hatte, noch vor ihrem Tod die Krankenschwester kennenzulernen. Katherine bekam durch Natalie viel Kraft. Nach einigen wenigen Tagen wurde sie ihr auch eine liebe Freundin.

Als Katherine ihre zweiwöchige Schulung beendet hatte und ihr abschließendes Gespräch führte, war sie begeistert. Sie wurde für montags und mittwochs zu je zwei Stunden eingeteilt.

„Ich fände es schön, wenn Sie Willy etwas vorlesen könnten", sagte Natalie an Katherines erstem offiziellen Tag als ehrenamtliche Mitarbeiterin.

Sie folgte einer Schwesternhelferin in den Aufenthaltsraum und konnte es nicht erwarten, einen der Patienten kennenzulernen. Willy war der blonde Junge, der ihr schon an dem Tag aufgefallen war, an dem sie sich nach einer ehrenamtlichen Mithilfe erkundigt hatte. Er war ein hübscher achtjähriger Junge, bei dem ein bösartiger Hirntumor festgestellt worden war. Willy, der tiefblaue Augen hatte, erfüllte sie mit tiefem Mitleid, denn sie konnte die Schmerzen, die der Krebs verursachte, deutlich darin lesen.

Sie setzte sich in dem sonnendurchfluteten Aufenthaltsraum zu ihm und stellte sich vor. „Wie lautet dein zweiter Vorname?" fragte er sie neugierig, nachdem sie ihm ihren Vor- und Nachnamen genannt hatte.

„Ich habe keinen zweiten Vornamen", erklärte sie ihm.

Seine Augen wurden groß. „Wirklich ... du hast keinen zweiten Namen?“

„Ist ein zweiter Vorname sehr wichtig?“

„Ja ... eigentlich schon.“ Er begann zu lächeln. „Ich habe insgesamt drei Vornamen.“

„Wirklich? Das ist aber sehr schön. Wie heißt du denn noch ... wenn es dir nichts ausmacht, es mir zu verraten.“

Er schien überglücklich, ihr seine Namen nennen zu können. „Mein Name ist William James Lee Norton. Ich habe den Namen meines Vaters, meines Großvaters und meines Onkels.“

Sie konnte sich ein Lächeln nicht verkneifen. Sie hatte den Namen, den ihre leibliche Mutter für sie ausgesucht hatte, aber das war alles. „Deine Namen gefallen mir, Willy“, bemerkte sie und überlegte, warum sie sich so sehr zu dem Kind hingezogen fühlte.

Später, als sie über ihre Lieblingsfarben, ihr Lieblingsessen und ihre liebsten Düfte, Bücher und Tiere gesprochen hatten, fragte er aus heiterem Himmel: „Bist du verheiratet?“

Sie mußte schmunzeln. „Noch nicht, aber ich hoffe schon, daß ich eines Tages heirate.“

„Bekommst du dann viele Kinder?“ Sein Gesicht war ihr fragend zugewandt, während sie Seite an Seite auf dem Sofa saßen.

„Wenn Gott es für richtig hält, wahrscheinlich schon, denke ich.“

„Aber das ist doch auch ein Wunsch von dir, oder?“ Er streckte den Fuß nach einem kleinen Ball aus. Seine Beine waren ganz schlaff und verwelkt.

„Ein Wunsch?“ sagte sie. „Ich glaube, Kinder zu bekommen, habe ich noch nie als Wunsch gesehen.“

Willy fragte, ob sie ihm helfen würde, auf dem Boden zu sitzen, damit sie sich den Ball gegenseitig zurollen könnten. Vorsichtig hob sie ihn aus dem Rollstuhl und stützte ihn mit mehreren Kissen auf dem Boden ab. Dann setzte sie sich dem klugen, aber schwachen Jungen gegenüber auf den Boden und rollte ihm den Ball vorsichtig zu. Sie war froh, daß sie an diesem Tag eine Wollhose und keinen Rock trug.

„Mein Vater sagt, Gott erfüllt den Menschen die Wünsche ihres Herzens“, sprach Willy weiter. „Wenn sie sich an ihn halten.“

Sich an Gott halten?

So etwas hatte Katherine noch nie gehört. Besonders nicht aus dem Mund eines so jungen Menschen ... der noch dazu unheilbar krank war.

Am Mittwoch sprach Willy noch offener mit ihr. Katherine erinnerte sich daran, einmal gelesen oder gehört zu haben – vielleicht hatte es auch Daniel vor Jahren einmal gesagt; sie konnte sich nicht mehr genau erinnern –, daß „ein kleines Kind ihnen den Weg weisen wird". Aber wenn sie ehrlich war, hatte sie nicht das Gefühl, überhaupt irgendwohin geführt werden zu müssen. Sie wußte also nicht, woher die Erinnerung an diesen Satz plötzlich kam. Oder weshalb.

Soweit sie es beurteilen konnte, war sie ziemlich genau dort, wo sie sein wollte, und genoß ihr vornehmes englisches Leben, zum Teil auch dank Justin Wirth und seinen vielen Bekannten und Freunden.

Katherine konzentrierte sich wieder auf Willy. Als er von dem Damespiel müde war, schob sie ihn in seinem Rollstuhl langsam hinüber zu dem Aquarium, damit er es besser betrachten konnte. Sie waren begeistert von den großen blauen und grünen Fische und von einer sehr dicken braunen Schnecke, die sie übereinstimmend Fred nannten.

Als es an der Zeit war, sich zu verabschieden, verließ Katherine den Jungen gar nicht gern. Von ganzem Herzen wünschte sie, sie könnte etwas tun, damit Willys Krebs heilte – und nie wiederkehren würde.

Auf der Heimfahrt bemühte sie sich, ihre Gedanken von Willy loszureißen. Sie versuchte, an Justin zu denken, achtete jedoch darauf, ihr Lächeln vor Theodore zu verbergen.

Erst letzten Freitag hatte sie mit ihm im Belhurst Castle zu Abend gegessen – einem Gebäude aus roten Medinasteinen und mit Türmchen, das in Geneva, kaum eine halbe Stunde Fahrt von der Villa entfernt lag. Das Schloß strahlte wirklich die romantische Atmosphäre aus, die er ihr vor dem Schneesturm versprochen hatte.

Der freundliche Kellner hatte sie zu einem Tisch für zwei Personen direkt am Fenster geführt, von dem aus sie einen Blick über das Ufer des Senecasees hatten. Der atemberaubende Ausblick und die Weite des schneebedeckten Rasens gaben Katherine das Gefühl, tatsächlich eine Prinzessin zu sein, die in einem echten Schloß speiste.

Justin stand der doppelreihige Marineblazer mit der dunklen Hose sehr gut. Er war sehr aufmerksam – aufmerksamer als je zuvor. Als sie sich an dem mit Kerzen beleuchteten Tisch gegenübersaßen, beugte er sich zu ihr herüber. „Angeblich hat hier früher einmal ein italienischer Opernsänger gewohnt. Kennst du die Geschichte?"

Sie schüttelte den Kopf. Ihr Blick wich nicht von seinem gutaussehenden Gesicht und den blauen Augen, während er die faszinierende Geschichte erzählte.

„Ein spanischer Don und seine Geliebte haben vor langer, langer Zeit hier gelebt." Seine Stimme war jetzt leiser. „Das Paar lief von Zuhause fort ... eine tragische Liebesgeschichte, erzählt man sich."

„Und die beiden bauten dieses Schloß?" Sie fühlte sich, als wäre sie die Geliebte, die davongelaufen war, besonders heute abend ... so weit entfernt von dem strengen Leben der Amischgemeinschaft. „Sie sind hierhergekommen, um sich zu verstecken?"

„Ja, inmitten heimlicher Tunnel und vergrabener Schätze haben sie sich hier versteckt ... vor ihren eigenen Leuten."

Ihr Blick schweifte über den Fliesenboden, die Steinwände, die hohen Fenster, und sie ließ Justins Geschichte auf sich wirken. „Ist das alles wirklich passiert?"

Er lächelte und zwinkerte ihr schelmisch zu. Ihr Puls fing an, schneller zu schlagen. „Das weiß niemand mit Sicherheit", sagte er.

Als der Kellner wiederkam, um ihre Bestellung entgegenzunehmen, war Justin der perfekte Gentleman und bestellte das Lachsmenü, das sie auf der Speisekarte ausgewählt hatten. Sie schaffte es nicht, ihren Herzschlag wieder zu normalisieren, während sie hier saß und ihre Augen auf sein Gesicht, seine Hände gerichtet waren – auf diesen attraktiven Mann aus gutem Hause, dessen Worte wie warmer Honig über seine Lippen kamen, dessen Gesten künstlerisch waren und genauso verzaubernd wie dieses geheimnisvolle Schloß.

Er hatte ihre Hand ergriffen und ließ sie auf dem ganzen Weg zur Mayfield-Villa, den sie im Mondschein zurücklegten, nicht mehr los. Später, als sie dort ankamen, stieg er aus, öffnete ihr die Tür der Limousine und bat den Fahrer, sitzen zu bleiben, während er sie zur Haustür begleitete. „Das Schloß war die ideale Kulisse für unser erstes gemeinsames Abendessen", bemerkte er, als sie zu der breiten Haustür gingen.

„Ja." Ihre Stimme war nicht viel lauter als ein Flüstern.

Er wandte sich zu ihr und nahm ihre beiden Hände in die seinen. „Ich hoffe, eines Tages fahren wir wieder einmal dorthin."

„Zu dem Schloß?"

„Als Verliebte, die davongelaufen sind", sagte er und lächelte sie im Licht der rustikalen Laterne vor dem Haus an.

Sie war überrascht und wußte nicht, ob sie diese Worte ernst nehmen sollte, aber ihr gefiel der Klang seiner Stimme in der Stille der Nacht. Es war so ruhig um sie herum, daß sie fast meinte, die Erde halte den Atem an.

Dann küßte er ihre beiden Handrücken. „Ich rufe dich morgen an", sagte er mit einem Lächeln.

„Gute Nacht", sagte sie und drehte sich zur Tür um, ehe er sie in seine Arme schließen konnte. So sehr sie sich das einerseits wünschte, spürte sie gleichzeitig ein unerklärliches Zögern. Etwas hielt sie zurück, auch wenn sie nicht sicher war, was es war.

„Bis morgen", sagte er. „Gute Nacht, liebe Katherine."

Sie lächelte scheu, als sie seine Schritte auf dem Pflaster hörte. Sie warf ihm noch einen letzten Blick nach. Dann drehte sich Prinzessin Katherine um und lehnte sich an die schwere Tür, die in ihr eigenes Schloß führte. Ihr Herz sehnte sich nach dem nächsten Treffen mit ihrem Künstlerprinzen.

Erst als sie die Lampe neben ihrem Bett ausschaltete, dachte sie wieder an Daniel. Ein gutes Zeichen. Sie schloß daraus, daß sie den anfänglichen Schock allmählich überwunden hatte – und ihren Schmerz immer weiter von sich schieben konnte, das Wissen aus ihrem Denken verbannen konnte, daß irgendwo der Mann lebte, der ihre erste große Liebe gewesen war.

In ihren stillen Gebeten, die sie gelernt hatte, – denn sie hatte von klein auf gelernt, vor dem Schlafengehen zu beten – dachte sie an Willy und fragte sich, ob sein Wunsch wahr werden könnte ... ob *er* seinen Herzenswunsch erfüllt bekäme. Sie versuchte, für den armen kranken Jungen zu beten, hatte aber große Schwierigkeiten damit. Genauso wie damals in Lydia Millers Haus, als sie das erste Mal versucht hatte, mit ihren eigenen Worten zu beten.

Als sie endlich einschlafen konnte, träumte sie von Justin. Er plante ein Picknick im Schnee ... für sie und Willy. Die winterliche Landschaft war von würzigen Farnen, die aus der dichten Schneekruste ragten, überzogen. Alles war irgendwie verschwommen. Am Ende, als sie gerade das Essen wegräumen wollten, um nach Hause zu fahren, tauchte Daniel Fischer auf.

Um Atem ringend, fuhr sie aus dem Schlaf hoch und setzte sich in ihrem Bett auf. „Er ist immer noch da ... in meinen Träumen", flüsterte sie und fuhr sich mit der Hand an die Kehle.

Da sie jetzt hellwach war, stand sie auf, schlüpfte in ihren Bademantel und ihre Hausschuhe und ging durch das Schlafzimmer in das angrenzende Wohnzimmer. Dort blieb sie stehen und starrte in die ersterbende Glut im Kamin, dann ging sie in die Eingangshalle hinaus.

Ein kleiner mitternächtlicher Imbiß würde ihr vielleicht jetzt helfen, diesen seltsamen Traum zu vergessen. Oh, sie sehnte sich nach einer einzigen langen Nacht, in der keine Gedanken an Daniel sich in ihren Schlaf drängten. Und an einen einzigen schönen Tag ohne die Erinnerung an seine Augen, die sie fragend und durchdringend angeschaut hatten, und seine Worte, die sich in ihre Seele eingebrannt hatten.

„Ich will nicht lange stören", hatte er ihr im Salon gesagt. Diese Szene hatte sich tausendmal immer wieder vor ihrem geistigen Auge abgespielt. Von wegen, er wolle nicht lange stören! Er brachte ihr ganzes Leben durcheinander.

„Ich warte schon so lange darauf, dich wiederzusehen ..."

Sie setzte sich an den Tisch, an dem die Hausangestellten immer die Mahlzeiten einnahmen, abgesehen von jenem Abend, als sie eingeschneit gewesen waren und alle gemeinsam in der Bibliothek gegessen hatten. Sie hielt sich mit beiden Händen die Ohren zu und wollte damit seine Stimme verdrängen. Das wünschte sie sich mehr als alles andere.

Der kleine Willy hatte etwas davon gesagt, daß Gott seinen Kindern die Sehnsucht ihres Herzens erfülle. Jetzt war eine gute Gelegenheit, damit anzufangen, fand sie. Denn wenn Gott die Erinnerungen nicht zum Schweigen brächte, ihren tiefen Schmerz, von dem Mann, den sie so sehr geliebt hatte, so schrecklich betrogen worden zu sein, nicht heilte, wie sollte sie dann jemals ihre Gefühle und ihre Aufmerksamkeit auf den gutaussehenden, durch und durch *ehrlichen* Justin Wirth konzentrieren?

Sie faltete die Hände vor sich. „Bitte, lieber Gott, kannst du die

Vergangenheit auslöschen? Bitte, lösche doch *meine* Vergangenheit aus", sagte sie leise in die Dunkelheit der Küche hinein.

Dann weinte sie herzzerreißend und vergaß beinahe, wo sie war. In dem schwachen Licht sah die riesige Küche fast genauso aus wie die Küche ihrer Mama, und einen kurzen Augenblick lang saß sie auf der Holzbank neben dem auf Böcken stehenden Tisch und wünschte, Rebekka würde kommen und sie finden, wie sie mitten in der Nacht in der Küche saß, statt im Bett zu liegen und zu schlafen, und ihr einen warmen, lindernden Kakao kochen.

11

Maria hatte sich fest vorgenommen, nicht mehr so viel an den Bischof zu denken. Natürlich war es nahezu unmöglich, diesen Vorsatz in die Tat umzusetzen. Jede wache Minute drehten sich ihre Gedanken um ihn. Sie konnte nur hoffen, daß er damit zufrieden war, wie sie sich um seine Kinder gekümmert hatte.

Sie stand um halb fünf auf und konnte es nicht erwarten, bei der Vorbereitung des Frühstücks zu helfen. Sie bot sogar freiwillig an, ihrem Vater beim Melken im Stall zu helfen.

„Nein ... nein, du bleibst im Haus, wo es warm ist", winkte er ab, während er durch die Hintertür in den dunklen Morgen hinausging.

„Bestimmt nicht?" rief sie ihm nach. In ihr regte sich eine solche Energie, daß sie glaubte, sie müsse schier platzen.

Abe Stoltzfus drehte sich um und schaute sie von der untersten der verschneiten Stufen mit einem kopfschüttelnden Stirnrunzeln an. „Meine Güte, Maria. Du hast mir schon seit Jahren nicht mehr beim Melken geholfen."

„Nun ... ich dachte nur, ich biete es dir an." Sie wußte, daß ihre Worte furchtbar seltsam klingen mußten; sie wartete immer noch und überlegte, ob er es sich wohl doch noch anders überlegen würde.

Ihr Vater zuckte die Achseln, drehte sich um und schüttelte den Kopf, als wolle er damit sagen, daß er es erst gar nicht versuchen werde, aus seinem jüngsten Kind schlau zu werden, aber das konnte sie nicht im geringsten entmutigen. Sie eilte zurück in die Küche, wo sie half Milch, Mehl und Eier zu verrühren, um daraus Waffeln zu backen.

Selbst während sie den Teig rührte, nahm Johannes Beiler einen großen Teil ihrer Gedanken ein, und sie fühlte sich wieder wie ein junges Mädchen, das sich auf die Weihnachtsaufführung in der Schule vorbereitet ... oder auf etwas noch Aufregenderes. Sie dachte an die letzten Tage und Wochen und erinnerte sich an die Freude, das Lachen ... ja, die Liebe, die anfing, zwischen ihnen zu keimen.

Ein weiteres Rendezvous mit ihm war geplant. An dem Abend, an dem sie das Haus des Bischofs verlassen wollte, nachdem Johannes aus Schaefferstown zurückgekommen war, lud er sie zu einer Schlittenfahrt ein. „Nur wir beide", hatte er geflüstert, als sie allein in der Garderobe standen, und sie sich ihre Fäustlinge angezogen hatte.

„Wo wollen wir uns treffen?" hatte sie mühsam über die Lippen gebracht.

Er hatte sie mit strahlenden Augen angelacht. „Kannst du mit dem Wagen zu der Brücke am Weaver's Creek kommen?"

„Ja ... ich denke schon."

„Dann lassen wir den Einspänner dort stehen. Das Pferd binden wir an dem Zaunpfahl fest." Er schwieg einen Augenblick, und seine Augen schauten sie so durchdringend an, daß sie fürchtete, sie würde knallrot anlaufen. „Treffen wir uns nach Einbruch der Dunkelheit ... sagen wir um halb sieben."

Bei dem Gedanken an die Schlittenfahrt mußte sie unwillkürlich schmunzeln. Sie würde sich in ihren wärmsten Mantel hüllen und ihren Winterhut aufsetzen.

„Worüber schmunzelst du denn?" fragte ihre Mutter und warf ihr einen kritischen Blick zu.

Maria richtete sich auf und wandte sich ab, damit ihre Mutter und ihre Großmutter die Röte nicht sehen würden, die in ihrem Gesicht aufstieg. „Oh, habe ich denn geschmunzelt?"

Großmutter Ruth, die den Tisch deckte, schmunzelte ebenfalls. „Sie hat bestimmt an ihren neuen Verehrer gedacht."

Wenn sie keine Antwort gab, würde das als Zustimmung verstanden werden. Also sagte Maria leise, während sie weiterhin das Gesicht zur Wand drehte und mit schnellen, kräftigen Bewegungen Mehl und Backpulver in die Schüssel rührte: „Was für ein neuer Verehrer?"

Jetzt brachen beide Frauen in lautes Gelächter aus. Maria mußte selbst auch lächeln. Sie konnte es nicht verhindern; ihre Mundwinkel bogen sich wie von selbst nach oben. Aber sie konnte ihr glückliches Grinsen vor den zwei Frauen, die ihr sehr lieb waren, trotzdem verbergen. Sie drehte ihnen einfach nicht das Gesicht zu und konzentrierte sich auf den Waffelteig.

* * *

Sie ergriff Johannes' ausgestreckte Hand und ließ sich von ihm in den kastenförmigen Schlitten hinaufhelfen, der mit süßlich riechendem Stroh und soviel Decken bestückt war, daß sie sie kaum zählen konnte.

„Schön, dich zu sehen, Maria."

„Ich freue mich auch."

Er half ihr, die dicken Decken über ihre Beine zu breiten, bevor er mit beiden Händen die Zügel ergriff. „Fertig?" fragte er.

„Ja."

Glocken läuteten in der Nacht, der Mond spähte durch die Baumwipfel und warf silbrige Schatten auf die Erde. Maria hörte das knirschende, gleitende Geräusch, als die Kufen sich in den festgefahrenen Schnee drückten. Die vereiste Erde glitzerte unter zehntausend Sternen.

Sie lachte hellauf mit Johannes, während das Pferd über das schneebedeckte Land zu fliegen schien und sie fortholte, fort von ihrer Arbeit und Mühe, fort von den Augen derer, die neugierig schauen könnten, die argwöhnen könnten, daß in der Kälte dieser Nacht die Liebe wohnen könnte.

Johannes lehnte plötzlich den Kopf zurück und atmete die kalte Luft ein. „Riechst du das?"

Sie tat es ihm nach und atmete tief ein. „Es stinkt wirklich furchtbar."

Sie mußte wieder lachen und hielt sich die Nase zu. Nachdem der Geruch verschwunden war, fuhren sie schweigend weiter. Maria war zufrieden, nur neben Johannes zu sitzen, und drückte ihre Hände in den Handschuhen unter der schweren Decke auf ihrem Schoß.

Eine Ewigkeit schien zu vergehen, bis Johannes wieder sprach. Oh, wie sehr sie sich danach sehnte, seine Stimme so nahe an ihren Ohren zu hören. *So nahe ...*

Als Johannes mit einer Hand die Zügel losließ und seinen Arm um sie legte, meinte sie, vor Glück weinen zu müssen, so verliebt war sie in diesen Mann.

„Eine richtig gute Nacht für eine Schlittenfahrt." Er drehte sich zu ihr. „Nicht wahr?"

Ihre Augen begegneten sich. „Ja, richtig gut", flüsterte sie.

Dann rutschte Johannes noch näher und drückte seinen Kopf sanft an ihre Stirn. Bei dieser Bewegung bewegte sich ihr Winterhut ein bißchen nach hinten, aber das störte sie nicht. Sie hob nicht einmal die Hand, um ihn wieder geradezurücken.

„Ich bin fast ein bißchen zu alt, um eine Freundin zu haben, weißt du“, sagte er. Sein warmer Atem berührte ihr Gesicht.

„Wenn du es sagst.“

Er setzte sich gerade auf. „Was würdest du davon halten, mitten im Winter deinen Bischof zu heiraten?“ Seine Stimme war kräftig und zuversichtlich. Dieser Heiratsantrag traf sie vollkommen unerwartet.

Ihr Herz überschlug sich fast. „Heiraten?“

„Ich möchte dich ... als meine Frau, Maria Stoltzfus.“ Aus seinen Augen sprach eine tiefe Zuneigung.

„Oh ... ich ... „ Ihre Kehle war ganz rauh. „Ich ... „

Er schaute ihr forschend ins Gesicht, hob die Hand und fuhr mit den Fingerspitzen ihren Haaransatz nach. Sie hielt den Atem an. Er hatte seinen Handschuh ausgezogen und hob mit der Hand ihr zitterndes Kinn hoch. „Das muß sehr überraschend für dich sein, Maria. Es tut mir leid, wenn ich ... „

„Ich bin ... ich bin überglücklich“, sagte sie leise, um den Zauber nicht zu brechen, und schaute ihm direkt in die Augen.

Dann fanden seine Lippen langsam ihren Mund und berührten ihn mit einem zärtlichen Kuß. Er rückte von ihr weg und schaute ihr wieder tief in die Augen. „Oh, Maria, ich möchte dich glücklich machen. Ehrlich, das ist mein Wunsch ...“

Bevor sie etwas erwidern konnte, berührten seine Lippen ihren Mund erneut – ein Kuß besiegelte ihr gegenseitiges Versprechen.

Maria war sich nicht sicher, wie lange sie so nebeneinander saßen. Sie wußte nur, daß das Pferd sich leicht hätte verlaufen können, da der Fahrer die Zügel locker ließ, aber Maria zählte nicht die vielen süßen Küsse, mit denen ihr Geliebter sie in dieser Nacht bedachte, während seine starken Arme sie in seine liebevolle Umarmung schlossen. Sie konnte auch an nichts anderes denken als an ihre Sehnsucht, für immer und ewig in seiner Nähe zu sein.

* * *

Es war schon weit nach acht Uhr, als sie wieder zum Weaver's Creek kamen, wo ihr Wagen und das arme verlassene Pferd in der Kälte warteten. „Sugar ist es vielleicht zu kalt, um traben zu können“, sagte sie mit einem Blick zum Mond hinauf.

„Wir waren länger fort, als ich erwartet hatte“, sagte Johannes, während er aus dem Schlitten stieg und eine seiner leichteren Dekken über Sugars Rücken warf. „Das müßte helfen. Laß ihn einfach in dem Tempo laufen, das er selbst anschlägt. Und ... wenn es dir nichts ausmacht, folge ich dir bis zu eurer Auffahrt.“

„Danke. Das ist nett von dir.“ Sie wünschte, Johannes würde kommen und ihr einen Abschiedskuß geben, bevor sich ihre Wege trennten. Aber sie wußte, daß es besser war, wenn sie nicht mitten auf der Straße Zärtlichkeiten austauschten. Zu viele Liebespaare waren in einer solchen Nacht unterwegs. Zu viele Augen ...

Er half ihr in den kalten Einspänner, dann ging er zum Zaun zurück und band das Pferd ihres Vaters los. „Warum nimmst du nicht eine meiner Decken? Sie sind bereits aufgewärmt.“

„Gute Idee.“ Sie mußte lächeln, als er unerwartet in ihren Einspänner hinaufsprang, sie warm einpackte und so zärtlich behandelte, als wäre sie ein kleines Kind.

„Das wird dich wärmen, bis du zu Hause bist.“ Er drehte sich um, schaute in beide Richtungen die Straße hinauf und hinunter und setzte sich dann neben sie. „Ich werde dich vermissen, Maria. Sehr sogar.“ Er nahm sie in die Arme und gab ihr einen langen Abschiedskuß. In ihrem Kopf drehte sich alles, auch wenn sie nicht als erste den Kopf wandte. „Gute Nacht, Maria, mein Liebes.“

„Gott sei mit dir“, sagte sie, vollkommen außer Atem.

Mit einem Lächeln stieg er rückwärts aus dem Einspänner, blieb im Schnee stehen und winkte ihr. „Treffen wir uns wieder hier?“

„Wann?“

„Morgen?“

Sie nickte und wünschte, die Nacht würde nie zu Ende gehen, oder noch besser, sie würde sie auf schnellen Flügeln zum Sonntagabend tragen.

* * *

Katherine wurde von dem Brief, der mit der Nachmittagspost kam, vollkommen überrumpelt. Da an diesem Abend wieder der Patchwork-Kurs stattfinden sollte, wartete sie absichtlich, bis die Damen das Haus verlassen hatten, ehe sie sich mit dem Umschlag, der in Newark, New Jersey, abgestempelt war, setzte.

Mit einem Seufzen lehnte sie sich in den gepolsterten, antiken Sessel zurück, der nur zwei Meter neben ihrem Bett stand. Sie hätte sich eigentlich denken können, daß Daniel nicht so schnell aufgeben würde, besonders, nachdem sie ihm so schroff die Tür gewiesen hatte. Wenn sie jetzt darüber nachdachte, wünschte sie, das hätte er schon vor Jahren getan, lange bevor sie entdeckt hatte, daß ihre amische Abstammung nur Lug und Trug gewesen war. Daß sie in Wirklichkeit englisch war.

Unsicher, was sie tun sollte, hielt sie den Umschlag in der Hand und betrachtete die Handschrift. Sie würde diese Handschrift überall erkennen. Die alten Gefühle für diesen Mann regten sich in ihrem Herzen, und sie wußte nicht, wie sie sich verhalten sollte.

Sie steckte einen Finger unter die lose Stelle des Umschlags und riß das Kuvert auf. Ihr Atem ging jetzt viel schneller. *Wage ich es?* fragte sie sich.

Sie zögerte und betrachtete den Absender. Dort wohnte er also, dort hatte er sich in all den Jahren vor ihr versteckt gehalten! In Newark, New Jersey – nicht weit von Lancaster County. Sie hätte den Brief beinahe weggelegt oder gar weggeworfen und fühlte sich doch seltsam dabei, ihn in den Händen zu halten.

Gab sie Daniel eine zweite Chance, eine weitere Gelegenheit, ihr weh zu tun, wenn sie seinen Brief las? Sie legte den Umschlag auf ihren Schoß und starrte das kunstvoll dekorierte Fenster des Raumes an.

Tat sie das Richtige? Ein leises Lachen kam über ihre Lippen. *Das Richtige.* Genau die Worte, die immer Marias Einstellung zum Leben definiert hatten. Ihre Freundin würde wahrscheinlich sagen, sie solle den Brief einfach öffnen und lesen, was Daniel ihr zu sagen habe. Maria, so schien es, war immer noch ihre Ratgeberin, obwohl sie meilenweit voneinander getrennt waren. Freundinnen fürs Leben, trotz der Meidung. Miteinander verbunden trotz allem, was passiert war.

Ihre liebste Freundin würde sie auffordern, den Brief zu lesen. Also tat sie es. Mit zitternden Händen faltete sie den Brief auseinander.

Donnerstag, 7. März

Liebe Katie,
fast zwei Monate sind vergangen, seit ich Dich in Canandaigua gesehen habe. Damals machte ich mir Sorgen, daß ich Dich übermäßig aufregen könnte. Wie sich herausstellte, war das leider der Fall. Du warst nicht nur aufgeregt, Du hast sichtlich unter meinem Besuch gelitten. Das tut mir von ganzem Herzen leid.
Selbst wenn ich Dich noch so sehr darum bitte, kannst Du mir wahrscheinlich unmöglich vergeben, auch wenn ich nur dafür beten kann, daß dieses Wunder geschieht. Du mußt wissen, daß ich nie aufgehört habe, Dich zu lieben, und so sehr ich mich auch bemühe, Dich mir als Katherine Mayfield vorzustellen, fällt es mir schwer, Dich als irgend jemand anderes als das geliebte amische Mädchen in Erinnerung zu behalten, in das ich mich vor vielen Jahren verliebte, als wir noch Kinder waren. Vielleicht habe ich Dir nie davon erzählt, wie ich Dich das erste Mal neben dem alten Bullerofen im Schulhaus stehen sah. Deine Haare waren noch nicht in dem traditionellen Knoten nach oben gesteckt, sondern zu Zöpfen geflochten, die um Deinen kleinen Kopf gewunden waren. Du warst nicht viel älter als sieben, aber ich bin mir nicht ganz sicher. Wenn ich nur ein bißchen Verstand gehabt hätte, hätte ich mir den Tag, das Jahr, diesen Augenblick aufgeschrieben. Ich habe Dir nie von dem Gefühl erzählt, das ich an diesem Tag hatte, aber es hat mich seitdem nicht mehr losgelassen. All diese Jahre seit meinem neunzehnten Geburtstag bis heute waren vergeudet, waren buchstäblich eine Vergeudung unserer Liebe. Und wo stehen wir jetzt? Wir sind wieder voneinander getrennt.
Ich nehme die Schuld dafür auf mich, Katie, wie ich es schon versuchte, Dir zu sagen, als wir uns kurz begegneten. Du akzeptierst meine Entschuldigung heute vielleicht genausowenig wie damals. Was soll ich sagen? Was ich getan habe, war falsch. Ich hätte noch an demselben Tag zu meinem Vater zurückkehren sollen, die Dinge mit ihm ins reine bringen, mich von meiner Rebellion abkehren und dann nach viel Gebet und Seelsorge die amische Gemeinde verlassen sollen. Statt dessen hat sich alles ganz anders für mich entwickelt – für alle. Eines Tages, hoffe ich, wirst Du mir erlauben, Dir die ganze Geschichte zu erzählen, alles, was passiert ist.

Aber ich habe eine Liebe gefunden, die ich nie zuvor gekannt habe ... diese Liebe finde ich in dem Herrn Jesus. Und wenn auf dieser Erde auch nie irgend etwas aus meiner Liebe zu Dir werden wird, ist sie trotzdem nicht vergeblich. Katie, ich bete dafür, daß Du die gleiche Freude und den gleichen Frieden findest, den ich gefunden habe. Er ist nicht an die Regeln und Gesetze irgendeiner Kirche gebunden. Mein Glück finde ich in dem Wissen, daß meine Sünden weggewaschen sind, daß mein Name im Buch des Lebens des Lammes geschrieben steht. Du kannst diesen Frieden auch haben, diese Gewißheit, gerettet zu sein, von der uns immer gesagt wurde, sie sei falsch, ja sogar stolz. Die Wahrheit ist, daß Gottes Wort klar den Weg zur Erlösung zeigt – durch den Glauben an Jesus, den Erlöser. Wenn Du Dich je danach sehnst, mehr zu erfahren, dann lies das Johannes-Evangelium im Neuen Testament. Dort wirst Du finden, was Dein Herz sucht.
Ich möchte nicht wie ein Prediger klingen, aber ich kann diesen Frieden nicht für mich behalten. Er übersteigt wirklich alles Denken. Die Gute Nachricht ist es, die mich anhält, Dir Jesu Liebe zu bezeugen.
Für immer
Dein Daniel Fischer

P. S. Spielst Du eigentlich noch auf der Gitarre, die ich Dir gegeben habe?

Hätte sie den Inhalt dieses Briefes gekannt, dann hätte sie ihn vielleicht nicht geöffnet. Sie steckte den Brief wieder in den Umschlag zurück und versuchte, Daniels Worte zu verdrängen. Dieser Mann mußte den Verstand verloren haben! Ihr in einem solchen Brief seine Liebe zu erklären!

Und ihr dann auch noch zu sagen, wie sie an Gott glauben sollte! Das war der Gipfel!

Sie fragte sich, woher er eine solche Kühnheit nahm. Sie hatte ihn aus ihrer Jugend nicht so in Erinnerung. Gut ... vielleicht war er schon immer kühner gewesen als die meisten anderen, wenn sie genauer darüber nachdachte.

Sie beschloß, sich nicht weiter den Kopf über diese Frage zu zerbrechen. Sie trat an die Schublade ihres Sekretärs und legte den

Brief hinein, unter das Babykleid aus Satin, das immer noch in das Seidenpapier eingewickelt war.

* * *

Justin rief an, wie er versprochen hatte, und lud sie zu einem Sinfoniekonzert am nächsten Abend ein, dem ein Empfang zu Ehren eines pensionierten Violinisten folgen sollte. Sie nahm die Einladung gern an und hoffte, ein weiterer Abend mit ihrem faszinierenden Freund könnte alle ihre Sorgen verdrängen.

Wenn sie eine Frau des Gebets gewesen wäre, hätte sie dies vielleicht im Gebet vor Gott gebracht. Aber sie war viel zu argwöhnisch, was solche Gebete betraf. Konnte man wirklich den Schöpfer des Himmels und der Erde um Gnade oder Hilfe anflehen? Außerdem: Wie konnte sie wirklich wissen, ob Gott tatsächlich so persönlich an ihrem Leben und ihren Vorhaben interessiert war, wie Lydia Miller und auch Daniel Fischer anscheinend glaubten? Sie dachte über diese Möglichkeit nach, die ihr und ihrer amischen Erziehung so fremd war, und erinnerte sich an Lauras strahlendes Gesicht und die Worte auf ihrem Sterbebett, mit denen sie ihre Liebe zu Gottes Sohn beschrieben hatte. Sie war sogar so weit gegangen, Katherine zu fragen, ob sie Jesus auch kenne.

Damals war Katherine zu Tränen gerührt gewesen, aber jetzt konnte sie nüchterner über diese Frage nachdenken. War ihr Herz damals nur so angerührt gewesen, weil sie den Tod ihrer leiblichen Mutter miterlebte? Das war sicher der Grund für ihre aufgewühlten Gefühle gewesen.

12

Jeder zweite Sonntag wurde in Hickory Hollow dafür genutzt, Verwandte und Freunde zu besuchen. Maria konnte es kaum erwarten, einen Nachmittagsausflug zu Rebekka Lapp zu unternehmen. Wenn sie glauben konnte, was man sich erzählte, dann überwand Katies Mama allmählich ihre Depression wegen der Verhängung des Gemeindebannes über ihre Tochter.

Mattie Beiler hatte Prediger Zooks Frau im Kramladen erzählt, daß nicht viel gefehlt hätte und Rebekka hätte letzten Montag bei Annie Lapps Stepptag eine ihrer Geschichten erzählt. Sie hatte sogar tatsächlich zu einer ihrer alten, bekannten Anekdoten angesetzt.

Gelobt sei Gott! Maria freute sich über diese wunderbar gute Nachricht, aber sie mußte es einfach mit eigenen Augen sehen. Also spannte sie Sugar an und sprang in die Kutsche.

„Hott!" rief sie dem Pferd zu und ließ die Zügel leicht schnalzen. Sugar bog nach rechts ab und trabte die Hickory Lane hinab.

Rebekka wirkte ziemlich erfreut, als sie Maria sah. Das merkte Maria an dem begeisterten „Wie geht's, Maria? Schön, dich zu sehen."

Sie trat ein und ließ sich von Rebekka helfen, ihren Mantel, Schal und Hut aufzuhängen. „Danke", sagte sie und folgte der älteren Frau in die warme Küche, wo Kirschstrudel und Vanilleeis bereits auf dem Tisch standen, fast, als sei sie erwartet worden.

„Setz dich und iß doch etwas", lud Rebekka sie ein.

Maria schaute sich um und stellte überrascht fest, daß Samuel nicht auf seinem üblichen Platz in dem Hickory-Schaukelstuhl neben dem Ofen saß. „Ist dein Mann nicht zu Hause?"

„Er ist draußen und untersucht Tobias, unser Pony. Das arme Tier hat ein steifes Bein oder irgend etwas anderes. Samuel und die Jungen schauen, was er hat."

Maria erinnerte sich an das Pony. Satin Boy war der Name, den Katie Tobias eines Tages aus heiterem Himmel gegeben hatte. Das war ungefähr in der Zeit gewesen, als ihre Besessenheit mit eitlen Dingen anfing ... und sie der Ordnung rundherum ungehorsam wurde. Wenigstens hatte Maria es so in Erinnerung.

„Es ist furchtbar nett von dir zu kommen", sagte Rebekka. „Seit unsere Tochter nicht mehr da ist, sehe ich dich nicht mehr allzuoft, weißt du."

Maria nickte. „Dagegen muß ich etwas tun, denke ich. Es ist schade, daß wir nicht mehr oft miteinander reden." Sie überlegte, wie sie der Frau von Katies Brief erzählen und ihr sagen sollte, daß ihre gebannte Tochter sich nach ihr erkundigt hatte. Aber Maria hatte das Gefühl, sie sollte lieber auf den richtigen Zeitpunkt warten, ehe sie das Thema ansprach. Außerdem mußte sie erst sicher sein, daß Rebekka es für sich behalten würde.

„Magst du ein Stück Strudel?" fragte Rebekka und fuhr mit dem Messer über die Kruste.

„Ja, er sieht köstlich aus."

Rebekka tischte ein kräftiges Stück des selbst gebackenen Nachtisches auf und häufte einen großen Löffel Eis oben darauf, nachdem Maria zustimmend genickt hatte.

Die beiden Frauen genossen miteinander die süße Nachspeise und leckten sich in der Stille der Küche die Lippen. Der Raum war noch von den Backgerüchen des Vortages erfüllt. Maria fragte sich, wie sehr Rebekka wohl die Hilfe ihrer Tochter im Haus vermißte, besonders in der Küche bei der Zubereitung des Essens, beim Brotbacken und den vielen anderen Arbeiten, die zu erledigen waren.

„Ich ... äh, ich weiß wirklich nicht, wie ich es sagen soll, Rebekka, aber ... „ Sie schwieg einen Augenblick. Auf der Stelle trat ein besorgter Blick in die haselnußbraunen Augen der Frau. „Nein, nein", beschwichtigte sie Rebekka schnell. „Es ist nichts Schlimmes, das ich dir zu sagen habe, ganz und gar nicht. Ich habe einen unerwarteten Brief bekommen. Von einer Fremden aus New York ... einer Frau, die deine Tochter kennt. Das ist alles. Jedenfalls wollte mir die Frau – ihr Name ist Rosie Taylor – sagen, daß Katie ... äh Katherine ... sich Sorgen um dich macht, und daß sie an dich denkt. Ich schätze, sie hat von Lydia Miller erfahren, daß du dich eine Weile nicht so gut fühltest."

Rebekka legte beide Hände auf ihren Schoß und blinzelte mehrere Male hintereinander. Ein beklemmendes Schweigen breitete sich aus. Schließlich sprach sie wieder. „Du sagst, meine Tochter hat einen Brief geschickt, den jemand anderes geschrieben hat ... und zwar an dich?"

„Ja, aber sie ging ganz vorsichtig dabei vor – sie wollte hier in Hickory Hollow keine Schwierigkeiten heraufbeschwören. Ich schätze also, wir sollten lieber auch vorsichtig sein ... und keinem etwas davon erzählen."

Rebekka lächelte leicht. „Das ist wahrscheinlich eine gute Idee."

Sie aßen ihren Strudel zu Ende und warfen sich immer wieder verstohlene Blicke zu. Schließlich nahm Maria ihren ganzen Mut zusammen und sprach noch etwas anderes an. Etwas, das genauso wichtig war wie die Nachricht an Rebekka, daß Katie an sie dachte und sie vermißte. Etwas, das sie vielleicht irgendwann einmal mit dem Bischof besprechen wollte, das sie aber bis jetzt nur ihrer Mutter gegenüber erwähnt hatte. Sonst hatte sie zu niemandem auch nur ein Sterbenswörtchen davon gesagt.

„Ich habe überlegt", begann sie erneut. „Ich dachte, vielleicht könnte es eine Möglichkeit geben, mit meiner lieben Freundin da oben in New York zu korrespondieren, falls ... nun ja, falls ich mit Bischof Johannes darüber sprechen könnte, ob er uns nicht erlauben könnte, mit ihr zu sprechen oder ihr womöglich sogar zu schreiben ... ob er das Verbot, mit ihr zu sprechen, nicht aufheben könnte. Auf diese Weise könnten die Amisch wenigstens einen gewissen Einfluß auf das arme, gebannte Mädchen bekommen."

Rebekkas Gesicht begann zu leuchten. „Wie willst du das anstellen?"

„Also, ich weiß es noch nicht genau, aber ich hoffe, etwas – irgendeine richtig gute Idee kommt mir noch, wenn ... " Sie hätte sich beinahe versprochen und verraten, daß sie den Bischof privat sehen würde, oder irgendeine andere Bemerkung fallen gelassen, die sie verraten hätte. „Wenn ich irgendwann vielleicht eine Gelegenheit bekomme, mit dem Bischof darüber zu sprechen." Es war ein schwacher Versuch, ihre Spuren zu verwischen. Als sie den Blick in Rebekkas Augen sah, war sie ziemlich sicher, daß Katies Mama trotz Marias Versprecher keinen Verdacht schöpfte.

Mit einem leisen Seufzen sammelte Rebekka die Dessertschüsseln aus Plastik zusammen und spülte sie ab. „Du siehst den Bischof manchmal?" sagte sie, über das Spülbecken gebeugt.

Maria stockte bei dieser unerwarteten Frage der Atem. Rebekka Lapp war also klüger, als sie gedacht hatte. „Oh, weißt du ... nach den Predigtgottesdiensten und so." Eine solche Antwort war vielleicht nicht befriedigend, aber etwas Besseres fiel ihr nicht ein, ohne lügen zu müssen.

Rebekka drehte sich jetzt um und schaute ihr direkt ins Gesicht. Das Abspülwasser tropfte von ihren Handgelenken. „Dann ... willst du also sagen, daß du meinst, du könntest meine gebannte Tochter dazu bringen, zurückzukehren und auf Knien zu beichten?"

„Ich kann nur dafür beten."

„Aber falls sie das alles tun würde – zum Bischof und den Amisch zurückkommen und ihre Sünden beichten –, bliebe ihr trotzdem der Segen verwehrt, Bischof Johannes zu heiraten. Das heißt, falls er sie überhaupt noch haben möchte."

Maria fühlte sich unwohl. Warum nur hatte sie dieses Thema angesprochen? Sie wünschte, sie hätte nie ein Wort darüber gesagt.

Rebekka sprach weiter. „Du mußt glauben, wenn du meiner Tochter die Worte der Ordnung sagst, könntest du sie zurückholen. Aber dann müßte sie den Schmerz ertragen, für den Rest ihrer Tage unverheiratet zu bleiben. Vielleicht hoffst du auch, daß sie und Daniel sich draußen in der Welt irgendwo finden und gemeinsam zurückkommen." Sie ging durch die Küche und blieb mit einem wilden Blick vor dem Tisch stehen. „Falls du das glaubst, Maria Stoltzfus, dann laß dir von mir eines gesagt sein: So behandelt man nicht seine beste Freundin ... und schnappt ihr direkt vor der Nase den Mann weg."

„Ich ... äh, ich glaube, du verstehst nicht, Rebekka", sagte sie und versuchte ihr Möglichstes, um diese Frau wieder zur Vernunft zu bringen.

„Nein, nein. Höre du mir jetzt einmal zu! Du weißt, was du tust, Maria, und mir gefällt das kein bißchen. Es gehört sich auch nicht für eine Amischfrau." Rebekkas Gesicht war ganz rot angelaufen. In ihren Augen funkelten wütende Tränen, die drohten sich Bahn zu brechen. „Wenn du mich fragst, denke ich, daß du die ganze Zeit schon auf den Bischof gewartet haben mußt. Du hast gewartet, bis mein Mädchen fort war, und dann hast du deinen Schachzug gemacht."

Maria war entsetzt, schockiert. Sie konnte jetzt kaum noch atmen; ihr Herz klopfte schwer unter dem Mieder ihres Kleides und ihrer Schürze. „Das ist nicht wahr. Ehrlich nicht." Sie hätte versucht, es weiter zu erklären, aber in diesem Augenblick hörte sie die

Männer durch die Hintertür ins Haus kommen. Ihre schweren Stiefel fielen in der Garderobe auf den Boden, und ihre Worte waren zu vernehmen.

„Du gehst jetzt am besten", sagte Rebekka streng und drehte sich zu dem Geschirr in der Spüle um.

Maria stand auf und verließ schnell das Haus. Sie sagte kein Wort des Dankes für den Strudel, kein Wort des Grußes zu Samuel oder seinen Söhnen. Und sie sagte auch kein freundliches Wort zu Sugar, als sie ihn an den Einspänner ihres Vaters spannte. Sie konnte es nicht erwarten, in den Einspänner zu kommen und sich mit ihren Decken vor der kalten Heimfahrt zu schützen.

Da erblickte sie die schwere Decke, die ihr Johannes am Vorabend gegeben hatte, und biß knirschend die Zähne zusammen. Als sie die Zügel ergriff, zitterte sie mehr wegen der verletzenden Worte als wegen der eisigen Kälte.

* * *

Katherine staunte über den Konzertsaal – die eleganten Publikumsränge, die große Bühne, die von riesigen Samtvorhängen gesäumt war. Sie konnte sich nicht erinnern, schon jemals an einem so faszinierenden Ort gewesen zu sein, aber das verriet sie Justin, der für die Abendvorstellung einen Smoking trug, mit keinem Wort.

Froh, daß Rosie ihr geholfen hatte, das ideale Kleid für diese Gelegenheit auszuwählen, setzte sich Katherine auf dem gepolsterten Sitz zurück und genoß die dissonanten, aber angenehmen Klänge, als die Streicher ihre Instrumente nach der ersten Violine stimmten. Einfach herrlich, dachte sie und konnte den Beginn des Musikabends kaum erwarten.

Justin warf ihr ein freundliches Lächeln zu. Erneut verstand sie, warum sie diesen Mann, ihren charmanten Begleiter, attraktiv fand. Er war überaus aufmerksam und immer zuvorkommend. Er war immer bereit, ihr etwas Interessantes zu bieten. Aber sie fragte sich, was er wohl dazu sagen würde, wenn er wüßte, daß sie sich in seinen vornehmen Kreisen nicht ganz wohl fühlte, daß sie immer noch versuchte, sich an ihr neues Leben zu akklimatisieren.

Rosies Worte waren ihr bei mehreren Gelegenheiten in den Sinn gekommen, seit das Hausmädchen sich gedankenlos versprochen und sich dann eilig entschuldigt hatte. *Justin Wirth hat bestimmt Ihre aristokratischen Wurzeln durchscheinen sehen ...*

Während sie hier neben ihm saß, fragte sie sich, welche Rolle ihr ererbtes Vermögen bei Justins Interesse an ihr spielte. Würde er sich auch zu ihr hingezogen fühlen, wenn sie nur ein gewöhnliches amisches Mädchen wäre?

Dann erinnerte sie sich daran, wie sich ihre Blicke am Weihnachtstag begegnet waren, wie er fast instinktiv gewußt hatte, daß sie Lauras Tochter war. Er war durch und durch ein guter Mann, sagte sie sich.

Bevor die Lichter dunkler wurden und der Orchesterdirigent seinen Platz einnahm und seinen Dirigentenstab hob, las sie aufmerksam das Programmheft und die Anmerkungen und war begeistert, daß auch ein Stück von Johann Sebastian Bach dabei war. Seine Musik war wie Balsam für ihre Seele, und sie dachte über ihren Status im Leben nach – die derzeitige Phase ihres Lebens. Sie genoß es, das Satinkleid, die zierlichen Schuhe und die glitzernden Juwelen um ihren Hals und ihr Handgelenk zu tragen.

Seufzend faltete sie die Hände über ihrem Programmheft und fragte sich, welche herrlichen Dinge dieser Abend wohl für sie bereithielt. Sie mußte nicht lange warten. Als die Lichter ausgingen, ergriff Justin ihre Hand und streichelte sie während des ersten Stükkes. So sehr sie es auch versuchte, ging die Musik irgendwie an ihr vorüber. Sie konnte sie kaum hören, weil ihr Herz so heftig schlug.

* * *

Johannes wartete an der vereinbarten Stelle an der Straße, als Maria Sugars Zügel anzog und das Pferd und den Wagen an den Rand steuerte. Statt sich auf das heimliche Rendezvous zu freuen, graute ihr heute davor. Seit Rebekkas harten Worten an diesem Nachmittag hatte sie keinen inneren Frieden mehr gefunden und auch keinen Frieden über ihre aufblühende Beziehung zu Johannes. Wenn sie ehrlich war, hätte sie heute abend genausogut zu Hause bleiben, sich gemütlich ans Feuer unter die Gaslampe setzen und lesen können.

Aber sie war da, wie sie versprochen hatte, und nach Johannes' fröhlichem Gesicht zu urteilen, war er entzückt, sie zu sehen.

„Ich dachte, der Tag würde nie vergehen", sagte er, als er ihr aus dem Einspänner half. „Ich habe dich so sehr vermißt."

Sie nickte und ließ sich ihre innere Zerrissenheit nicht anmerken. Sie setzte dem Bischof zuliebe ein glückliches Gesicht auf. Johannes war so nett, ihr in den mit Stroh ausgelegten Schlitten zu helfen und sie mit denselben Decken zuzudecken wie am Abend zuvor.

Der Mond war heute ein bißchen runder, und Johannes ließ eine Bemerkung darüber fallen. „Wie schade, daß die Kinder nicht dabei sind und diesen Abend mit uns genießen können."

„Wie geht es ihnen?" fragte sie, froh über dieses Thema zu sprechen, statt romantische, verliebte Worte zu hören.

„Ach, gut ... ihnen geht es ausgezeichnet. Sie können es nicht erwarten, daß ihr alter Papa eine neue Mama für sie findet, schätze ich."

Sie verzog bei seinen Worten das Gesicht. War das alles, was sie für ihn war – jemand, der sich um seine Kinder kümmerte?

Sie war nicht in der Lage, klar zu denken, und merkte, daß sie steif wurde. Sie war erleichtert, daß Johannes noch nicht den Arm um sie gelegt hatte.

Das Schweigen zwischen ihnen war jetzt ohrenbetäubend, und sie wünschte, sie wäre nie zu Rebekka Lapp gefahren. Was dachte sie nur! Diese Frau war vollkommen verrückt; wenigstens hatte es so ausgesehen. Die Frauen konnten noch so viel erzählen, daß sie angeblich wieder normal wäre! Maria wußte es besser. Sie wußte jetzt aus erster Hand, daß Katies Mama sich noch lange nicht von dem Verlust ihrer Tochter erholt hatte. Nein, sie litt unübersehbar unter einer tiefen Trauer. Oder unter etwas noch Schlimmerem. Rebekkas harte Bemerkungen ihr gegenüber konnte sie nur als absurd und sinnlos beschreiben.

Der Mond warf Schatten auf den Pferdeschlitten, der über die Felder und in das kleine Tal hinabführte, tief nach Hickory Hollow hinein, an der wackeligen, überdachten Brücke am Weaver's Creek vorbei, wo mehrere offene Einspänner – Liebeskutschen, nannten die Engländer sie gern – am Straßenrand standen und den idealen Ort für heimliche Rendezvous boten. Weiter ging es an zehn oder noch mehr Bauernhöfen vorbei. Alle von Amischleuten der Alten Ordnung, wie sie sofort sehen konnte, da kein Stromkabel von der Straße zum Haus verlief.

„Du bist heute so still", bemerkte Johannes. „Belastet dich etwas?"

Sie hatte keine Ahnung, was sie sagen sollte. „Es ist besser zu schweigen, wenn man nichts zu sagen hat."

Johannes zog die Zügel an und brachte das Pferd zum Stehen. Er drehte sich mit einem besorgten Stirnrunzeln zu ihr um. „Maria ... Liebes, was ist?"

Als sie ihren Namen zusammen mit dem Wort der Zuneigung aus seinem Mund hörte, erwachten neue Gefühle für ihn in ihrem Herzen. Ohne den Blick von ihrem Schoß zu heben, begann sie: „Wenn meine gebannte Freundin zurückkehren würde ... was würde dann ... aus dir und mir werden?"

Er seufzte. „Fragst du dich, ob ich noch in sie verliebt bin?"

„Nun, ich würde es eigentlich kaum glauben, nicht nach dem gestrigen Abend." Sie dachte an seine Küsse, seine Liebeserklärungen. „Es ist nur so ... die Leute reden. Und vielleicht fragen sie sich, ob du, falls sie bald zurückkehrt und beichtet, nicht lieber sie zur Frau haben willst."

„Unsinn", rief er aus. „Diese Frau ist so ungehorsam, wie es keine zweite gibt. Und ich habe den schweren Verdacht, daß sie mit ihrem Ungehorsam immer zu kämpfen haben wird, selbst wenn sie zurückkehren und beichten sollte."

Das war nicht genau das, was Maria hören wollte. Sie hatte sich danach gesehnt zu hören, daß Johannes sie, Maria, liebte und nicht Katie. Aber das hatte er nicht gesagt. Sie fragte sich, ob seine Wahl einer Ehefrau mehr mit seinem Gehorsam Gott und der Gemeinde gegenüber zu tun habe als mit Liebe.

„Wenn es nun irgend etwas gäbe, das wir tun könnten? Wenn ich, ihre beste Freundin, etwas tun könnte, um sie wieder in den Schoß der Gemeinde zurückzuholen?"

Sie fühlte, wie seine Hand unter die Decken glitt und ihre Hände, die in dicken Fäustlingen steckten, ergriff, eine ihrer Hände in seine Hand nahm und sie an die eisige Luft herausholte. Er drückte ihre Hand an sein Herz. „Bittest du um eine Sonderbehandlung für Samuel Lapps Tochter?"

Jetzt war ihre Gelegenheit. Möglicherweise ihre einzige. Aber sie wollte nicht ihre Heirat davon abhängig machen, daß er Milde gegenüber Katie walten ließe. Es war eine vertrackte Situation, und sie mußte furchtbar aufpassen, was sie sagte. „Ich denke an eine Art, sie zu ermahnen ... sie zurechtzuweisen, weißt du."

„Es war hart von mir, was ich getan habe: Daß ich den Amisch verbot, mit ihr zu sprechen." Er schwieg und ließ ihre Hand los.

Schnell schob sie die Hand wieder unter die Decke und war dankbar, daß an diesem Abend kein starker Wind wehte. „Wie wäre es, wenn einige von uns ihr schreiben könnten, in Liebe über ihre Rebellion mit ihr sprechen könnten?"

Er legte die Arme um sie. „Wenn das dein Wunsch ist, Maria, dann werde ich es erlauben."

Sie hätte am liebsten laut gejubelt. „Ich wünsche mir das fast mehr als alles andere auf der Welt."

„Dann soll es so sein", sagte er. „Ich werde das Redeverbot aufheben ... weil dein Herz rein ist. Und meines war voll Wut und im Unrecht." Sein Geständnis überraschte sie.

„Oh, danke ... Johannes. Ich bin dir ja so dankbar!"

Sie umarmten einander, und sie hatte das Gefühl, ihre Sorgen fielen weit hinter sie ab, als er sich vorbeugte und sie erst auf die Wange küßte und dann auf die Lippen. „Ich liebe dich wirklich, Maria", flüsterte er.

„Und ich liebe *dich*."

Einen Arm um ihre Schultern und in der anderen Hand die Zügel, fuhr Johannes durch die Nacht. Ihr Kopf lehnte an seiner starken Schulter. Ach, sie war überglücklich. Sie konnte es kaum erwarten, Katie die gute Nachricht zu schreiben.

Und Rebekka? Nun, Katies Mama müßte warten. Sie würde diese wunderbar gute Wende erst am kommenden Sonntag bei der Gemeindeversammlung erfahren. Ja, das war das beste.

13

Im Hospiz war es am Montagmorgen besonders ruhig. Katherine war früh gekommen und hatte ihre Gitarre mitgebracht, da sie hoffte, mit leiser Musik die Patienten beim Frühstück in dem familiär eingerichteten Eßzimmer unterhalten zu können.

Als erstes wurde sie, wie es jedes Mal, wenn sie kam, üblich war, über die aktuelle Verfassung aller Patienten unterrichtet. Zwei Patienten waren seit ihrem letzten Besuch leider gestorben. Willys Zustand war jedoch unverändert geblieben.

Als sie um die Erlaubnis bat, Gitarre spielen zu dürfen, war Natalie von dieser Idee entzückt. „Sie können Ihre Gitarre gern jedes Mal mitbringen, wenn Sie kommen, Katherine. Musik ist eine gute Therapie für die Patienten."

Eine der Schwesternhelferinnen führte sie ins Eßzimmer und stellte sie den Patienten vor. „Das ist Katherine Mayfield. Sie möchte gern Ihr Frühstück musikalisch begleiten."

Einige der Patienten klatschten, aber die meisten lächelten sie nur dankbar an. Einen Augenblick lang überlegte sie, ob *dies* vielleicht der Grund war, warum sie nach Canandaigua kommen mußte. Vielleicht war dies in Gottes Vorsehung der eigentliche Grund für ihre Suche so weit entfernt von ihrem Zuhause.

Willys Augen strahlten auf, als er sie sah. Sie spielte mehrere alte Melodien aus ihren Tagen in Hickory Hollow, dann faßte sie Mut und sang dazu.

Das Gesicht des Jungen strahlte vor Begeisterung. Später fragte er sie nach den Liedern, die sie gesungen hatte. „Wie hast du gelernt, so zu spielen?"

„Oh, ich bekam ein wenig Hilfe, könnte man sagen."

„Von deinem Papa vielleicht?"

Sie schmunzelte. „Nein, mein Vater half mir nicht, Musik zu machen."

„Wer dann?"

„Ein guter Freund."

Ein breites Lächeln zog über sein Gesicht. „*Dein* Freund, nicht wahr?"

Er hatte richtig geraten, aber das wollte sie nicht zugeben.

„Wie heißt er?“ fragte Willy.

Dieses Gespräch ging viel zu weit, und viel zu schnell. Aber als sie in seine interessierten Augen schaute, kam sie zu dem Schluß, daß es nicht schaden könnte, dem Jungen ein bißchen mehr zu verraten. „Dan. Das war sein Spitzname.“

„Was ist aus deinem Dan geworden? Hat er außer dir auch noch anderen Leuten geholfen, Gitarre spielen zu lernen?“

Über so etwas hatte sie noch nie nachgedacht; solche Gedanken hatte sie nie zugelassen. „Ich weiß es nicht. Aber vielleicht hat er das getan. Dan war so ... er war immer gern mit vielen Leuten zusammen, hat gern gegessen und sich unterhalten, und manchmal war er einfach still mit einem guten Freund.“

„Ich glaube, du mußt ihn geliebt haben“, sagte Willy leise.

Diese Bemerkung beunruhigte sie. Aber sie wollte diesen wunderbaren Jungen, dieses herrliche Kind, das vor ihren Augen jeden Tag dem Tod ein bißchen näher kam, nicht belügen. „Ja, ich habe Dan sehr geliebt.“

„Warum hast du ihn dann nicht geheiratet?“

„Er ist weggegangen ... für eine lange, lange Zeit.“

„Zu lang?“ Er schaute sie an und wartete auf eine Antwort.

„Vielleicht.“ Sie verstand selbst nicht, warum sie sich von ihm in ein solches Gespräch verwickeln ließ. Aber Willy strahlte etwas Unschuldiges und Gutes ... ja, Vertrauenswürdiges aus. Und jedes Mal, wenn sie kam, um ihn zu besuchen, um ihn mit ihrer Anwesenheit aufzumuntern, bemerkte sie, daß *er ihr* neuen Mut gegeben hatte. Aber seine feste Entschlossenheit, sein Lebenswille schienen jeden Tag ein wenig mehr zu schwinden. Sie konnte sehen, wie das Licht langsam in seinen Augen erlosch.

Heute hatte sie jedoch, während sie Gitarre gespielt hatte, eine neue Lebendigkeit in ihnen aufflackern sehen. Sie hoffte, ihre Augen täuschten sie nicht, nur weil sie sich danach sehnte, daß es ihm besser ginge, daß er stärker statt schwächer würde. Natalie hatte erwähnt, daß Musik eine heilende Wirkung habe. Sie fragte sich, ob Daniel je so etwas gehört hatte. Als sie genauer darüber nachdachte, war sie verblüfft, daß sie schon wieder an ihre frühere große Liebe denken mußte.

Sie erinnerte sich an Daniels Postskriptum am Ende seines unerwarteten Briefes. Er dachte anscheinend immer noch an seine Gitarre. Sonst hätte er sich nicht nach ihr erkundigt. Die Gitarre hatte sie in der Vergangenheit stark miteinander verbunden. Verknüpfte ihre gemeinsame Liebe zur Musik ihrer beider Leben immer noch miteinander wie ein alter Webstuhl?

Sie warf einen Blick auf ihre Armbanduhr. „Es wird bald Zeit für mich zu gehen", sagte sie zu Willy.

„Ach, mußt du wirklich schon gehen?"

„Ich werde wahrscheinlich schon erwartet." Sie wollte nicht erwähnen, daß sie eine wohlhabende Frau war, die einen Privatchauffeur hatte, der sie überallhin brachte, wohin sie wollte. Nichts davon war für ihre Freundschaft zu diesem Jungen wichtig. Oder für irgendeinen der anderen geliebten Patienten an diesem Ort, an dem sie ihre letzten Monate, Wochen und Tage verbrachten und gepflegt und geliebt wurden, und an dem ehrenamtliche Mitarbeiter ihnen viel mehr als nur ihre Zeit schenkten.

„Darf ich deine Gitarre einmal halten, bevor du gehst?" fragte Willy und versuchte, auf seinem Stuhl vorzurutschen.

„Natürlich." Katherine legte sie ihm vorsichtig auf den Schoß und bewegte seine Hände um das Instrument. „Möchtest du gern eine Saite anschlagen?"

Er nickte eifrig. „Wenn ich das meinem Bruder erzähle ... Josh wird grün vor Eifersucht sein."

Katherine legte ihm das Plektrum in die rechte Hand, drückte seinen Daumen darüber und führte seine Hand zu der mittleren Saite. Die Saite gab einen leisen Ton von sich. „Du hast einen guten Anschlag, Willy James Lee", sagte sie mit Begeisterung.

Sein Gesicht verriet seine Überraschung und sein Entzücken. „Du hast dir meine Namen gemerkt?"

„Natürlich habe ich das. Wie könnte ich so wunderbar gute Namen vergessen?"

„Du meinst, sie sind wunderbar ... wirklich?"

Sie schaute ihn an. In seinen Haaren, die in kleinen Locken in seinen Nacken fielen, fing sich das Licht. Und auch auf seinem Gesicht. „*Du* bist wunderbar, Willy", antwortete sie.

Er ergriff ihre Hand und umklammerte sie. „Ich finde *dich* wunderbar ... auch wenn du nur einfach und schlicht Katherine bist."

Sie mußten beide lachen, auch wenn Willy keine Ahnung hatte, warum seine Bemerkung sie so anrührte.

Später las sie ihm aus der Bibel vor, als er sie darum bat, und erzählte ihm einige der alten Geschichten aus Rebekkas Geschichtenrepertoire.

Als sie aufbrechen wollte, fragte er: „Glaubst du, ich könnte lernen, so zu spielen wie du?“

„Warum denn nicht? Ich werde mein Möglichstes tun, um dir dabei zu helfen, einverstanden?“ Ihr wurde bei seiner Reaktion ganz warm ums Herz, und erneut sah sie, wie neue Energie in seinen Augen aufleuchtete.

„Warum bist du so nett zu mir?“ fragte er sie überraschend.

„Also, ich versuche, zu jedem nett zu sein.“

„Zu jedem? Auch zu Dan?“ fragte er, ohne mit der Wimper zu zucken.

Sie zwinkerte ihm zu. „Ich war *immer* nett zu Dan ... ja.“

An diesem Tag fiel ihr der Abschied von Willy besonders schwer, und sie fragte sich, ob es so gewesen wäre, wenn sie jemals einen kleinen Bruder gehabt hätte. Einen englischen Bruder mit drei Vornamen ...

* * *

Auf der Fahrt nach Hause spürte Katherine plötzlich den starken Wunsch, sich von Theodore an den Stadtrand fahren zu lassen. „Ich möchte mir die Landschaft anschauen“, sagte sie und hoffte, sie würde zufällig auf Mr. Eslers Haus stoßen. Der freundliche amische Mann hatte für sie den Stepprahmen gebaut, und an dem Tag, an dem er die Teile gebracht und zusammengebaut hatte, hatte er erwähnt, daß seine Frau eingemachtes Obst verkaufte.

„Meinen Sie, wir könnten den Hof der Eslers finden?“ fragte sie Theodore.

„Ich werde mich bemühen.“ Er fuhr an den Straßenrand, brachte das Auto zum Stehen und holte eine Straßenkarte aus dem Handschuhfach. „Wo wohnen diese Leute?“

Sie sagte es ihm, so gut sie konnte. Theodore deutete auf die Stelle auf seiner Karte und faltete sie so zusammen, daß der entsprechende Abschnitt zu sehen war. Dann richtete er sich in seinem schwarzen Mantel und mit seinem Hut auf, blinkte links und bog vom Straßenrand wieder auf die Straße.

Sie fuhren weiter, an mehreren Meilen schneebedeckter Felder vorbei, und sie dachte an die vielen Male, die Samuel oder ihr ältester Bruder Elam sie und Rebekka zu Schlittenfahrten in das kleine Tal hinab und dann hinüber über die Wiesen von Hickory Hollow gefahren hatten. Und sie erinnerte sich auch an mehrere Male, als sie und Maria mit Tobias, ihrem Pony – bevor sie seinen Namen in Satin Boy geändert hatte –, an verschneiten Tagen von einem Hof zum nächsten gefahren waren und den Schlitten mit Schulkindern beladen hatten.

Sie unterdrückte ein lautes Lachen, als ihr bewußt wurde, daß sie in ihrer ganzen Kindheit und Jugend in Lancaster County keinen einzigen Schultag wegen schlechten Wetters versäumt hatte. Staatliche Schulen mußten oft wegen der schneeverwehten Straßen schließen, aber amische Schulen nie. Außenstehende mochten über die Alte Ordnung die Nase rümpfen und sich fragen, warum diese schlichten Menschen anscheinend nicht den Wunsch hatten, ihren Lebensstandard „aufzuholen" und den Segen der modernen Technik einzuführen, aber wenn man es genauer betrachtete, dann kamen selbst im tiefsten Winter die Pferdeschlitten lange vor den Schneepflügen und den Räum- und Streudiensten auf die Straße.

Katherine mußte bei diesen Erinnerungen lächeln. Sie waren vielleicht sentimental, auch wenn sie das niemandem, den sie hier in New York kannte, gegenüber eingestehen wollte. Immerhin hatte sie jede nur denkbare Annehmlichkeit zur Verfügung. Alles in ihrem jetzigen Leben war vornehm und modern.

Als sie den amischen Bauernhof erreichten, wies sie Theodore an, in den Hof zu fahren. Die Aufteilung des Hauses, die Scheune und der Schuppen kamen ihr nur allzu vertraut vor, und einen Augenblick überlegte sie, ob diese Leute mit ihrer amischen Familie verwandt sein könnten.

„Ich bleibe nicht lang." Sie griff nach dem Türgriff, bevor Theodore vom Fahrersitz hochspringen und um das Auto herum eilen konnte, um ihr zu helfen.

„Katherine, bitte, lassen Sie sich von mir helfen", tadelte Theodore sie.

„Nicht nötig, ich komme ausgezeichnet zurecht." Aber sie dankte ihm trotzdem.

Ein Schild, auf dem stand: „Touristen herzlich willkommen" lud sie ein, die Glocke an der Hintertür, die mit einer verglasten Veranda gleich hinter der Küche verbunden war, ähnlich wie die lange Garderobe, die sie in Hickory Hollow gewohnt war, zu läuten.

Die rundliche Frau, die an die Tür kam und sie begrüßte, erinnerte sie an die alte Weise Frau. Sie war nur etwa vierzig Jahre jünger und vielleicht auch um dieselbe Anzahl von Pfunden schwerer. Sie hatte rosige Wangen und lächelte. Sie trug ein langes blaues Kleid und eine schwarze Schürze darüber. Die Kopfbedeckung war nur minimal verschieden – ein paar Falten weniger waren eingenäht – aber ansonsten hätte die Frau zu Katherines früherem Gemeindedistrikt in Hickory Hollow gehören können.

„Ich würde gern ein paar Gläser Marmelade kaufen“, sagte sie höflich und versuchte, sie nicht anzustarren, denn sie wußte sehr wohl, wie man sich fühlte, wenn man von Kopf bis Fuß angestarrt wurde.

„Kommen Sie mit“, sagte die Frau und lud Katherine mit einem fröhlichen Lächeln ins Haus ein.

Die Küche war groß, hatte einen karierten Linoleumfußboden, einen schwarzen Holzofen in der Ecke und einen Tisch auf Böcken, um den herum lange Holzbänke gebaut waren. Der Raum hatte sehr viel Ähnlichkeit mit der Küche, in der sie aufgewachsen war – in der sie mit Rebekka und oft mit anderen Frauen aus der Gemeinde viel gebacken, gekocht und eingemacht hatte. Ein Kalender mit Landschaftsbildern hing an einer Tür, die sicher in einen kalten Keller führte. Starke Gefühle drohten sie zu übermannen. Es waren zwar gemischte Gefühle. Aber sie konnte nicht leugnen, daß die Erinnerungen eine überraschend starke Anziehungskraft auf sie ausübten.

„Haben Sie Erdbeer-Rhabarber-Marmelade?“ Eine ihrer Lieblingsmarmeladen. „Und auch Apfelbutter?“

„Ja, ich habe jede Menge davon im Haus. Wie viele Gläser wollen Sie?“

Sie mußte erst überlegen. „Oh, ich würde sagen, drei von jedem. Das genügt fürs erste.“

Die stämmige Frau eilte zu einem Eckschrank in der Küche und öffnete die Tür. Darin waren mindestens fünfzig volle Gläser zu sehen. Sie zählte jeweils drei ab und steckte sie in eine feste braune Tasche, die ähnlich aussah wie die Tüten, die Rebekka im Sommer den Touristen gab, die ihr köstliches eingemachtes Obst und ihre Marmeladen kauften.

„Vielen herzlichen Dank", sagte Katherine und zog eine Fünfzig-Dollar-Note aus ihrem Portemonnaie.

„Oh, meine Güte. Wollen Sie mir nicht lieber einen Scheck ausstellen?"

„Nein ... nehmen Sie auch Bargeld?" fragte sie und fürchtete, sie könnte die Frau mit ihrem Geld beleidigt haben.

Die Frau schmunzelte. „Ach, Sie würden sich wundern, wie viele Leute fragen, ob sie mit einem Scheck zahlen können. Sie haben anscheinend nie viel Geld bei sich."

Daran erinnerte sie sich auch. „Einen schönen Tag noch." Bevor sie sich umdrehte und ging, fügte sie noch hinzu: „Das Wechselgeld können Sie behalten."

„Oh nein ... das kommt nicht in Frage."

„Ach, denken Sie einfach an die vielen Schecks von Touristen, die von der Bank nicht eingelöst werden", sagte Katherine und bemerkte die plötzlich seltsame Miene auf dem Gesicht der Frau.

„Woher wissen Sie von so etwas?"

Katherine berührte den Ellbogen der Frau. „Bitte ... sparen Sie das Geld einfach für schlechte Zeiten." Damit war sie verschwunden.

Die Rückfahrt war nicht halb so aufregend, obwohl sie Theodore alles über die Amischfrau und ihre Reaktion auf Katherines großzügige Bezahlung für die Marmelade erzählte.

„Das klingt, als würden einige Leute diese friedlichen Menschen übervorteilen", sagte er in Bezug auf die Amisch.

„Ja, leider."

„Das ist sehr unerfreulich. Warum können die Menschen nicht verantwortlicher miteinander umgehen?"

Das waren genau ihre Gefühle. Aber sie dachte nicht länger an die vielen Touristen, die über das Land zogen. Ihre Gedanken drehten sich um den verantwortungsbewußtesten Menschen, den sie je kennengelernt hatte. Maria Stoltzfus.

Sie sehnte sich danach, von Maria zu hören, auch wenn sie sich hätte denken können, daß ihre Freundin ihre gute Stellung in der Gemeinde nicht aufs Spiel setzen würde, um einen Brief von einer Fremden zu beantworten. Vielleicht hätte Katherine ihr doch persönlich schreiben sollen. Aber, nein, wenn das das Richtige gewesen wäre, hätte sie es von Anfang an getan.

Trotzdem konnte sie es nicht erwarten, etwas von Maria zu hören ... oder von irgend jemand anderem von Zuhause.

14

Katherines Patchworkkurs traf sich am Mittwochabend wieder. Sie freute sich zu sehen, daß die Frauen beim Absteppen und Aneinanderreihen der einzelnen Teile zu einem Karomuster immer besser vorankamen.

„Man muß ja eigentlich nur das Rezept einhalten", bemerkte Natalie Judah, die in ihrem grünen Hosenanzug flott und sportlich aussah. „Dann kann doch eigentlich jeder das Steppen lernen, oder?"

Rosie und Leoma wechselten vielsagende Blicke miteinander und zuckten mit den Achseln. „Warten wir's ab", sagte Rosie lachend.

Die anderen Frauen betrachteten die Kopien von Katherines Zeichnungen, wie der fertige Neuner-Stepp aussehen sollte.

Später zeigte sie ihnen das schöne Vogelmuster. „Dieses Muster liebe ich besonders", sagte sie und deutete auf die Vogelapplikationen, die plastisch hervortraten und von Weinranken und kunstvollen Blättern umgeben waren.

„Das sieht sehr schwierig aus", seufzte Ada. „Ob wir das wirklich auch lernen?"

„Wenn wir weiterhin so gut zusammenarbeiten wie bis jetzt, sehe ich keinen Grund, warum wir es nicht schaffen sollten", erwiderte Katherine.

„Es ist aber eine große Herausforderung", seufzte Leoma.

Die Frauen gaben ihr mit einem Kopfnicken recht.

„Wieviel würde man für eine solche Patchworkdecke bezahlen?" fragte Elizabeth, die Katherine gegenüber am Rahmen saß.

„Für eine große Decke in einem Touristengeschäft wahrscheinlich über tausend Dollar. Wenn man weiß, wohin man gehen muß – in ein amisches Privathaus zum Beispiel –, bezahlt man nur ungefähr fünfhundert Dollar."

Sie unterhielten sich darüber, was sie mit der Steppdecke anfangen wollten, an der die sieben Damen bereits eifrig arbeiteten. *„Falls* wir sie jemals fertigbringen", sagte Natalie mit einem Schmunzeln.

„Vielleicht könnten wir sie verkaufen und das Geld dem Hospiz zur Verfügung stellen", schlug Katherine vor.

Missy, Elizabeth und Natalie waren sich sofort einig, daß dies eine hervorragende Idee sei. Leoma, Rosie und Ada schienen auch nichts dagegen einzuwenden zu haben. „Wir sind einfach begeistert, daß wir die Gelegenheit haben, das Steppen aus erster Hand von jemandem zu lernen, der es genau kennt", sagte Ada und nickte Katherine zu.

„Ja, danke, daß Sie amisch sind", scherzte Missy mit einem Lächeln.

Katherine wußte nicht genau, wie sie auf diese Bemerkung reagieren sollte. Wenn Missy oder eine der anderen Frauen, die hier versammelt waren, auch nur im entferntesten geahnt hätten, was sie durchgemacht hatte, weil sie eine unbeugsame Amischfrau war, würden sie vielleicht nicht so reden. Aber natürlich konnten sie das unmöglich wissen. Woher sollten sie auch die starren, hochgesteckten Erwartungen kennen, die an jemanden gestellt wurden, der in einer autarken Gemeinschaft aufwuchs. Sie sagte deshalb nichts dazu.

„Was hat Sie veranlaßt, die Amisch zu verlassen?" fragte Elizabeth.

Katherine bemerkte Natalies besorgten Blick, ging jedoch offen auf die Frage ein. „Ich wollte meine leibliche Mutter finden, Laura Mayfield-Bennett. Meine Suche führte mich hierher nach Canandaigua und in diese Villa."

Mehrere der Frauen schauten sie überrascht an. „Sie sind also von den Amisch adoptiert worden?" fragte Elizabeth.

„Ja, als Säugling. Man hatte es mir jedoch erst letztes Jahr gesagt." Sie fühlte sich unwohl dabei, über ihre Vergangenheit zu sprechen.

„Oh ... ich weiß genau, wie Sie sich fühlen müssen", warf Ada ein. „Eine meiner Kusinen fand erst vor kurzem heraus, daß sie adoptiert worden ist. Sie ist Ende Vierzig."

„Warum verschweigen Eltern ihrem Kind so etwas?" fragte Missy skeptisch und schaute über den Rahmen hinweg Ada an.

Ada schüttelte den Kopf. „Bei meiner Kusine war es so, daß sie sich in ihrer Familie nie ganz wohl gefühlt hat. Sie sagt, sie habe immer gespürt, daß sie nicht richtig dazugehöre."

Daß sie nicht richtig dazugehöre ...

Katherine fragte sich, ob ihr Steppkurs sich zu einer dieser Therapiesitzungen verwandelte, von denen sie kürzlich in der Zeitung gelesen hatte. Machten Engländer auf diese Weise ihren angestauten Gefühlen Luft?

Natalie, die erfahrene Krankenschwester, schien Katherines Stimmung zu erahnen. Fast unbemerkt lenkte sie das Gespräch von dem Thema Adoption auf das unangenehme Wetter und die Meldung von einer weiteren Sturmfront, die auf sie zukam.

Katherine war in mehr als nur einer Hinsicht froh, daß die Krankenschwester an dem Kurs teilnahm.

* * *

Als Daniel nach einem langen Arbeitstag nach Hause kam, dämmerte es bereits, und die Straßenlaternen gingen in der ganzen Stadt an.

Er schaute seine Post durch und betrachtete jeden Absender und die Handschrift genau, da er auf eine Antwort von Katie hoffte. Aber wie jeden Tag war auch heute nichts aus Canandaigua darunter. Wenn er ehrlich zu sich selbst war, mußte er sich eingestehen, daß Katherine Mayfield ihm wahrscheinlich nicht auf seinen Brief antworten würde. Er würde nichts mehr von der Frau hören, die früher seine geliebte Freundin war.

Sein Chef Owen Hess und dessen Frau mußten seine nachdenkliche Stimmung bei den letzten Malen, als sie zusammengewesen waren, bemerkt haben. Owen hatte ihn sogar zum Essen zu sich nach Hause eingeladen und sprach davon, daß er auch gern Ruth Stine einladen würde, *falls* Daniel mit einem Zusammenkommen dieser Art einverstanden wäre.

Ruth war ein Jahr jünger als Daniel. Sie war eine gottesfürchtige Christin und fest entschlossen, auf den Mann zu warten, den Gott für sie bestimmt hatte. Sie hatte es sprichwörtlich aufgegeben, sich zu verabreden, und Dan konnte ihr daraus keinen Vorwurf machen. Das soziale Leben in einigen Gemeinden war stark von weltlichen, materialistischen Motiven geprägt. Die Mennoniten lehrten, daß eine Frau, egal wie alt sie war, unter dem Dach ihres Vaters und in seinem Schutz wohnen sollte, bis Gott ihr einen Lebensgefährten schickte.

Ruth vertraute dem Herrn in dieser Angelegenheit, und Daniel wußte das. Sie stand nicht nur fest in ihrem Glauben, sondern sie war auch eine schöne Frau voll Demut und Anmut.

„Danke für deine gutgemeinten Bemühungen“, hatte er zu Owen gesagt.

„Bete doch darüber, ob du kommst, ja?" hatte sein Chef geantwortet.

Daniel hatte gebetet, wenn auch nicht darüber, ob er eine Freundschaft mit Ruth aufbauen sollte. Er hatte für Katie gefastet und gebetet. Und da seine Gefühle für sie immer noch sehr stark waren, hielt er es nicht für klug, Owens freundliche Einladung anzunehmen.

Soweit er wußte, hatte Katie noch nicht zum Glauben an Jesus als ihren Herrn und Erlöser gefunden. Er hatte sich bei der Weisen Frau nach Katies Glauben erkundigt, aber Ella Mae zögerte und wollte weder das eine noch das andere mit Bestimmtheit sagen. Die Frage um Heilsgewißheit, wie die Mennoniten es nannten, war ein empfindlicher Punkt bei den Amisch. Das wußte er genau, da er in seiner Kindheit und Jugend immer gehört hatte, daß eine solche Lehre die Gemeinschaft zerstören würde. „Das ist ein Zeichen von Einbildung und Stolz und nicht von Demut", hatte sein Vater gesagt, als sie vor Jahren das erste Mal darüber gesprochen hatten.

Daniel hatte wiederholt versucht, seinem Vater die Stellen in der Bibel zu zeigen, die eindeutig bestätigten, daß Jesus gekommen war, um den Menschen Erlösung ... ewiges Leben zu schenken. Aber Daniels Worte waren auf taube Ohren gestoßen.

Müde und hungrig ging er in die Küche und wärmte sich die Reste vom Vortag auf. Er wollte sich nicht erlauben, sich darum zu drehen, daß Katie offenbar nicht geneigt war, seinen Brief zu beantworten. Er hatte fünf lange Jahre gewartet, bis er sich bei ihr meldete. Sie hatte ein Recht darauf, sich ebenfalls Zeit zu lassen.

* * *

Es schneite leicht, als die Amisch am Sonntag zum Predigtgottesdienst, der in David und Mattie Beilers Haus stattfand, aufbrachen. Maria saß mit ihrer Großmutter Ruth auf dem Rücksitz der geschlossenen Kutsche, während ihre Eltern vorne saßen.

Ihr kam der Gedanke in den Sinn, daß sie genausogut die Katze aus dem Sack lassen und ihnen verraten könnte, was sie vom Bischof über Katie Lapp hören würden, wenn die Erwachsenen sich nach der Predigt zur Gemeindeversammlung trafen. Aber sie beherrschte ihre Zunge und tat das Richtige – sie behielt alles für sich.

Sie war überglücklich, daß Johannes ihrer Bitte nachgekommen war. Daraus schloß sie, daß er sie wirklich sehr lieben mußte.

Die Gemeindeversammlung dauerte nicht sehr lang, besonders als die Amisch merkten, daß Johannes etwas auf dem Herzen lag. Maria konnte es ebenfalls ganz deutlich wahrnehmen – sein Gesichtsausdruck, der Klang seiner Stimme, die stille Ehrfurcht, die im Raum lag.

Seine Entschuldigung kam für alle überraschend.

„Ich stehe heute vor euch, um euch um Vergebung zu bitten, daß ich bei Katie Lapps Meidung so überstürzt und empört reagiert habe. Es war falsch, was ich getan habe, und ich bitte euch, nicht meinem Beispiel zu folgen", sagte er vor der versammelten Gemeinde.

Maria, die neben ihrer Mutter auf der harten Bank saß, fiel ein schwerer Stein vom Herzen. Sie hörte aufmerksam zu, während der Bischof erklärte, daß die Meidung selbst aufrechterhalten bleiben müsse. „Wie in der Schrift steht, sollen wir keine Gemeinschaft mit einer solchen Sünderin haben, und auch nicht mit ihr an einem Tisch sitzen und essen." Trotzdem hob er den schlimmsten Teil der Meidung auf.

Aus Rebekkas Gesicht strahlte eine unsagbare Freude. Marias Augen entging nicht, daß sie ein kleines Stück größer da saß als vorher. Gott sei Dank! Sie konnten wieder mit Katie sprechen!

Maria fragte sich, ob Katies Mutter ihr je vergeben würde, daß sie eingewilligt hatte, den Bischof zu heiraten. Wie lang es auch dauern würde, welche Worte auch nötig wären, sie würde dafür sorgen, daß sich zwischen ihnen keine negativen Gefühle festsetzten.

Falls Katie jemals zurückkäme und beichtete, würde Maria ihre Freundin von ganzem Herzen ohne Vorbehalte wieder in die Arme schließen ... und sie würde Rebekka ermutigen, guter Hoffnung zu sein, daß Katie noch einen Mann bekäme, egal, wie alt sie zu diesem Zeitpunkt auch sein mochte. Natürlich war da immer noch Daniel, das hieß, falls es ihm gelungen war, sie zu finden. Aber Maria hatte nicht genug Glauben, um darauf zu hoffen, daß *zwei* mit dem Gemeindebann belegte junge Leute den Mut aufbringen würden zu beichten. Normalerweise lief es so ab, daß nur einer von beiden bereit war – wenigstens war es im Laufe der Jahre in vielen Fällen so gewesen.

Während Maria auf ihrem Platz saß, fiel ihr auf, daß Samuel Lapps Augen feucht waren und daß seine Wangen vor innerer Bewegung zuckten. Sie achtete darauf, ihn nicht anzustarren, auch wenn es fast unmöglich war, seinen Gesichtsausdruck *nicht* zu beobachten.

Maria wollte nach dem gemeinsamen Mittagessen und den Besuchen am Nachmittag als erstes einen Brief an Katie schreiben. Allein schon bei dem Gedanken, daß sie in Zukunft ungehindert mit ihrer Jugendfreundin kommunizieren durfte, fühlte sie sich wieder wie ein junges Mädchen. Selbstverständlich würde sie ihr einige ermahnende Worte schreiben, aber sie wollte ihr auch anderes schreiben. Vieles wollte sie ihr schreiben.

* * *

Sonntag, 15. März
Meine liebste Freundin,
ich habe eine wunderbare Nachricht für dich. Der Bischof hat den Bann ein wenig aufgehoben. Die Amisch haben die Erlaubnis bekommen, wieder mit dir zu kommunizieren! Ich bin überglücklich, weil ich mir schon dauernd überlegt habe, wie ich dich wissen lassen kann, daß ich deinen Brief (den Brief, den Mrs. Rosie Taylor freundlicherweise geschrieben hat) bekommen habe. Danke, Katie. Es hat mir so viel bedeutet, daß du so vorsichtig und einfühlsam vorgegangen bist.
Rebekka und ich haben uns letzten Sonntagnachmittag nett unterhalten – heute vor einer Woche. Ihre Augen haben gestrahlt, als sie hörte, daß du dich nach ihr erkundigt hast. Natürlich konntest du nicht wissen, was deine arme Mama alles durchgemacht hat, seit du fortgegangen bist. Selbst Bischof Johannes hat sie besucht und versucht, ihr zu helfen, so stark litt sie unter Depressionen. Aber jetzt glaube ich ehrlich, eine Veränderung bei ihr zu bemerken. Ich wäre nicht im geringsten überrascht, wenn Rebekka dir bald einen Brief schreiben würde.
Wir glauben alle, daß du im Laufe der Zeit einsehen wirst, daß du auf dem falschen Weg bist und wieder zu deiner amischen Familie hier in Hickory Hollow zurückkehren wirst. Bis dahin verbleibe ich deine treue Freundin,
Maria Stoltzfus

Sie nahm sich Zeit, noch einmal zu lesen, was sie geschrieben hatte, und überlegte lange, ob es richtig war, kein Wort über ihre Beziehung zu Bischof Johannes zu schreiben. Je mehr sie jedoch über den Brief nachdachte, um so mehr kam sie zu dem Schluß, daß es am besten wäre, *diese* Nachricht jetzt noch nicht preiszugeben. Sie konnte nur hoffen, daß Rebekka nicht die Katze aus dem Sack ließ.

Sie überlegte lang, ob sie Katie schreiben sollte, daß Daniel am Leben war, aber es wäre sehr schwer, diese äußerst komplizierte Geschichte in einem Brief zu erklären. Sie würde Katie wahrscheinlich nur sehr verwirren. Also entschied sie sich, nichts darüber zu schreiben. Es bestand immerhin die Möglichkeit, daß Daniel seine Katie inzwischen bereits ausfindig gemacht hatte.

* * *

Mattie Beiler hatte einen Tee gekocht, den Pfefferminztee, den ihre Mutter so gerne trank. „Komm, das wird dich ein wenig aufwärmen", sagte sie und stellte Tasse und Untertasse vor Ella Mae auf den Tisch.

„Ja, das tut bestimmt gut." Die alte Frau beugte sich über den Tisch und nippte an dem Tee, aber ihre Hände zitterten. „Meine Güte, was ist nur mit mir los?"

Mattie nahm ihr die Teetasse aus der Hand und stellte sie auf den Tisch. „Komm, laß mich dir helfen, Mama." Dann schaute sie ihre Mutter kritisch an und fragte: „Fühlst du dich den ganzen Tag schon schlecht, Mama?"

„Seit der Predigt."

„So lang schon? Auch schon während des Essens?"

„Ja."

Es überraschte sie nicht, daß keine einzige Klage über Ella Maes Lippen gekommen war. Die Frau war sehr stoisch, wenn es um körperliche Schmerzen ging, von denen sie für ihr fortgeschrittenes Alter erstaunlich wenige hatte.

Ella Mae schüttelte den Kopf und blinzelte schnell. „Ach, es ist wahrscheinlich nichts, worüber du dir Sorgen zu machen brauchst." Sie nippte noch einmal. Dann versuchte sie, etwas Honig in den heißen Tee zu geben, aber als sie ihn umrühren wollte, klapperte der Löffel unkontrolliert in ihrer knöchrigen Hand.

Mattie setzte sich an den Tisch, als sie sah, daß ihre Mutter nicht so geistesgegenwärtig zu sein schien wie sonst. „Möchtest du dich ein bißchen hinlegen?"

Ella Mae schaute sie an. Ihre Augen glänzten fast glasig. „Vie-vielleicht j-ja", stammelte sie und hatte Mühe, die Worte über ihre Lippen zu bringen.

„Mama?" Mattie beugte sich zu der weißhaarigen Frau hinüber und berührte ihre Hand. Sie war feucht. Ella Maes Atem kam unregelmäßig, als ringe sie mühsam nach Luft.

„O-oh" kam es unkontrolliert aus ihrer Kehle, tief und beängstigend. Ella Mae sackte nach vorne zusammen und fiel auf die Tischplatte.

Mattie lief zur Hintertür. „Mit Mama stimmt etwas nicht! Komm schnell!" rief sie David zu, der draußen die langen Bänke vom Predigtgottesdienst abräumte und sie zusammen mit einigen anderen Männern wieder auf den Wagen hob.

Ihr Mann eilte ins Haus, trat neben Ella Mae und nahm sie auf seine Arme. „Mach dir keine Sorgen, Mama", hörte sie ihn sagen, als er die Weise Frau aus der Küche in das angrenzende Großvaterhaus trug.

Mattie folgte ihm dicht auf den Fersen und jammerte, daß ihre Mama womöglich an einem Schlaganfall sterben würde. Hier in dem Haus, in dem sie erst vor ein paar Stunden eine gute Predigt gehört hatten. In dem ihr Bischof mit der erstaunlichsten persönlichen Beichte herausgerückt war, die sie je gehört hatte; in dem er verkündet hatte, daß er einen Teil des Bannes von Katie Lapp aufhob.

Ella Mae hörte immer noch nicht auf, ein entsetzliches, kehliges Stöhnen von sich zu geben. Es kam förmlich aus der Tiefe ihres Seins. Ein schmerzvoller, beängstigender Ton.

Mattie hatte so etwas schon oft genug mitbekommen, um zu wissen, was hier passierte. Zu viele ältere Tanten und Onkel hatten so ihr Ende gefunden. Und jetzt *ihre* Mama.

Ihr schoß der Gedanke durch den Kopf, zu einem Telefon zu fahren – zu einem ihrer mennonitischen Nachbarn. In solchen Augenblicken war ein Telefon sehr nützlich. Aber ihre Mutter hatte wiederholt klargestellt, daß sie, wenn ihre Zeit käme, nicht in irgendein englisches Krankenhaus gebracht werden wolle, wo sie an alle möglichen Geräte angeschlossen würde, die ihr Herz gegen seinen Willen zwängen, weiterzuschlagen. „Lieber möchte ich in meinem eigenen Bett sterben“, hatte sie immer gesagt.

Aus diesem Grund verwarf Mattie den Gedanken, irgend jemandes Telefon zu benutzen.

„Sei vorsichtig“, ermahnte sie ihren Mann und zog die Bettdekken und die anderen selbstgenähten Decken zurück.

David beugte sich vor und legte Ella Mae sanft in ihr Bett. Mattie konnte sich des Gedankens nicht erwehren, daß diese Bewegung sehr viel Ähnlichkeit damit hatte, einen Sarg abzustellen. Als sie ihre Mutter sorgfältig zugedeckt hatte, als wäre sie ein kleines Kind, zog sie sich einen Stuhl neben das Bett und setzte sich. Sie hielt den Atem an, als Ella Maes Gesichtsmuskeln schwächer wurden und erschlafften.

Mattie war dankbar für die tröstende Hand ihres Mannes auf ihrer Schulter, der hinter ihr stand und zuschaute ... und wartete.

15

Es war die ganze Woche kalt und grau, und Katherine war froh, daß sie sich auf ein weiteres gesellschaftliches Ereignis freuen konnte. Sie hatte Marias Brief so oft gelesen, daß sie es nicht mehr zählen konnte. Marias Nachricht bedeutete eine große Erleichterung für sie.

Kurz nach Marias Brief war zu ihrem großen Erstaunen auch ein Brief von Rebekka eingetroffen, der aber weniger begeistert klang und mehr darauf hinauslief, sie zu ermahnen und zu unterweisen, als mit ihr mitzufühlen. Und sie hatte von Ella Mae geschrieben, die einen schweren Schlaganfall erlitten hatte. Katherine fragte sich, wie es der lieben Frau wohl ging. Die Frauen würden ihr doch sicher beistehen und ihr helfen, wieder gesund zu werden. Sie waren dafür bekannt, daß sie einen Menschen fast aus dem Grab zurückholen konnten.

Daniels Besuch in Hickory Hollow wurde jedoch mit keinem Wort erwähnt, was ihr viele Rätsel aufgab. Trotzdem freute sie sich von ganzem Herzen über den Brief.

Katherine ahnte, daß etwas Besonderes in der Luft lag, auch wenn sie es nicht genau beschreiben konnte. Sie hatte noch nie erlebt, daß in Lancaster County ein Bischof von einem ursprünglich verhängten Bann abgewichen war. Niemals!

Sie konnte sich der Frage nicht erwehren, was wohl in Hickory Hollow vor sich ging. Wurde Bischof Johannes als Leiter plötzlich nachgiebig? Hätte Maria nicht etwas davon geschrieben, wenn dem so wäre?

Um wieder einen klaren Kopf zu bekommen, packte sich Katherine warm ein und ging hinaus, um einen Spaziergang durch das Gelände zu unternehmen, auch wenn an einigen Stellen so tiefer Schnee lag, daß sie es nicht erkunden konnte.

Sie ging zur Südseite der Villa. Rosie hatte ihr erzählt, daß dort ein kleiner Lilienteich um einen Springbrunnen herum angelegt sei. „Im kommenden Sommer werden Sie sicher gern mit einem guten Buch da draußen sitzen."

Sie lächelte bei dem Gedanken an wärmeres Wetter und mußte daran denken, daß die großen Rasenflächen genau der richtige Ort wären, um Willy zu einem Picknick einzuladen. Das hieß, falls sie vom Hospiz die Erlaubnis dafür bekäme. Wenn man es sich recht überlegte, wäre Mayfield Manor ein ausgezeichneter Ausflugsort für sehr viele sterbenskranke Kinder. Sie konnte es kaum erwarten, mit Natalie über diesen Gedanken zu sprechen.

* * *

Justin war wirklich charmant, als er am gleichen Abend neben ihr am Ende der eleganten Tafel saß. Es war der Geburtstag seines Vetters, und der Abend wurde von einem faszinierenden Streicherquartett mitgestaltet. Später wurde getanzt. Da sie keine Erfahrung mit Gesellschaftstänzen hatte, lehnte Katherine die Aufforderung von Justins Vetter so höflich wie möglich ab. Diese Absage war für den Gastgeber möglicherweise eine Ohrfeige. Sie konnte es nicht mit Bestimmtheit sagen. Justin setzte seine Gespräche mit den anderen am Tisch fort, ohne auch nur mit der Wimper zu zucken.

Während sie beobachtete, wie er mit den anderen umging, lernte sie sehr viel über ihren gutaussehenden Verehrer. Sie hatte es vorher nicht gewußt, aber an diesem Abend entdeckte sie, daß er außer Englisch noch zwei andere Sprachen fließend beherrschte. Um sich nicht minderwertig zu fühlen und sich selbst zu stärken, rief sie sich ins Gedächtnis, daß *sie* immerhin zwei Sprachen fließend beherrschte. Zum Glück war Justin nicht der Typ, der die amische Vergangenheit seiner Freundin preisgab. Er war ganz Gentleman, lächelte oft und warf ihr hin und wieder ein Augenzwinkern zu.

In der vornehmen Atmosphäre und dem ungewohnten Zigarettenrauch, fühlte sie sich wie ein Fisch, der irgendwo auf dem Trokkenen gestrandet war. Besonders heute. Selbst der Kronleuchter an der Decke übertraf den herrlichen Leuchter im Eßzimmer der Mayfield-Villa um Längen. Sie war dem Anlaß gebührend gekleidet. Ihr Unbehagen hatte also nichts damit zu tun, wie sie ihre Haare mit Lauras diamantbesetzten Kämmen zu einer hübschen Frisur hochgesteckt hatte, oder mit dem Kleid, das sie gewählt hatte, oder mit ihren eleganten Schuhen und der dazu passenden Handtasche. Nein, es hatte mehr mit der Unbeholfenheit zu tun, die sie in einer solch vornehmen Umgebung empfand, die die ihrer eigenen Villa noch übertraf.

Sie fragte sich, ob sie sich zu sehr bemühte, sich Justins Freunden und Verwandtschaft anzupassen. Bislang hatte er noch nicht davon gesprochen, daß er sie seinen Eltern vorstellen wollte, obwohl sie das angesichts seiner Bemerkungen in letzter Zeit über ihre „gemeinsame Zukunft" fast erwartete.

Sie hatte das Gefühl, er sei nicht mehr weit von einem Heiratsantrag entfernt. Dieser Gedanke versetzte sie in eine erwartungsvolle Spannung. Vielleicht würde er ihr irgendwann auch einen schönen Ring schenken, genauso wie alle ihre anderen Träume Wirklichkeit geworden waren.

* * *

Die Fahrt zu Ella Mae dauerte keine fünf Minuten. Lydia Miller war an einem so kalten Tag wie heute dankbar, daß sie ein Auto hatte. Peter, ihr hilfsbereiter Mann, hatte sich bereiterklärt, sie auf dem Weg in die Stadt bei der kranken Frau aussteigen zu lassen. „Glaubst du, sie erkennt dich überhaupt?" fragte er, als sie in die Straße einbogen, die zu David und Mattie Beilers großem Bauernhof führte.

„Wenn der Schlaganfall so schlimm war, wie ich gehört habe, vielleicht nicht. Aber das kann mich nicht abhalten", antwortete sie ehrlich. „Ich kann trotzdem für sie beten, ob sie mich nun kennt oder nicht."

Peter nickte, dann stieg er aus und ging um das Auto herum, um ihr beim Aussteigen zu helfen. „Du kannst mich nicht anrufen, wenn du wieder nach Hause willst. Vielleicht kannst du eine Weile bei Mattie bleiben, und ich hole dich dann auf dem Rückweg wieder ab." Er warf einen Blick auf seine Armbanduhr. „Sagen wir, in etwa einer Stunde?"

„Das paßt mir ausgezeichnet", sagte sie, als er sich vorbeugte, um ihr einen Kuß auf die Wange zu geben.

„Ich bete für dich, Liebes. Und für deine Freundin."

Sie winkte. „Bis später."

An der Tür wurde Lydia von Mattie und einigen anderen Amischfrauen begrüßt, die enge Verwandte der Beilers waren, aber keine von ihnen war Lydia schon einmal begegnet.

Mattie sprach leise mit ihr und führte sie durch das vordere Zimmer zu der Tür, die das Haupthaus mit dem kleineren Anbau verband. „Du solltest wissen, daß sie überhaupt nicht sprechen kann", warnte Mattie, als sie in das ebenerdige Schlafzimmer traten. „Aber Mama liebt Besuch. Laß dich davon also nicht abhalten."

Dankbar, daß sie eine Hilfe sein konnte, ob sie nun den Angehörigen Mut zusprach oder nur an Ella Maes Seite saß, betete Lydia schweigend dafür, daß sie der Frau zum Segen werden könnte.

„Ich lasse dich eine Weile mit ihr allein", sagte Mattie, ehe sie die Tür hinter sich schloß.

In dem Raum herrschte ein fast ehrfurchtgebietendes Schweigen. Lydia hatte das Gefühl, sie sollte auf Zehenspitzen gehen. Sie tat es auch. Dann blieb sie am unteren Bettende stehen und schaute auf die schmale Gestalt ihrer Freundin, die unter mehreren warmen Steppdecken lag. „Hallo, Ella Mae", sagte sie leise. „Ich habe gehört, du könntest etwas Gesellschaft vertragen ... Nun, da bin ich."

Die Wangen der Weisen Frau waren eingefallen und runzlig, ihre Augen traurig, aber sie blinzelte, als wolle sie sagen: „Schön, daß du gekommen bist."

Lydia schob den Stuhl nahe an das Bett heran, bis er direkt neben der Matratze stand, so daß sie bequem ihre Hand ausstrecken und die gelähmte Hand der Kranken festhalten und den schwachen Arm streicheln konnte. „Ich denke an dich und bete jeden Tag für dich, seit ich gehört habe, was passiert ist", sagte sie.

Sie beugte sich vor und war jetzt nahe an Ella Maes Gesicht dran. „Die Gegenwart des Herrn ist hier, Ella Mae, hier in diesem Raum."

Minuten vergingen. Lydia schwieg und drückte zärtlich die zerbrechliche Hand. Ella Maes liebevolle Hände hatten im Laufe der Jahre manch einer Frau bei der Hausarbeit geholfen: säen, ernten, einmachen, einkochen, steppen, flicken – gelegentlich sogar buttern. Sie hatten viele Kinderköpfe gestreichelt, zärtlich ihre Kinder, Enkelkinder und Urenkel mit Großzügigkeit und Liebe gesegnet. Und ihre Hände hatten geholfen, die Stürme des Lebens zu meistern, die Schmerzen ihres sterbenden Mannes zu lindern und vor Jahren auch die ihrer Zwillingsschwester Essie.

Jetzt war es an der Zeit, daß Ella Mae selbst mit Zärtlichkeit beschenkt würde. Lydia war dankbar, daß sie ihr über die steife Unbeweglichkeit, die abgestorbenen Glieder hinaus Gottes Liebe bringen konnte.

Während sie die entstellten Hände hielt, auf denen die bläulichen Venen unter der faltigen Haut hervortraten, betete sie laut: „Lieber Herr Jesus, danke für Ella Maes Leben, daß sie es für dich gelebt hat – daß sie anderen geholfen hat, daß sie ihr Leben als Opfer für diejenigen gegeben hat, die auf der Suche nach der Wahrheit zu ihr gekommen sind. Ich bitte um deinen besonderen Segen für dein Kind Ella Mae. Wenn es dein Wille ist, dann hole sie aus diesem Zustand heraus. Mach es möglich, daß sie ihre Hände und Gliedmaßen, ihre Stimme und ihren Verstand wieder gebrauchen kann. Darum bitte ich dich in Jesu Namen. Amen."

Als sie aufstand und den Raum verlassen wollte, bemerkte sie, daß Mattie hinter ihr stand. „Oh, ich habe dich gar nicht hereinkommen gehört", flüsterte sie.

„Dein Gebet war furchtbar gewagt", erwiderte Mattie. „Danke, Lydia. Du bist eine ... freundliche Frau."

Sie nickte und wurde etwas unsicher, weil ihr noch nie wegen eines Gebets ein Kompliment gemacht wurde. „Ich ... ich hoffe, ihr *beide* wißt, daß der Herr versteht, wovon ihr sprecht."

In Matties Augen glänzten Tränen, aber sie unternahm keinen Versuch, sie zu verbergen. Als sie blinzelte, liefen sie ihr über die Wangen. „Wir hören kaum so etwas über den Allmächtigen. Es wäre richtig schön, wenn man wirklich wüßte, daß das, was du gesagt hast, tatsächlich stimmt und der Herr sich wirklich für das Leben jedes einzelnen Menschen interessiert. Ich würde fast alles dafür geben, das mit Sicherheit zu wissen ..." Ihre Stimme versagte.

Lydia trat auf Mattie zu, ergriff ihre beiden Hände und hielt sie fest. „Aber das *kannst* du wissen. Das kannst du wirklich!"

Mattie nickte. Ihre Lippen zitterten, aber sie konnte nichts sagen.

Lydia warf einen Blick auf die schlafende Ella Mae. „Deine Mama weiß es. Sie ist randvoll mit der Liebe Gottes gefüllt, Mattie. Deshalb fühlen sich die Menschen zu ihr hingezogen. Gott hat ihr die große Gabe der Weisheit geschenkt."

„Ja", sagte Mattie und wischte sich die Tränen ab. „Ich erinnere mich an den Tag, an dem sich bei Mama etwas änderte. Das war einige Wochen, bevor mein Vater an einem Herzinfarkt starb. Sie hatte sich irgendwo in der Stadt mit ein paar Leuten aus einer Kirche getroffen. Sie hat nie erzählt, wer sie waren oder wo sie so lang geblieben war, aber an ihrem leuchtenden Gesicht sah ich, daß sich etwas verändert hatte. Kurze Zeit später strahlte dieselbe Freude auch aus Papas Gesicht. Ein paar Wochen später starb er."

Lydia hörte diesen Ausführungen aufmerksam zu, obwohl sie schon seit Jahren so etwas vermutet hatte.

Mattie seufzte und zog ihre Schürze gerade. „Wenn ich heute zurückdenke, vermute ich, daß Mama wohl meinte, sie habe keine andere Wahl, als den Rest ihres Lebens in der Amischgemeinschaft zu verbringen."

„Das kann ich gut verstehen."

„Sie hätte wahrscheinlich englisch werden und ihrem Herzen folgen und zu den Mennoniten gehen sollen", sagte Mattie mit einem schwachen Lächeln. „Ich vermute, die Angst vor der Meidung hat sie zurückgehalten. Unser Bischof ist sehr streng zu den Leuten, weißt du. Ohne mit der Wimper zu zucken, belegt er jemanden, der Zeichen von Arroganz zeigt, mit dem Bann – genau das hätte Johannes Beiler wahrscheinlich mit Mama getan, wenn er je etwas davon erfahren hätte."

Lydia konnte sich des Gedankens nicht erwehren, daß die Weise Frau eine schwere, wenn auch vorsichtige Entscheidung getroffen hatte – sie hatte Nachfolge gelebt, indem sie den Amisch mitten in ihrer Gemeinschaft gedient hatte.

Als es für Lydia Zeit zum Aufbrechen war, kam es ihr vor, als lasse sie eine durstige Frau in der Wüste zurück. Matties Herz war durch Ella Maes Schlaganfall weicher geworden.

„Komm doch mal zu einem Strudel und Kaffee vorbei", lud Lydia sie ein. „Du bist immer herzlich willkommen."

„Danke ... vielleicht mache ich das tatsächlich."

Lydia betete, daß sie es wirklich tun würde.

16

Katherine konnte es kaum erwarten, zusammen mit Rosie und Fulton Taylor den Gottesdienst zu besuchen. Sie war am Sonntagmorgen sehr früh aufgestanden. Sie hatte versucht, einen weiteren der alten Klassiker zu lesen, die sie in der Bibliothek gefunden hatte. Aber sie blätterte die Seiten um, ohne zu lesen. Ein ganz seltsames Gefühl erfüllte sie. Es war, als warte sie darauf, daß etwas passierte, etwas Unvorhergesehenes. Sie war nicht ungeduldig, aber trotzdem ließ eine Spannung und Erregung, die sie selbst nicht verstand, sie nicht mehr los.

Waren die Briefe von Maria und Rebekka der Grund für ihre Geistesabwesenheit, ihr Desinteresse an dem Buch, das sie in Händen hielt? So seltsam es ihr auch vorkam, hatte sie das Gefühl, in eine neue Phase ihres Lebens einzutreten, von der sie überhaupt nicht wußte, wo darin Katherine Mayfields Hoffnungen und Träume blieben.

Sie versuchte, ihre undefinierbaren Gefühle mit einem Achselzucken zu vertreiben, und ging Rosie suchen, um ihr zu sagen, daß sie heute gern mit zum Gottesdienst gehen würde.

Zwei Stunden später trat sie durch die Türen des schönen Gottesdiensthauses. Das letzte Mal, als sie hier gewesen war, war sie gekommen, um von einer Mutter Abschied zu nehmen, die sie kaum richtig kennengelernt hatte.

Da sie außer dem mennonitischen Gemeindehaus in Hickory Hollow noch keine andere Kirche betreten hatte, betrachtete sie ehrfurchtsvoll die Fenster, – die in kleine Teile aus buntem Glas zerschnitten und dann wieder wie eine Patchworkdecke zusammengefügt waren –, die große Orgel und den langen Mittelgang, der mit einem Teppich bedeckt war und zu den vielen Kirchenbänken aus Kirschbaum führte. Diese Schönheit war ihr an dem Tag der Beerdigung sicher auch aufgefallen, aber sie konnte sich nur noch vage daran erinnern.

„Himmel“, flüsterte sie bei sich, während sie Rosie und Fulton in die Kirchenbank folgte. Sie saß neben Rosie, während Fulton gleich neben dem Mittelgang saß, und sang bei einigen der Lieder mit, auch wenn sie nicht viele davon kannte. Während sie versuchte, die

Noten zu lesen, dachte sie wieder an Daniel, der ihr beigebracht hatte, wie man Noten liest.

Die Musikdarbietung des Chores, gefolgt von einem Orgelsolo, begeisterte sie. Sie konnte es kaum erwarten, die Melodien auf ihrer Gitarre auszuprobieren.

Aber die Predigt rührte sie am meisten an. Die Botschaft und der Stil des Pastors waren ihr so fremd, sie waren so anders als alles, womit sie in der amischen Gemeinde aufgewachsen war. Aber die Botschaft von der Liebe Gottes ... eines *persönlichen* himmlischen Vaters, der seine Kinder liebte und sich um sie sorgte, ließ sie nicht los. Diese Botschaft von einem Gott, der sich für ihr Leben interessierte – sie hörte sie von allen Seiten: von Daniel und auch von dem kleinen Willy und jetzt von dem Pfarrer. Konnte das wirklich wahr sein?

Sie dachte auch an Lydia Miller und wußte, daß sie eine solche Predigt gutheißen würde. Je mehr Katherine zuhörte, je mehr der Pfarrer erklärte, um so weniger ketzerisch kam ihr dieser Gedanke vor. Sie hörte Bibelstellen, von denen sie nie gewußt hatte, daß es sie gab.

Schnell kritzelte sie diese Stellen auf den Programmzettel, den sie beim Betreten der Kirche bekommen hatte. Sie mußte es selbst lesen, wollte Lauras Bibel in Händen halten und einige dieser Verse suchen, die keiner der Prediger in Hickory Hollow jemals vorgelesen hatte.

Aber jetzt würde sie sie lesen. Während sie dem Pfarrer aufmerksam zuhörte, als er ausführlich auf diese Verse einging, regte sich neues Leben in ihrem Herzen, eine Sehnsucht nach Wahrheit – etwas, das sie als Kind manchmal erlebt hatte. Damals hatte sie jedoch nicht gewußt, wie sie damit umgehen sollte.

Sie war so froh, daß sie gekommen war, und konnte es kaum erwarten, Justin davon zu erzählen. Vielleicht könnte *er* nächste Woche mit ihr hierherfahren. Ja, das war eine gute Idee. Sie würde ihn einladen, und sie würden gemeinsam gehen.

* * *

Als sie wieder in der Villa waren, eilte sie in den Südflügel. Dort, in der Stille ihrer Privaträume, schrieb sie zwei kurze Briefe – einen an

Maria, den anderen an Rebekka. Ohne zu zögern, beschrieb sie, was sie in der Kirche erlebt hatte. Der Bischof würde wahrscheinlich wieder ein absolutes Kontaktverbot verhängen, wenn er das herausfand, aber sie *konnte* es nicht für sich behalten.

Das Mittagessen wurde ihr auf ihren Wunsch in ihr Zimmer gebracht, und sie verbrachte die meiste Zeit damit, mit Garrett, Theodore, Leoma und den anderen über den Gottesdienst zu reden. Sie bemerkte, daß Rosie und Fulton zustimmend nickten, aber sie wirkten ein wenig überrascht, als sie plötzlich ihre Idee verkündete: „Ich würde gern etwas Süßes backen und es den Kindern im Hospiz bringen."

Garrett war sofort dabei. „Welche Süßigkeiten schmecken Ihnen am besten, Katherine?"

Sie schwieg kurz und dachte an ihr Lieblingsgericht als Kind. „Mississippi-Matsch."

„Wie bitte?"

Die Hausmädchen kicherten.

„Das ist genau das Richtige für Kinder – süß und klebrig, genau richtig. Sie lieben so etwas!"

Garrett wirkte etwas verwirrt. „Ich glaube, ich habe kein Rezept für ... äh, diesen Matsch, den Sie erwähnten."

„Mississippi-Matsch", sagte sie wieder. „Ich schreibe Ihnen das Rezept auf. Ich kann es auswendig."

„Wirklich sehr gut", sagte er und schaute auf das Steak auf seinem Teller.

„Außerdem helfe ich Ihnen, es zu kochen", bot Katherine an. Sie verriet nicht, daß diese freundliche Geste erst der Anfang ihres Planes war, ihren Reichtum mit den Menschen in Canandaigua zu teilen.

* * *

Rosie wartete, bis ihr Mann die sauberen Tischdecken weggeräumt und die Hände frei hatte. Dann schlich sie neben ihn und umarmte ihn. „Ich bin so aufgeregt, Fulton!"

„Meinetwegen?" Er grinste und strich ihr über die Wange.

Sie stieß ihn scherzhaft in die Seite und entwand sich ihm. „Du weißt, wovon ich spreche, oder etwa nicht?"

„Ja, ich glaube schon. Ist es nicht erstaunlich, was ein einziger Gottesdienstbesuch bei einem Menschen bewirken kann?"

„Ich möchte sagen, es wurde auch Zeit für unsere junge Hausherrin." Sie folgte ihm aus dem Eßzimmer und den langen Gang entlang. Sie war davon überzeugt, wenn ein Mensch lang genug über etwas so Wichtiges wie das ewige Leben nachdachte und grübelte und für Gottes Führung offen war, würde er diese letztendlich auch finden. Katherine suchte schon ihr ganzes Leben lang nach der Wahrheit. „Ich glaube, die Gebete von gewissen Schlüsselpersonen, nicht nur von Laura, spielen eine entscheidende Rolle bei dem, was hier vielleicht bald passiert."

Er zwinkerte ihr zustimmend zu. „Wieder glaube ich, meine Liebe, daß du recht hast." Damit eilte er in die Küche.

* * *

Gleich nach dem Mittagessen ging Katherine zielstrebig in die Bibliothek – durch den Hauptgang, an dem großen Treppenhaus vorbei und dann nach links. Sie machte ein Regal ausfindig, in dem mehrere Bibeln standen. Sie hatte keine Ahnung, welche davon Lauras persönliche Bibel gewesen war, oder ob sie überhaupt eine Lieblingsbibel gehabt hatte. Also wählte Katherine eine große, in Leder gebundene Bibel aus und schleppte sie in ihr Zimmer.

Sie nahm die Notizen, die sie sich auf dem Gemeindeblatt notiert hatte, und begann, den Predigttext des Pfarrers nachzulesen. *Siehe, solche Liebe hat uns der Vater erwiesen, daß wir Söhne Gottes heißen sollen ...*

Sie las den Vers ein zweites Mal und ließ die Worte in ihr Herz sinken. Tränen verschleierten ihr die Sicht, als sie überlegte, was dieser Bibelvers in ihrer Kindheit für sie bedeutet hätte. Oh, wenn sie nur diesen Vers auf Papas oder Mamas Schoß gehört hätte – Worte, die Tausende von Jahren überdauert hatten, seit die Bibel geschrieben wurde. *Die den Test der Zeit bestanden hatten,* würde Prediger Yoder vielleicht sagen, wenn er diese Stellen nur kennen würde.

Wenn sie sich vorstellte, daß der Pfarrer, der diesen Satz gesagt hatte, von dem allmächtigen Gott höchstpersönlich gesalbt worden war! Sie las diese Verse wieder und immer wieder und begann ohne auch nur den Schatten eines Zweifels zu begreifen: Wenn sie die komplette Bibel in ihrer Jugend gelesen hätte – vielleicht sogar selbst eine Bibel besessen hätte –, hätte ihr ganzes Leben anders verlaufen können.

Schnell ging sie zu der Schublade, in der sie ihr handgenähtes Babykleid aufbewahrte, und holte Daniels Brief hervor. Sie überflog ihn erneut, bis sie den Satz fand, der schon damals, als sie ihn das erste Mal gelesen hatte, ihr Herz angerührt hatte.

Aber ich habe eine Liebe gefunden, die ich nie zuvor gekannt habe ... diese Liebe finde ich in dem Herrn Jesus.

Sie fragte sich, ob diese Entdeckung etwas mit der ruhelosen Erwartung zu tun hatte, die sie an diesem Tag gespürt hatte. Sie dachte an Lauras strahlendes Gesicht. Trotz der schweren Krankheit und der ständigen Schmerzen war der tägliche Umgang ihrer Mutter mit den Bediensteten im Haus beispielhaft für eine Liebe gewesen, die nur von Gott kommen konnte. Und Laura hatte für Katherines Erlösung gebetet! Rosie hatte bei mehreren Gelegenheiten davon gesprochen. Obwohl Laura im Sterben lag, hatte sie ihre Morgenstunden damit verbracht, mit dem Herrn zu sprechen ... hier, in diesem Zimmer.

Sie las wieder jede einzelne der Bibelstellen. Dieses Mal laut. Als sie dies tat, begann Gottes Wort in ihr lebendig zu werden, und sie mußte weinen.

17

Bevor die Zubereitung des Mississippi-Matschs am Montagmorgen beginnen sollte, rief Katherine Natalie Judah an. Sie erzählte ihr von ihrem Vorhaben, die Kinder zu überraschen. Natalie war sofort begeistert.

„Ich bringe die Süßigkeiten irgendwann heute nachmittag vorbei", versprach Katherine.

„Wie aufmerksam von Ihnen", erwiderte Natalie. „Ich gebe den anderen Schwestern Bescheid, damit sie davon wissen."

„Fast hätte ich es vergessen: Dürfen überhaupt alle Kinder Süßigkeiten essen, oder könnte das Probleme geben?"

„Bringen Sie am besten das Rezept mit."

Katherine war einverstanden und mußte leise schmunzeln. Sie hatte den Namen des Konfekts genannt. Natalie hatte geglaubt, sie habe sie falsch verstanden, und bat sie, den Namen zu wiederholen. Aber Katherine betonte, daß das Rezept eine alte amische Spezialität sei. „Dieses Rezept ist meiner Adoptivfamilie schon seit Hunderten von Jahren bekannt", erklärte sie.

Diese Bemerkung schien das Interesse der Krankenschwester noch mehr zu wecken.

„Ich kopiere das Rezept für jeden, der es haben möchte", bot sie an.

Natalie dankte ihr begeistert. „Sagen Sie ... wir könnten dieses Jahr bei unserem jährlichen Basar doch einen amischen Schwerpunkt legen. Er findet am ersten Mai statt."

„Bei dieser Gelegenheit könnten wir doch vielleicht auch die Patchwork-Decken unseres Kurses verkaufen, nicht wahr?"

Natalie mußte über diesen Vorschlag lachen. „Dann müssen wir uns aber sehr beeilen, wenn wir das Vogelmuster fertig haben wollen."

„Wenn wir fleißig sind, können wir es schaffen." Als sie aufgelegt hatte, eilte Katherine in die Küche, um Garrett und Selig bei der leckeren Spezialität zu helfen.

Sie rührten den Sirup an. Während der braune Zucker und die Butter im Topf flüssig wurden, trug der süße Geruch sie zurück in Rebekkas Küche, als sie sechs Jahre alt war ...

Ein kräftiger Wind wehte mit Regen gemischte Schneeflocken gegen die Fensterscheiben und die Außentüren. Die Sonne versteckte sich hinter den schwer beladenen Schneewolken und weigerte sich, dahinter hervorzukommen. Trotzdem waren Maria, ihre Mutter und ihre Großmutter gekommen, um ihnen zu helfen, vier große Portionen der köstlichen Nachspeise zuzubereiten, die sie mehr liebte als alles andere.

Katie und ihre Mutter wuschen sich die Hände in der Spüle. Dann warfen sie fröhlich das Handtuch hin und her, bevor sie anfingen, die Butter zu schmelzen und anzubräunen.

„Papa und die Jungen werden sich bestimmt freuen!“ sagte Rebekka.

Katie kicherte. „Ja, und sie werden die ganze Schüssel wahrscheinlich leer essen, bevor wir überhaupt ein einziges Mal nachfassen können“, sagte sie. Sie stand auf einem Stuhl, um auf der Arbeitsfläche wirken zu können.

Sie hielt eine lange Teigrolle in ihren kleinen Händen und wartete darauf, beim Zerdrücken der Weizenschrotkräcker helfen zu dürfen. Später würde sie ihrer kleinen Freundin Maria helfen, die Krümel über das klebrige Dessert zu streuen. Aber der beste Teil von allem war das Schlecken in einer Ecke der Küche – wenn sie das köstliche Dessert probieren durften.

Maria schob einen Stuhl neben sie. „Ich bin fast genauso groß wie du“, sagte sie.

„Fast, aber nicht ganz.“

Sie lehnten sich aneinander und maßen sich. Aber sie kicherten so sehr, daß sie nicht gerade stehen konnten.

„Ach, halte doch still, damit ich sehen kann, wie weit mir deine Stirn reicht“, sagte Katie.

Maria atmete tief durch und blieb ganz still stehen, bis Katie fertig war. „Einen halben Kopf kleiner“, verkündete Katie, woraufhin Maria schnaufte. „Du riechst aus dem Mund!“ rief sie und brach dann wieder in lautes Gelächter aus.

„Miss Katherine?“ sagte Selig und wedelte mit einer Serviette vor ihrem Gesicht.

„Oh ... was ist?“ Ein wenig aufgeschreckt, entschuldigte sie sich für ihre Geistesabwesenheit. „Ich glaube, dieses Rezept versetzt mich in meine Kindheit zurück.“

„Wir hatten den Verdacht, Sie seien zurückgewandert und wollten nicht mehr wiederkommen", neckte Garrett sie.

Selig und Katherine stimmten in das Lachen mit ein. Was für ein wunderbar guter Vormittag das war! Sie konnte es kaum erwarten, bis der „Matsch" abgekühlt war.

* * *

Die Kinder, die mit lautem Lob auf die Überraschung reagieren konnten, taten dies auch.

Willy lobte sie besonders. An seinen Fingerspitzen klebten die Krümel von den Weizenschrotkräckern. Er steckte beide Daumen in die Luft und wackelte damit. „Kannst du meiner Mama zeigen, wie man das macht?" fragte er.

„Ich sorge dafür, daß sie das Rezept bekommt – einverstanden?" Katherine faltete das Blatt Papier in der Mitte und legte es auf den Tisch.

Sie unterhielten sich über das Wochenende und darüber, was er am Sonntag erlebt hatte. „Mama und Papa haben mir abwechselnd aus der Bibel vorgelesen", erzählte er mit großen Augen.

„Das freut mich." Sie schwieg und mußte an den Gottesdienst und die Bibelstellen denken, die sie nachgelesen hatte, und daran, wie sehr sie von der Botschaft von der Liebe Gottes angerührt war.

„Mein Bruder hat mich auch besucht." Willys Miene war ernst. „Josh sah richtig traurig aus."

Sie wußte, daß er von seinem älteren Bruder sprach. „Er hat sich sicher sehr gefreut, dich zu sehen."

„Josh glaubt, daß ich sterben muß. Aber das glaube ich nicht. Ich werde wieder gesund werden und nach Hause kommen und ..." Er brach mitten im Satz ab.

Katherines Herz litt mit dem kleinen Jungen. Er war noch viel zu jung, um sich mit Fragen wie dem Sterben auseinanderzusetzen.

„Ich will wieder gesund werden", flüsterte er, als vertraue er ihr ein großes Geheimnis an.

„Das wollen wir alle."

Als er schlafen mußte, schob sie den Jungen in seinem Rollstuhl in sein Zimmer. Bunte Luftballons schwebten leise in der Ecke beim Fenster, und eine hübsche handgemachte Decke bedeckte einen Teil der Wand. Es gab einen Ruhesessel und ein ausklappbares Bett für Familienangehörige, die die Nacht hier verbringen wollten. Willys Zimmer war hell und freundlich und mit großen Farnen und blühenden Pflanzen geschmückt.

Sie half ihm ins Bett und deckte ihn zu. „Träume jetzt etwas Schönes."

„Ach, wir hatten heute gar keine Zeit, Gitarre zu spielen", sagte er plötzlich. Das war ihm anscheinend sehr wichtig.

„Ich komme am Mittwoch wieder", sagte sie. „Dann kannst du einen neuen Griff lernen."

Er nickte widerwillig und hob die Arme, um sie zu umarmen. „Leb wohl, Katherine. Ich werde dich vermissen."

Sie beugte sich vor und streichelte seinen Kopf. „Ich werde dich auch vermissen, Willy."

„Komm morgen wieder, ja?"

„Ich schaue, was sich machen läßt", sagte sie, obwohl sie wußte, daß das bedeuten würde, den Terminplan zu ändern und die Erlaubnis der leitenden Schwester einzuholen. Ein bißchen kompliziert, aber sie würde mit Natalie sprechen und sehen, ob es möglich wäre.

Auf der Heimfahrt wünschte sie, es wäre Hochsommer, damit sie ihren kleinen Freund mit ins Freie nehmen könnte. Sie würden im Schatten eines Ahorns sitzen, den Duft der Blumen und Sträucher genießen, den warmen Wind spüren und zuschauen, wie die Sonne Schatten auf das Vogelbad im Hof warf. Aber so, wie es aussah, fürchtete sie, Willy könnte den Juli nicht mehr erleben.

Später fuhr Theodore sie in die Einkaufsstraße, wo sie einen Geschenkladen ausfindig machte. Sie wollte Karten für die kranken Jungen kaufen. Während sie vor den Karten mit den Genesungswünschen stand, bemerkte sie, daß zwei amische Mädchen das Geschäft betraten. Ihre Kleider hatten viel Ähnlichkeit mit denen, die man in Lancaster County trug, und sie fühlte sich auf der Stelle zu den Mädchen hingezogen.

„Wie bischt?" sprach sie die beiden auf altdeutsch an. Sie vergaß ganz, daß sie nicht schlicht, geschweige denn amisch gekleidet war, und daß diese Mädchen durch einen Gruß von einer Fremden, die sie in ihrer Sprache anredete, erschreckt werden könnten.

Sie *waren* scheu und schauten zu Boden.

Katherine trat ein wenig zurück. Sie wollte sich nicht vollständig zum Narren machen. „Äh, Entschuldigung. Einen schönen Tag." Sie wandte sich zum Gehen. Die Karten für Willy hatte sie immer noch in der Hand.

„Haben Sie nicht vergessen zu zahlen?" rief das ältere der amischen Mädchen.

Katherine merkte, wie ihr Hals und ihre Wangen anliefen. „Oh, meine Güte. Ja, das habe ich. Vielen Dank."

Die Mädchen schauten sich grinsend an. Dann sprach eine der beiden Katherine an. „Waren Sie nicht neulich bei uns und haben Marmelade gekauft?"

Katherine konnte es kaum glauben. Aber bei genauerem Hinsehen hatten diese Mädchen sehr viel Ähnlichkeit mit Mrs. Esler. „Ja, ich habe Marmelade gekauft. Seid ihr beide mit Mrs. Esler verwandt?"

„Wir sind ihre jüngsten Töchter", sagte eine der beiden schüchtern.

„Ja, wir haben Sie damals vom Fenster aus gesehen", sagte die andere. „Wir mußten eine alte Decke, die abgetragen war, neu füllen und absteppen. Deshalb haben Sie uns nicht gesehen. Normalerweise helfen wir Mama in der Küche."

„Ja, das kann ich verstehen."

Das jüngere Mädchen sah sie fragend an. „Hätten Sie Interesse an einer oder zwei schönen handgesteppten Patchworkdecken, Miss?"

Sie lächelte. „Ehrlich gesagt, arbeite ich gerade selbst an einer – zusammen mit sechs anderen Frauen." Sie verriet jedoch nicht, daß sie einen Patchworkkurs gab. „Habt ihr schon einmal das Vogelmuster gemacht?"

Ihre Gesichter strahlten auf, als hätten sie soeben eine alte Freundin getroffen. „Ja ... wir kennen es sehr gut. Mama sagte erst neulich, daß wir eine neue mit lauter blauen Vögeln anfangen sollten."

Sie stand da und genoß die Gesellschaft dieser schlichten Mädchen enorm. Plötzlich kam ihr der Hospizbasar in den Sinn. Das war ein Anlaß, die Decke rechtzeitig fertigzustellen.

Sie holte tief Luft und erklärte, daß sie diese Decke gern verkaufen und das Geld dem Hospiz zur Verfügung stellen wollten, und was das für die todkranken Kinder im Hospiz bedeuten würde. „Wenn wir die Patchworkdecke fertigstellen könnten, denke ich, daß sie auf dem Basar am ersten Mai eine schöne Summe einbringen könnte."

Die Mädchen lächelten immer noch. Ein gutes Zeichen, fand Katherine.

„Was würdet ihr davon halten, uns bei der Fertigstellung der Patchworkdecke zu helfen? Ich bezahle euch gern für eure Arbeit."

Sie schüttelten den Kopf und schauten sie jetzt ernst an. „Wir kämen nie auf die Idee, dafür Geld anzunehmen. Aber wir müssen zuerst mit unserer Mutter sprechen", sagte das jüngere Mädchen.

Katherine öffnete ihre Tasche und suchte einen Zettel. Schnell schrieb sie ihre Adresse und Telefonnummer auf. „Hier ist meine Telefonnummer. Für alle Fälle!"

„Danke. Wir haben ein Telefon ... wegen des Marmeladengeschäfts. Wir können also anrufen und Sie wissen lassen, ob wir kommen."

Katherine war so begeistert, daß sie diese netten Mädchen getroffen hatte, daß sie beinahe wieder aus dem Geschäft marschiert wäre, ohne die Karten zu bezahlen. Zum Glück fiel es ihr noch rechtzeitig ein. „Ich würde mich freuen, von euch zu hören."

Später fiel ihr auf, daß sie erneut in ihre amische Sprechweise zurückgefallen war. Ihr wurde klar, daß Rosie ganz recht damit hatte, als sie sagte, es würde eine Weile dauern, bis sie sich daran gewöhnte, wie die Engländer zu sprechen.

Trotzdem konnte sie sich nicht erinnern, sich in letzter Zeit so wohl gefühlt zu haben. Außer an dem Tag, an dem sie bei den Eslers gewesen war, um Rhabarbermarmelade zu kaufen.

Justin würde das bestimmt amüsant finden. Sie würde ihm davon erzählen – gleich das nächste Mal, wenn er anrief.

* * *

Katherine saß aufgewühlt an ihrem Schreibtisch. Sie unterschrieb die bunte Karte, schrieb Willys Namen auf den Umschlag und wünschte, sie könnte etwas tun, um sein Leben um Tage und Wochen zu verlängern. Um Jahre. Aber der Gehirntumor konnte nicht operiert werden, hatte Natalie gesagt. „Unsere Aufgabe ist es, dafür zu sorgen, daß die Patienten sich so wohl wie möglich fühlen."

Wenn Geld ein Problem gewesen wäre, dann hätte Katherine Willy mit Leichtigkeit helfen können. Sie hätte ihr ganzes Erbe hergegeben, um dem geliebten Kind seine Gesundheit wiederzugeben.

* * *

Willy lächelte sie am nächsten Tag an. Er hielt ihre bunte Elefantenkarte in beiden Händen. Zu nahe an den Augen, fand Katherine.

Sie warf Schwester Natalie einen fragenden Blick zu.

„Es ist schon in Ordnung", flüsterte Natalie mit einem Kopfnikken. „So kann er die Worte am besten lesen."

Ihr Magen verkrampfte sich vor Schmerz. Wie lang würde es noch dauern, bis der Junge durch den Tumor erblindete? Oder noch schlimmer?

Sie bückte sich, um ihren Gitarrenkoffer zu öffnen, aber Willy begann zu stöhnen, und die Karte fiel auf den Boden. Bevor sie die Karte aufheben oder ihm anbieten konnte, ein beruhigendes Schlaflied zu spielen, läutete der Junge nach der Schwester. Die diensthabende Schwester war in wenigen Sekunden da, und Katherine verließ das Zimmer.

Stunden später, als sie wieder nach Hause kam, ging sie auf schnellstem Weg in ihr Wohnzimmer und zündete mit eigenen Händen ein Feuer an. Sie begann, auf ihrer Gitarre zu spielen. An Teile der Loblieder, die sie im Gemeindegottesdienst gehört hatte, konnte sie sich noch erinnern. Nach einigen erfolglosen Versuchen, die Lieder vollständig zu spielen, wandte sie sich wieder ihren alten Liedern zu und zupfte kräftig beim Singen.

Als zwischen den einzelnen Liedern eine kurze Pause eintrat, schlich sich Rosie leise ins Zimmer. „Geht es Ihnen gut, Katherine?" fragte sie mitfühlend.

„Nun ... nein."

Rosie trat leise näher. „Ist es wegen des Kindes im Hospiz? Geht es Willy schlechter?"

Ihre Kehle war wie zugeschnürt. Sie konnte nur mit dem Kopf nicken.

„Das tut mir so leid." Rosie kam und legte den Arm um Katherines Schulter. „Darf ich mit Ihnen beten?"

Sie nickte und schluchzte leise mit den Händen vor dem Gesicht. Rosies Gebet war kurz, aber es beruhigte sie und gab ihr neue Hoffnung. „Danke“, sagte sie viel später. „Ich glaube, das habe ich gebraucht.“

„Das Weinen oder das Beten?“ Rosie hielt ihr ein Päckchen Taschentücher hin.

Katherine blickte auf und nickte. „Ich glaube, ich brauchte beides. Es hat wunderbar gut getan. Danke.“

Rosie lächelte sie an. „In Ihnen steckt immer noch viel von einer Amischfrau, würde ich sagen.“

„Das habe ich doch nur aus Spaß gesagt.“

„Sind Sie sich da ganz sicher?“

Sie wischte sich die Tränen aus dem Gesicht und trat näher an den Kamin. „Ich habe gestern zwei amische Schwestern getroffen ... in dem Geschenkladen in der Stadt. Vielleicht kommen sie und helfen uns, die Patchworkdecke rechtzeitig für den Basar fertigzustellen.“

Rosie bot ihr ein weiteres Papiertaschentuch an, damit sie sich die Nase putzen konnte. „Es wäre sehr schön, noch mehr Amischleute hier zu haben.“

„Sie glauben, daß ich eines Tages wieder nach Hause gehe, nicht wahr, Rosie? Wieder zurück nach Hickory Hollow?“ Die Frage kam wie aus heiterem Himmel. Katherine wußte selbst nicht, wie sie auf diesen Gedanken kam.

„Sagen wir, es würde mich vielleicht nicht allzusehr überraschen.“

Katherine schüttelte den Kopf. „Das hier ist jetzt mein Zuhause. Ich liebe die Villa meiner Mutter ... und alle, die darin leben.“

„Wenn Sie zurückgehen, was ist dann mit Justin Wirth?“ Es war, als hätte Rosie Katherines Bemerkung über die schöne Villa nicht gehört.

„Diese Villa ... *und* Mr. Wirth sind vollkommen wunderbar“, beharrte sie. Bei dem Gedanken an Justin samt seiner eleganten Kleidung und seinem charmanten Lächeln schlug ihr Herz schneller.

Rosie zwinkerte verschmitzt. „Ist er mit der Frage schon herausgerückt?“

„Mit was ... herausgerückt?“

„Hat Justin Sie gebeten, Ihr Leben mit ihm zu verbringen? Sie wissen schon, vor einem Pfarrer und einer ganzen Kirche voller Zeugen ‚Ja‘ zu sagen – und Mrs. Wirth zu werden?“

Katherine schaute zur Decke hinauf und probierte den Namen aus. „Mrs. Katherine Wirth. Hmm, klingt hübsch. Finden Sie nicht?“

Rosie kniff die Augen zusammen. „Sind Sie bereit, Ihren Namen schon wieder zu ändern?“

Katherine drehte sich um und starrte in das Feuer. Sie ging bewußt nicht auf die gezielte Frage ein. „Justin ist ein guter Mensch. Ich habe den Verdacht, daß er mich in ein ganz besonderes Restaurant zum Essen einlädt, wenn er mit der Frage herausrückt.“

Sie lachten miteinander. Katherine ergriff Rosies kräftige Hände. Sie hielt das Hausmädchen fest, wie man sich an eine ältere Schwester klammern würde, und fühlte sich gleich viel wohler.

18

Rebekka war überrascht und freute sich riesig, als noch ein weiterer Brief von Katie kam. Aber die Bemerkungen ihrer Tochter über die weltliche englische Kirche, die sie besucht hatte, beunruhigten sie. Musik – *eieiei* – und diese Gotteslästerung, die der Pfarrer von seiner Kanzel gepredigt hatte. Ihr brach erneut das Herz, als sie daran dachte, daß ihr Mädchen weg von der schützenden Herde war – viel weiter weg, als sie befürchtet hatte.

Sie setzte sich auf der Stelle an den Tisch und begann zu schreiben. Kein einziges Mal dachte sie daran, daß sie vielleicht ein paar Tage hätte warten sollen, bevor sie ihre Gedanken zu Papier brachte.

Mittwoch, 25. März

Liebe Katie,
ich mache mir furchtbare Sorgen um Dich. Ich wünschte, Du wärst vorsichtiger in Bezug auf die Versammlungen, zu denen Du mit Deinen englischen Freunden gehst.
Wie ist das Wetter dort? Wir hatten für dieses Jahr genug Kälte und Schnee.
Es gibt nicht viel Neues, außer daß ich oft zu Mattie hinüberfahre und ihr helfe, daß Ella Mae ihre Glieder wieder bewegen kann. Wir versuchen, die Muskeln wieder in Gang zu bringen, damit sie wenigstens allein essen kann. Aber es geht sehr langsam. Du erinnerst Dich vielleicht an damals, als Oma Essie einen Schlaganfall hatte.
Maria sagte, sie habe Dir in ihrem Brief nichts von Daniel Fischer geschrieben. Vielleicht, weil er ebenfalls mit dem Gemeindebann belegt worden ist. Nur ist die Situation bei ihm ganz anders. Sein Papa macht sich furchtbare Sorgen um ihn. Mehr will ich dazu gar nicht schreiben. Mattie hat von Ella Mae erfahren, daß Daniel sie besucht hat, bevor er wieder nach New Jersey abfuhr, und daß er nach New York fahren wollte, um Dich zu suchen. Hast Du ihn schon gesehen?
Was für eine Geschichte Daniel zu erzählen hat! Ich nehme an, Du

hast sie inzwischen ohnehin schon gehört. Es ist wirklich sehr traurig, wenn man genauer darüber nachdenkt. Der arme Junge ...
Mehr Neuigkeiten gibt es nicht. Am besten beende ich jetzt diesen Brief. Vergiß nie, wie sehr wir Dich alle lieben. Die Gemeinde will, daß Du das tust, was richtig ist vor Gott und vor der Kirche. (Bischof Johannes wartet darauf, Deine Beichte zu hören, liebes Kind.)
Deine Mama

Sie klebte den Umschlag zu und brachte ihn sofort hinaus zum Briefkasten, bevor sie es sich anders überlegen würde.

Da sie es eilig hatte, nahm sie Daisy, die bei jedem Wetter traben konnte, weil sie einfach noch jung und munter war. Der Schnee stach ihr wie feine Nadeln ins Gesicht, und der Wind peitschte um ihren Rock, als sie das Pferd vor die Familienkutsche spannte. Sie war entschlossen, zu Ella Mae zu fahren, um Mattie bei der Hausarbeit zu helfen und um die Arme und Beine der Weisen Frau zu trainieren.

Die Fahrt dauerte aufgrund des Unwetters länger als sonst. Sie konnte kaum die Umrisse von Daisys Kopf sehen, obwohl er nur eine Pferdelänge vor ihr war. Schwere, dicke Schneeflocken bedeckten die Straße und häuften sich zu Schneewehen auf, aber sie fuhr hartnäckig weiter, so sehr sie auch unter den Decken zitterte.

Nur ein einziger Einspänner stand im Hof, als Rebekka vor dem Beilerhaus eintraf. Eine von Matties verheirateten Töchtern vielleicht.

Sie hatte recht mit ihrer Vermutung. Als sie aus der beißenden Kälte in das warme Haus trat, kochte Anna gerade Wasser für Pfefferminztee. „Möchtest du auch eine Tasse?" fragte sie und schaute sie mit ihren braunen Augen lächelnd an.

„Ja, ich trinke gern eine Tasse. Mit viel Zucker."

Mattie schaute von dem Tisch auf, an dem sie mit der jungen Sally saß und ein Muster für eine Steppdecke auswählte. „Du siehst aus, als könntest du etwas Heißes gut vertragen."

Sie nickte. „Es ist ein furchtbar schlimmes Wetter. Sieht so aus, als würden wir wieder eingeschneit werden."

Die junge Sally blickte lächelnd auf. „Ach, ein Schneesturm? Genau das, was wir brauchen, um schulfrei zu bekommen."

Rebekka betrachtete sie. „Dein Papa hat einen guten Schlitten, nicht wahr?"

Das Mädchen nickte und schaute sie verlegen an.

„Dann denke ich, besteht keine Gefahr, daß die Schule zu bleibt – egal, wie schwer der Schnee über uns hereinbricht", sagte Rebekka und nippte an ihrem Tee.

Sally verzog mürrisch das Gesicht und machte sich wieder an ihre Stepparbeit. „Ja ... vielleicht."

Mattie grinste sie an. Sie drückte ihre Enkelin an sich und hielt sie einen Augenblick fest. „Dieses Mädchen muß noch viel lernen, wenn ihr mich fragt."

„Vielleicht sollte meine Tochter im nächsten Juli einmal die Sommerschule besuchen", sagte Anna streng. „Dann trödelt Sally vielleicht nicht so viel während des ganzen Schuljahres."

Das unangenehme Thema wurde bald fallengelassen, und das Gespräch drehte sich um Ella Mae. „Wie geht es ihr heute?" wollte Rebekka wissen.

„Oh, sie versucht zu sprechen – sie gibt ihr Bestes, um sich bemerkbar zu machen, sehr leise, und tut alles, um wieder sprechen zu lernen", sagte Mattie. „Aber sie hat es nicht leicht!"

Rebekka war traurig, als sie das hörte. „Vielleicht möchte sie auch einen Tee?"

„Du weißt genausogut wie ich, wieviel sie von einer heißen Tasse Minztee hält." Mattie schob sich mit einem Seufzen von der Bank hoch und trat an den Ofen, um ihrer Mutter eine Tasse einzugießen.

Rebekka bot sich an: „Ich bringe ihr den Tee gern hinüber. Und wenn ich schon dabei bin, sorge ich auch gleich dafür, daß sie ihre täglichen Übungen macht."

Die junge Sally kicherte, und Anna sagte, es sei überhaupt nicht lustig, zwei Monate vor seinem achtzigsten Geburtstag zu stehen und gerade einen Schlaganfall hinter sich zu haben.

„Entschuldigung, Mama", sagte Sally mit reumütiger Miene.

„Das möchte ich auch hoffen", war Annas ganze Antwort.

Etwas an der ausgelassenen Sally erinnerte Rebekka an Katie, als diese im gleichen Alter war. Aber sie verdrängte den Gedanken und trug ein Tablett mit Tee, Honig und frischer Sahne zu der Weisen Frau.

* * *

Katherine erzählte Justin tatsächlich von den amischen Mädchen in dem Geschenkladen, als er nach dem Mittagessen anrief. „Ich wünschte, du hättest mich dort stehen und mit ihnen sprechen hören können. Es war wirklich sehr ungewöhnlich."

Sie konnte nicht sagen, was er am anderen Ende der Leitung dachte oder was für ein Gesicht er machte, aber sie war froh, als sie die Unbeschwertheit in seiner Stimme hörte. „Daß du dich neuerlich zu den Amisch hingezogen fühlst, finde ich interessant ... Immerhin hat deine Gemeinde dich mit dem Bann belegt, Katherine. Es überrascht mich ein bißchen, daß du immer noch zu schlichten Menschen Kontakt suchst."

Sie verstand seine Vorbehalte. „Ich nehme an, es klingt ein wenig seltsam, aber ich hege wirklich keinerlei Feindseligkeit gegen die Amisch. Ich habe nichts gegen sie ... überhaupt nichts." Sie mußte insbesondere an Maria denken.

„Aber du kannst doch nie mehr zurückgehen, oder?" Seine Frage war konkret und ließ keine Ausflüchte zu.

Sie schwieg. Nach so kurzer Zeit verstand Justin ihr Herz so gut wie kaum ein anderer. „Das stimmt. Ich kann nicht zurückgehen. Ich bin jetzt ein ganz anderer Mensch."

„Gut, dann wäre das geklärt ... „ Er lachte. „Was hältst du von einem Ausflug?"

„Einem Ausflug? Wohin?"

„Warst du schon an den Niagarafällen? Ein Naturwunder!"

„Und nicht weit von hier. Habe ich recht?"

Er lachte wieder. Sein warmherziges Lachen klang angenehm in ihren Ohren. „Nur etwa eine Stunde von hier. Wir könnten morgens losfahren, den Tag dort verbringen und irgendwo in einem hübschen Restaurant bei Sonnenuntergang zu Abend essen."

Sie fragte sich, ob dies dann der Ort für einen Heiratsantrag wäre, auch wenn sie vermutete, daß es wahrscheinlich nur eine weitere Gelegenheit wäre, Zeit zu zweit zu verbringen. „Klingt herrlich", hörte sie sich sagen.

Er erklärte ihr, daß er kurz davor stehe, ein neues Ölgemälde fertigzustellen, aber noch ein paar Tage dazu bräuchte. „Höchstens eine Woche, wahrscheinlich eher weniger."

„Wie es dir paßt", sagte sie und lächelte ein bißchen.

„Bis es soweit ist, könnten wir doch irgendwo in einem exotischen Restaurant essen. Morgen?"

„Ja, morgen paßt mir gut."

„Dann hole ich dich gegen halb zwölf ab?"

„Einverstanden."

„Gut, dann bis morgen." Er schwieg kurz. „Ich vermisse dich, Katherine."

Ihr Herz tanzte in ihrer Brust. „Ich freue mich auch darauf, dich morgen zu sehen."

Sie verabschiedeten sich, und sie legte den Hörer auf. Sie konnte es kaum erwarten, ihn wiederzusehen.

* * *

Katherine hielt ihr Versprechen, aber als sie Willy besuchte, bemerkte er kaum, daß sie da war. „Geht es dem Ende entgegen?" flüsterte sie Natalie zu, die ihm gerade seine Nachmittagsspritze gab.

„Ich fürchte, es ist nur noch eine Frage von Tagen", antwortete Natalie und zog vorsichtig die Nadel aus seiner Vene.

„Dabei hatte er sich so gefreut ... „ Sie schwieg und versuchte, ihre Gefühle unter Kontrolle zu bekommen. „Er sprach davon, daß er bald wieder nach Hause wollte und ... und ... „ Sie konnte einfach nicht weitersprechen.

Willys Mutter und Bruder kamen in diesem Augenblick ins Zimmer. Katherine hatte das Gefühl, sie sollte am besten gehen. Aber bevor sie das Zimmer verlassen konnte, sprach die zierliche Frau mit den schulterlangen blonden Haaren sie an. „Sie müssen wissen, wie viel unser Willy über Sie gesprochen hat, Katherine." Sie lächelte und warf einen Blick auf den Gitarrenkoffer. „Erst gestern abend erzählte er seinem Vater und mir, daß er keine Harfe spielen wolle, wenn er in den Himmel kommt."

„Oh?"

„Willy will *Gitarre* spielen."

„Für alle Engel", sagte Josh und schaute sie ernst an.

Das entlockte Katherine ein schwaches Lächeln. Sie wollte ihnen so gern erzählen, was für ein herrlicher Junge Willy war. „Er ist eine wahre Freude – ein Sonnenschein", sagte sie und bemühte sich, sich kurz zu fassen, da sie fürchtete, sie könne sonst zusammenbrechen. Schnell verließ sie das Zimmer, um die Privatsphäre der Familie nicht zu stören.

Sie stand auf dem Gang vor Willys Tür und holte tief Luft. Sie fragte sich, warum sie noch weniger zu sagen wußte als damals, als Laura starb. Willy war so furchtbar jung – er hatte kaum eine Chance gehabt zu leben – und jetzt ging sein Leben unaufhaltsam dem Ende entgegen.

Sie beschäftigte sich damit, den anderen Patienten etwas vorzulesen und Gläser mit Wasser im Aufenthaltsraum zu verteilen. Dann setzte sie sich schweigend in das verdunkelte Zimmer eines weiteren Krebspatienten. Sie hoffte, Willy noch einmal sehen zu können, bevor sie das Hospiz heute verlassen würde, und war dankbar, als Willys Mutter und Bruder sie suchten.

„Wir gehen in die Cafeteria zu einem kleinen Imbiß", sagte Willys Mutter. „Würde es Ihnen etwas ausmachen, in seinem Zimmer leise Gitarre zu spielen, bis wir zurück sind?"

„Das hilft nichts", sagte Josh mit trübsinniger Miene. „Willy kann's sowieso nicht hören. Er schwebt irgendwo zwischen Himmel und Erde."

Katherine zuckte innerlich zusammen und mußte an Schwester Natalies Bemerkung denken – daß der Junge höchstens noch ein paar Tage zu leben habe.

Als Mrs. Norton und Josh fort waren, betrat Katherine wieder leise Willys Zimmer. Er lag ruhig in seinem Bett. Sein kleiner Arm lag liebevoll um seine drei Teddybären. Sie trat neben sein Bett und sah die Elefantenkarte in seiner rechten Hand.

In der Stille spielte sie ein neues Lied für ihn – eine fröhliche, zarte Melodie, die sie während des Spielens zusammenstellte. Sie zupfte behutsam und stellte sich eine Wiese mit Gänseblümchen und der warmen Sonne hoch oben am Himmel vor. Sie und Willy liefen in ihrer Phantasie durch das hohe Gras, und ihre Gesichter waren von der Sommerhitze ganz gerötet.

„Bist du verheiratet, Katherine?"

Sie konnte seine unschuldigen Worte hören, seine fragenden blauen Augen sehen. Der liebe ... süße Willy. Er lag im Sterben.

Sie wünschte erneut, der Krebs würde zurückgehen. Dann könnte er bei ihrer und Justins Hochzeit die Ringe tragen – auf einem Ringkissen, glaubte sie, war sich aber der englischen Gepflogenheiten nicht ganz sicher. Welch ein egoistischer Gedanke; zumindest könnte das jemand denken, der sie nicht richtig kannte.

„Willst du viele Kinder bekommen?"

Sie spielte weiter und wechselte die Tonart. Sie spielte und sang das Lied nur für ihren kleinen Freund. Es war ein Lied der Freude, denn der Junge hatte ihr viel Freundschaft geschenkt, und bei mehreren Gelegenheiten hatte er ihr auch neue Hoffnung geschenkt. Dabei war *sie* gekommen, um *ihm* Mut zu machen!

„Gott erfüllt seinen Menschen den Wunsch ihres Herzens", hatte er einmal gesagt und hatte sie erstaunt, als er etwas so Tiefgründiges hinzufügte, daß sie es kaum begreifen konnte. *„Wenn sie zu ihm gehören"*, hatte er gesagt.

Damals hatte sie den Ernst in seinen Augen gesehen. Als sie jetzt an diesen Augenblick zurückdachte, fragte sie sich, warum ein solch großer Glaube Willy nicht *seinen* Herzenswunsch erfüllt hatte. Konnte es sein, daß der weise, allwissende himmlische Vater noch etwas Besseres für das Kind hatte? War *das* der Grund, warum Willy bald sterben mußte?

Katherine spielte so schön auf der Gitarre, wie sie nur konnte, und mußte daran denken, daß es vielleicht das letzte Mal war, daß sie mit Willy zusammen war. Mit vorsichtigen Fingern spielte sie leise weiter, bis sowohl Mr. und Mrs. Norton als auch Josh ins Zimmer kamen. Wieder dankten sie ihr dafür, daß sie so nett zu ihrem Sohn war.

„Ich bin glücklich, daß ich so viel Zeit mit Willy verbringen durfte", sagte sie. „Ich kann Ihnen gar nicht sagen, was ich alles von ihm gelernt habe."

Sein Vater nickte. „Wir sind sehr stolz auf ihn."

Sie verabschiedete sich und ging, um Theodore anzurufen. Sie wartete draußen, wo sie die kalte Luft einatmen konnte. Ihr Kopf konnte die Frische gut vertragen. „Lieber Gott, mußt du Willy jetzt schon zu dir holen?" betete sie und erinnerte Gott daran, wie klein das Kind war. „Er will nicht sterben. Könntest du es dir bitte nicht noch einmal anders überlegen?"

Zum ersten Mal in ihrem Leben hatte sie das Gefühl, daß ein solches Gebet nicht stolz oder respektlos war.

19

Katherine nahm den Anruf in der Bibliothek entgegen, wo sie fast den ganzen Morgen gelesen hatte.

Natalie Judah war am Apparat. „Hallo, Katherine. Ich rufe an, um Ihnen wegen Willy Norton Bescheid zu geben." Sie schwieg kurz. „Ich wollte, daß Sie es wissen, bevor Sie am Montag kommen."

Katherine wappnete sich gegen die Nachricht, die nun bestimmt kommen würde. „Ja?"

„Der Junge starb heute früh im Schlaf", kam die traurige Nachricht.

Katherine schwieg, während die Nachricht langsam in ihr Bewußtsein eindrang. *Willy James Lee ... gestorben.*

„Katherine? Geht es Ihnen nicht gut?"

Ihre Gedanken gingen zu Willys Eltern und zu seinem Bruder. „Wie nahm die Familie es auf?"

„Unsere seelsorgerlichen Betreuer sind jetzt bei ihnen", versicherte Natalie ihr. „Die Familie hat einen starken Glauben."

„Ja", flüsterte sie. „Ja, ich weiß."

Nachdem sie sich verabschiedet hatte, rief Katherine Justin an. Ihr war nicht danach zumute, heute mit jemandem zu Mittag zu essen, auch nicht in einem exotischen Restaurant. Er nahm beim ersten Klingeln ab.

„Es tut mir sehr leid, aber ich möchte unsere Verabredung zum Mittagessen absagen", sagte sie. „Ich glaube, ich wäre keine gute Gesellschaft für dich." Sie erzählte ihm, daß Willy gestorben war.

„Es tut mir wirklich leid, das zu hören, aber vielleicht änderst du ja deine Meinung in ein paar Stunden. Rufe mich doch später noch einmal an, einverstanden? Vielleicht hast du dann ja doch Hunger."

Das war ein großzügiger Vorschlag von ihm. „Ja, gut, vielleicht, aber ich hoffe, du bist nicht enttäuscht, wenn ich es nicht tue ... nicht heute."

„Das liegt ganz bei dir, Katherine. Was immer du willst, meine Liebe."

„Danke für dein Verständnis."

„Das ist doch selbstverständlich. Wir sprechen noch mal darüber. Vielleicht morgen. Sobald du dich besser fühlst."

Als sie auflegte, blieb sie in der Stille sitzen. Plötzlich fühlte sie sich eingeengt. Die hohen Bücherregale schienen sie erdrücken zu wollen, während sie traurig ihren Gedanken nachhing. Der kleine Tisch, auf dem ihre Bücher verstreut lagen, stand neben dem Kamin, und ein Teller mit Keksen und anderen Süßigkeiten reizte sie, noch eine Weile zu bleiben.

Sie stand auf, trat ans Fenster und schaute zu dem klaren Himmel hinauf. Eine winzige Wolke, weit in der Ferne, zog ihre Aufmerksamkeit auf sich. Sie schaute ihr nach, wie sie vorüberzog, in Stücke zerfiel und ziellos über den weiten Himmel trieb.

Sie dachte an Willys Tod aus der Sicht ihrer amischen Erziehung. Es war für sie nicht unnatürlich, den Tod als Teil des Lebens zu sehen – er war nur ein Teil des Kreislaufes, den wir Menschen feiern müssen. In den Augen einer Frau, die in Hickory Hollow eine ganze Reihe Beerdigungen erlebt hatte, waren diese ein Treffen von Verwandten und Freunden, bei dem sie sich über das Leben des Verstorbenen freuten, egal, wie kurz oder lang es gewesen war. Es gab kein Weinen oder Jammern darüber, daß man einen aus den eigenen Reihen verloren hatte. „Für jede Seele, die geht, wird eine andere geboren, die ihren Platz einnimmt", sagte Samuel Lapp immer.

Nein, sie würde es nicht wollen, daß Willy zurückkäme. Mit dem Segen des Herrn – und Willy erfuhr gewiß viel Segen – fand der Junge seine eigene Villa im Paradies bestimmt wunderschön.

Trotzdem erfüllte sie eine starke Trauer. So kurz nach dem Tod ihrer Mutter hatte sie schon wieder einen Menschen verloren. Und sie vermutete, daß sie, wenn sie gern Wein trinken würde, jetzt versucht gewesen wäre, ihren Kummer zu ertränken. Statt dessen suchte sie Trost in Lauras Büchern, und in den nächsten paar Stunden vertiefte sie sich in klassische Literatur.

Viel später, nachdem Justin angerufen hatte, um zu fragen, wie es ihr gehe, spürte sie den starken Wunsch, das Grab ihrer leiblichen Mutter aufzusuchen. Ein schneller Anruf bei Theodore genügte, und er fuhr mit der Limousine vor dem Haupteingang vor.

Dieses Mal fielen zwischen ihr und dem Chauffeur nicht viele Worte, obwohl ein Anflug von Frühling in der Luft lag und Theodore zu einem fröhlichen Plaudern animierte. Im Gegensatz zu den vergangenen Wochen war der Tag sehr warm.

„Ich glaube, es dauert nicht mehr lang, bis der Frühling nicht nur auf dem Kalender Einzug hält", sagte Theodore mit seiner üblichen ernsten Miene. „Wir haben das schlimmste Wetter überstanden, würde ich sagen."

Er hatte eine angenehme Sprechweise – eine Art gutgelaunter, britisch korrekter Kommunikation – unabhängig davon, ob der Zuhörer sich an dem Gespräch beteiligte oder nicht. Der Klang seiner Stimme war genauso warm und angenehm wie die Stimme ihres Großvaters David, wenn er sich mit anderen amischen Männern unterhalten hatte. Die alten Männer hatten sich an vielen Frühlingstagen in den Schatten ihrer knorrigen Eiche auf eine niedrige Holzbank gesetzt und geplaudert. Einige hatten dabei auch Tabakblätter gekaut.

Katherine hörte ihrem Chauffeur zu, ohne etwas dazu zu sagen. Nach einer Weile hörte sie jedoch nicht mehr auf Theodores leises Plaudern, sondern versank in ihren Gedanken.

Der Friedhof lag mehrere Kilometer außerhalb der Stadt, ein wenig abseits von der Bundesstraße. Der Friedhof – abseits von dem Treiben und Leben in der Stadt, aber trotzdem leicht erreichbar für Besucher, ob trauernde Angehörige oder einfach Naturliebhaber – war friedlich und faszinierend.

Riesige Eisentore, die weit offenstanden, erinnerten sie daran, daß er auch ziemlich abgeschlossen und abgelegen vom Rest Canandaiguas war. Das war bestimmt der Grund dafür, warum Lauras Eltern schon vor Jahren hier ihre Grabstätten gekauft hatten.

Die Bäume wirkten größer, als Katherine sie in Erinnerung hatte. Heute schufen sie ein ineinander verzweigtes Dach hoch über dem Kiesweg, der sich schmal und gewunden zwischen den einzelnen Gräbern hinzog.

Sie stellte sich den Friedhof im Hochsommer vor, wie in dem Wald im Süden die Bienen summten und von einer Blüte zur nächsten flogen, wie herrliche, duftende Gerüche die Luft erfüllten, wie am Waldrand im Osten die Mohnblumen und Kornblumen leuchtend rot und himmelblau blühten, wie Stare sangen und Schwalben ihre Kreise zogen und ‚Hallo' sagten.

Katherine stand ehrfurchtsvoll inmitten dieser faszinierenden Umgebung. Auf den amischen Friedhöfen in Lancaster County hatte sie sich nie so verwundbar, so atemlos gefühlt. Aber sie konnte die Schwere einfach nicht von sich abschütteln, während sie in ihre Winterstiefel schlüpfte und aus der Limousine stieg, um den Grabstein ihrer leiblichen Mutter zu suchen.

Minuten später stand sie vor Laura Mayfield-Bennetts Grab und las leise die Worte, die in den Grabstein eingraviert waren. „Aber das Heil der Gerechten kommt vom Herrn: er ist ihre Kraft in Zeiten der Not."

Das Heil der *Gerechten* ...

Diese Worte, die einer der Pfarrer bei der Beerdigung gelesen hatte, hatte Laura sehr geliebt. Als sie diese Worte jetzt wieder las, spürte Katherine eine unerwartete Anziehungskraft und Sehnsucht in ihrem Herzen.

Sie sank im Schnee auf die Knie und begann, die Trauer, die sie in ihrem Herzen eingesperrt hatte, auszusprechen. „Oh, Mutter, ich habe nie verstanden, was du kurz vor deinem Tod zu mir sagtest. Nicht ganz. Du warst so eine freundliche und mitfühlende Frau. Jeder, der dich kannte, sagt das. Ich wünschte nur, ich hätte dich länger ... und besser gekannt."

Sie seufzte. „Da ist ein lieber kleiner Junge. Sein Name ist – *war* – Willy, und ich habe ihn trotz seiner tödlichen Krankheit ins Herz geschlossen. Aber jetzt ist er tot. Ich hätte nie geglaubt, daß ich jemals ein Kind so gern haben könnte ... ein Kind, das nicht mein eigenes Kind ist."

Sie schwieg wieder und hörte den sanften Wind in den Bäumen, die ehrfürchtige Stille um sich herum. „Willy hat drei Vornamen, Mutter. So etwas habe ich früher noch nie gehört, aber er hat sie. Willy James Lee hüpft jetzt bestimmt durch die goldenen Straßen und spielt mit den anderen Kindern im Paradies Ball. Ich hatte gehofft, du könntest vielleicht nach ihm Ausschau halten, liebe Mutter. Er war so ein zerbrechlicher Junge. Paßt du an meiner Stelle auf ihn auf?"

Sie brachte es nicht über die Lippen zu sagen: *bis ich komme und selbst auf ihn aufpassen kann.* Das Gefühl der Unwürdigkeit hielt sie davon ab, sie auszusprechen, obwohl sie wußte, daß sie eines Tages ihre Entscheidung treffen müßte: entweder für oder gegen den Glauben, den sowohl der kleine Willy als auch die großzügige Laura gehabt hatte. Sie konnte nicht mehr weitersprechen und war zwischen ihrer von der Ordnung bestimmten Vergangenheit und der strengen Erziehung in ihrer Kindheit auf der einen Seite und den liebevollen, Leben spendenden Stellen im Wort Gottes auf der anderen Seite hin- und hergerissen. Sie verstand nicht, warum sie fast von allen Seiten auf Gottes Liebe aufmerksam gemacht wurde.

20

Der Tagesausflug zu den Niagarafällen fiel auf den folgenden Sonntag. Sehr zu Katherines Enttäuschung, die gern den Gottesdienst besucht hätte. Justin versprach, als sie das erwähnte, daß er sie bei der nächsten Gelegenheit, die sich ihm böte, zur Kirche begleiten würde.

„Die Taylors – Fulton und Rosie – gehen zum Gottesdienst", erzählte sie ihm und hoffte, sie könne ihn in ein Gespräch über seinen Glauben verwickeln.

„Ach, Kirchen ... hier in der Stadt gibt es mindestens ein Dutzend Kirchen." Seine Bemerkung befriedigte sie nicht. Aber so schnell gab sie nicht auf.

„Haben deine Eltern dir je von Gott erzählt, als du klein warst?"

„Nicht so viel wie dir deine Eltern, nehme ich an, auch wenn ich gelegentlich im Sommer an einem Freizeitlager von der Kirche teilnahm." Er lächelte sie hinter seinem Lenkrad an. Sie hatten beschlossen, die Limousine und den Chauffeur zu Hause zu lassen, um für diesen Tag mehr Zeit allein zu haben. Genaugenommen war es Justins Idee gewesen, und Katherine hatte sich darüber gefreut.

„Ein Freizeitlager von der Kirche? Wie war das?"

Er erzählte ein paar haarsträubende Geschichten davon, wie die Jungen Frösche im Bach gefangen und sie in den Mädchenzelten versteckt hatten, aber nichts von geistlichem Wert.

„Was hatte das mit der Kirche zu tun?" erkundigte sie sich.

Er ergriff ihre Hand. „Ist heute alles in Ordnung mit dir, Katherine? Du sprichst von nichts anderem als von der Kirche und von Gott, seit wir die Stadt verlassen haben."

Sie nickte. „Ja ... ich bin neugierig, könnte man vielleicht sagen."

Er drückte ihre Hand. „Deine Trauer um den kleinen Willy, nicht wahr?"

Tränen traten ihr unerwartet in die Augen. „Ich ... ich vermisse ihn so sehr", stammelte sie.

Justin setzte den Blinker und fuhr auf den Standstreifen, wo er das Tempo verlangsamte und schließlich ganz stehenblieb. „Katherine, Liebes." Er nahm sie in die Arme, und sie weinte um den kleinen Jungen, der ihr so tief ins Herz hatte schauen können. „Er ist von seinen Schmerzen erlöst", flüsterte Justin in ihre Haare.

Sie schmiegte sich an ihn. Ihr Gesicht lag auf dem weichen Aufschlag seines Mantels. „Ich hätte nie gedacht, daß er wirklich sterben würde ..."

„Pscht, sag jetzt nichts mehr. Dir wird es bald wieder gutgehen, Katherine. Dafür sorge ich schon."

Als sie ihre Fassung wiedergewonnen hatte, wurde das Thema Willy fallengelassen, und sie hoffte, ihr angegriffener Gefühlszustand würde ihnen diesen Tag nicht verderben.

„Ich möchte dir irgendwann mein Studio zeigen", sagte er später, als sie den Besucherbereich der Niagarafälle betraten und zu dem Aussichtsturm unterwegs waren. „Würde dich das denn interessieren?"

Sie lächelte und war froh, daß sie jetzt nicht mehr weinen mußte. „Sehr sogar."

„Mein Gemälde ist jetzt fast fertig, und ich würde gern deine Meinung dazu hören."

Daß er sie in seine berufliche Arbeit einbeziehen wollte – wenn auch nur so weit, daß er ihr sein Studio zeigen würde –, war ein aufregender Gedanke. „Ich würde mich sehr freuen, wenn ich deine Arbeit sehen darf."

Sie fanden einen Parkplatz ganz in der Nähe des Aussichtsturms auf amerikanischer Seite. Katherine staunte fast ehrfurchtsvoll über die Bewegung des breiten Flusses, der laut donnernd über die Felsen rauschte. Selbst in dieser Entfernung war die Macht und Stärke dieses Naturschauspiels faszinierend anzusehen.

Sie stand neben Justin und war ein wenig nervös wegen des donnernden Lärms. Wenn man sich vorstellte, daß sich immer wieder wagemutige Männer in Seilen und Fässern in diesen riesigen Wasserfall wagen und dieses kühne Unterfangen auch noch überleben, um davon erzählen zu können!

„Was denkst du gerade?" fragte er und legte den Arm um ihre Schultern.

„Das ist ... der unglaublichste Anblick, den ich je gesehen habe."

„Es gibt viele wunderbare und eindrucksvolle Flecken auf dieser Erde. Das hier ist zufällig einer meiner Lieblingsplätze. Er ist auch nicht weit weg von Zuhause." Er drehte sich um und schaute sie an. „Das ist erst der Anfang von dem, was ich dir alles zeigen möchte, mein Liebling."

Ihr Herz schlug wild, als er ihr Gesicht mit seinen Händen streichelte und sich dann vorbeugte und ihr den ersten Kuß gab. Seine Lippen waren weich und zärtlich. Er schaute ihr lächelnd in die Augen und sagte: „Eines Tages fahren wir mit unseren Kindern hierher und zeigen ihnen die Majestät dieser Wasserfälle."

Unsere Kinder ...

Sie mußte ein Kichern unterdrücken. Justin setzte vieles voraus. Er hatte sie noch nicht einmal gefragt, ob sie ihn heiraten wollte!

Sie spazierten auf dem Fußweg entlang. Justins Arm lag beschützend um ihre Taille. Für den Rest des Ausflugs fiel kein weiteres Wort mehr über ihre Zukunft. Er „rückte nicht mit der Frage heraus", wie Rosie es so lustig formuliert hatte.

Katherine fiel an diesem Abend spät ins Bett, nachdem sie ein weiteres Mal mit Justin bei Kerzenlicht und Musik elegant zu Abend gegessen hatte. Trotzdem spürte sie eine starke Unzufriedenheit in sich. Sie konnte sich nicht erklären, was Justin gesagt oder getan haben konnte, um dies auszulösen. Wenn sie den ganzen Tag Revue passieren ließ, wußte sie, daß sie eigentlich auf „Wolke siebzehn" sein müßte, wie Rosie oder Leoma sagen würden. Aber irgend etwas beunruhigte sie. Sie konnte es jedoch nicht benennen.

* * *

Rachel Esler rief gleich am nächsten Morgen an. Einen kurzen Augenblick wußte Katherine nicht, wer am Apparat war. „Wer sagten Sie, sind Sie?"

„Ach, entschuldigen Sie" kam die amische Antwort. „Ich glaube, ich vergaß zu erwähnen, daß wir uns in dem Geschenkladen in der Innenstadt getroffen haben. Sie haben mir und meiner Schwester Ihre Telefonnummer gegeben."

Jetzt wußte Katherine ganz genau, wer am Apparat war. „Natürlich erinnere ich mich an dich, Rachel. Du hast mir nur einen Augenblick Rätsel aufgegeben, weil du geklungen hast wie eine meiner Verwandten ... aus Pennsylvania."

„Ja, ich verstehe." Das Mädchen sprach weiter. „Ich wollte Ihnen nur sagen, daß meine Schwestern – alle drei – und unsere Mutter

Ihnen gern helfen, Ihre Patchworkdecke für den Hospizbasar fertigzustellen."

„Wirklich? Ist das dein Ernst?"

„Natürlich", kam die Antwort. „Wir könnten immer zwei oder drei Stunden am Stück kommen, aber nur unter der Woche."

„Das verstehe ich", sagte Katherine. Das war zu schön, um wahr zu sein!

„Wann ist Ihr nächster Arbeitseinsatz geplant?" erkundigte sich Rachel.

Arbeitseinsatz? Katherine hatte dieses Wort seit Monaten nicht mehr gehört. Wie hübsch es klang – so zauberhaft, daß sie beinahe vergaß, Rachels Frage zu beantworten. „Äh ... *wann?* Am Mittwochabend treffen wir uns wieder."

„Also gut." Rachel fragte noch weiter, ob insgesamt genug Stepperinnen da wären. Zwölf Frauen wären die ideale Besetzung.

„Laß mich kurz zählen ... „ Katherine überlegte einen Augenblick. „Wir sind sieben, und ihr seid zu fünft. Perfekt!"

„Dann sehen wir uns am Mittwoch nach dem Abendessen."

„Danke, Rachel. Bis Mittwoch."

Sie tanzte im Kreis und wirbelte das Telefonkabel um sich herum. „Das ist wunderbar gut", jubelte sie so laut, daß Rosie und Leoma den Kopf durch die Doppeltüren steckten.

„Entschuldigung", sagte sie und entwirrte das Kabel, während die Hausmädchen belustigte Blicke miteinander wechselten.

„Das muß irgend etwas mit Justin Wirth zu tun haben", hörte sie Rosie sagen, als die Frauen sich umdrehten und wieder gingen.

Über diese Bemerkung mußte Katherine übermütig lachen – jedoch etwas verhaltener. Die Damen waren bestimmt überrascht, wenn sie die neuen Stepperinnen kennenlernten!

* * *

Die Studiobesichtigung war faszinierend. Justin war ein wirklich perfekter Gastgeber, als er sie am nächsten Wochenende durch seine Räume führte. Am erstaunlichsten von allem war sein Ölgemälde von Katherines Zuhause, der Mayfield-Villa.

„Oh, das Bild ist ja wunderschön", lobte sie ihn und schaute es aus der Nähe an, um sich kein Detail entgehen zu lassen. Dann trat sie zurück und ließ das Bild als Ganzes auf sich wirken. „Du hast wirklich die Atmosphäre der Villa einmalig eingefangen."

Er stand in der Ecke, wo sich Bildbände über Schlösser und Brükken in einem Regal türmten, und lächelte.

„Das ist mein Ernst, Justin. Du erweiterst die Wahl deiner Motive, nicht wahr?"

Seine Arme waren fest vor seiner Brust verschränkt, und seine Miene war ernst und bescheiden. „Ich habe mich schon immer sehr dafür interessiert, Menschen zu porträtieren, aber in letzter Zeit – ich kann nicht genau sagen warum, außer es hat etwas mit der Ausstrahlungskraft deiner Villa zu tun – bin ich von Architektur und der Natur fasziniert."

Sie ging zu ihm und legte ihre Hände auf seine verschränkten Arme. „*Deshalb* bist du also mit mir zu den Niagarafällen gefahren. Du willst sie ebenfalls malen. Habe ich recht?"

Er nahm die Arme auseinander und zog sie an sich heran. „Was hältst du davon? Ist das eine gute Idee?" fragte er. Seine Lippen waren angenehm nahe an ihrem Gesicht.

Der Geruch seines Atems, sein männliches Rasierwasser, das alles weckte in ihr den Wunsch, er würde sagen, wie sehr er sie liebte ... und würde ihr die wichtige Frage stellen. Aber er wartete auf ihre Antwort auf eine ganz andere Frage und blickte ihr ernst in die Augen.

„Ich könnte mir vorstellen, daß es schwierig ist, das Wasser zu malen, besonders, weil es sich so schnell bewegt", brachte sie mühsam über die Lippen.

Sanft berührte er ihre Nase mit seinen Lippen und umarmte sie liebevoll, dann nahm er sie an der Hand und führte sie zu seiner Staffelei. Dort fing er an, ihr einige Pinselstriche zu zeigen, die sich gut dafür eigneten, die Bewegung der Niagarafälle ins Bild zu setzen. „Wie du siehst, ist es möglich, eine solche Energie und Bewegung mit Farbe festzuhalten", sagte er, leidenschaftlich in seine Malerei vertieft.

„Ja, jetzt sehe ich es auch." Es war nicht zu übersehen, daß Justin seine Arbeit über alles liebte, und das zu Recht, denn er war genauso talentiert wie bewundernswert. In diesem Augenblick war Katherine vollkommen sicher, daß er der wunderbarste Mann der Welt war.

21

Die Orgel fesselte Katherine mit einem Musikstück, das sie noch nie zuvor gehört hatte, obwohl sie sich fragte, ob es vielleicht an Justins Anwesenheit an diesem Tag, dem Palmsonntag, lag, daß dieses Musikerlebnis für sie zu einem noch größeren Genuß wurde.

Die Kirchgänger strömten in die Kapelle und freuten sich auf Ostern. Katherine achtete sorgfältig auf die Botschaft des Pfarrers, da sie hoffte, sie könnte beim Mittagessen mit Justin vielleicht über einige der Bibelstellen sprechen.

Jedoch interessierte ihn anscheinend ein weiterer Ausflug viel mehr. „Nach Toronto in Kanada“, sagte er, während sie beim Essen saßen. „Was hältst du davon, Katherine? Kommst du mit mir?“

Er erzählte ihr von seiner Absicht, eine der Kathedralen dort zu zeichnen. „Wir könnten dort eine herrliche Zeit miteinander verbringen. Nur wir beide.“

Sie hatte etwas gemischte Gefühle und war sich unsicher wegen des Vorhabens. „Ich ... möchte meine Besuche im Hospiz und den Patchworkkurs nicht versäumen“, sagte sie ihm.

„Nein, nein, ich möchte auch nicht, daß du deine Pläne änderst.“ Er wischte ihre nicht ausgesprochenen Sorgen beiseite. „Wir könnten am Freitagabend nach dem Patchworkkurs losfahren und am Sonntagabend zurückkommen.“

Sie brauchte ihn nicht daran zu erinnern, daß sie nicht verheiratet waren und sie sich deshalb nicht wohl dabei fühlen würde, ein Hotelzimmer mit ihm zu teilen. Aber zum Glück mußte sie dieses Thema nicht ansprechen. Er mußte ihre Verwirrung bemerkt haben, denn er zwinkerte ihr zu und versicherte ihr, daß sie getrennte Zimmer nehmen würden.

„Könnten wir bis nach Ostern warten?“ fragte sie, da sie an diesem besonderen Tag gern den Gottesdienst besuchen wollte.

Justins Antwort klang nicht so begeistert, wie sie gehofft hatte, aber er willigte ein, die Fahrt zu verschieben. Damit war alles geregelt. Er traf alle nötigen Vorkehrungen und reservierte die Hotelzimmer; Katherine mußte nur ihr Personal davon in Kenntnis setzen, daß sie an dem Wochenende verreisen würde.

Rosie zog die Augenbrauen hoch, als Katherine ihr die Einzelheiten erzählte. Die Augenbrauen des Hausmädchens blieben oben, als Katherine erklärte, daß sie auch schon Justins Studio besichtigt hatte.

„Hmm, es klingt so, als würde es ernst werden zwischen Ihnen beiden", sagte Rosie mit einem seltsamen Lächeln.

„Ich glaube, daß er mich liebt, sonst würde er nicht so viel Zeit damit verbringen, mich zum Essen auszuführen und an so viele schöne Orte einzuladen."

Rosies Augen schauten sie durchdringend an. „Aber lieben *Sie* ihn denn auch?"

„Ich mag Justin sehr gern, falls Sie das meinen."

„Teilt er Ihr Interesse an der Kirche?" Die Frage war so gezielt, wie Rosie sich selten ausdrückte.

Katherine wußte nicht genau, was sie antworten sollte. Also war sie rundherum ehrlich. „Ich glaube nicht."

Rosie sagte nichts mehr. Katherine hatte jedoch das Gefühl, Justins mangelndes Interesse am Glauben verteidigen zu müssen. Immerhin war Amerika ein freies Land. Aber irgend etwas hielt sie zurück, etwas, das sie hoffnungslos machte und das sie nicht erklären konnte.

* * *

Der Nachmittagshimmel war eintönig und grau. Die Straße, die sich meilenweit vor ihm erstreckte, führte Daniel an zwei überdachten Brücken, einem alten Schulhaus mit einem einzigen Schulzimmer und an zahlreichen Bauernhäusern vorbei. Er erkannte die Privatwege, die in die Höfe seiner Verwandten führten – er kannte sie wie seine Westentasche. Aber ungeladen an einem freien Sonntag hierherzukommen, war für ein gebanntes Mitglied der amischen Gemeinde nicht ohne Probleme.

Er war sofort nach dem Gottesdienst aufgebrochen und hatte beschlossen, daß es höchste Zeit sei, seinen Namensvetter, den vier Monate alten Daniel Lapp kennenzulernen. Einem inneren Impuls folgend, war er nach Lancaster County aufgebrochen, ohne eine Mittagspause einzulegen. Annie wäre bestimmt überrascht, das wußte er, aber sie würde ihn nicht fortschicken, nicht einmal, wenn Elam zu Hause war. Er rechnete außerdem damit, daß sie ihm ein paar Reste aufwärmte, auch wenn sie ihn nicht am selben Tisch mit ihnen essen ließe. Das stand außer Frage.

Ihr Gesicht strahlte vor Freude, als sie ihren Bruder an der Tür erblickte. Er beugte sich vor und gab ihr einen Kuß auf die Wange. „Ich habe schon viel zu lange damit gewartet, meinen kleinen Neffen kennenzulernen“, sagte er und entschuldigte sich dafür, daß er sich nicht vorher angemeldet hatte. „Ich hoffe, ich störe nicht.“

„Puh! Komm herein, Dan.“ Sie schloß schnell die Tür hinter ihm. „Elam ist vielleicht nicht allzu glücklich, dich hier zu sehen – wenigstens nicht allzu lang – aber *ich* bin froh, daß du kommst!“

Er verstand den Wink. „Ich bleibe nicht lange“, versprach er, als er ihr in die Küche folgte.

Sie ging sofort an die Arbeit und holte aus der Speisekammer etwas zu essen. „Du mußt doch halb verhungert sein. Du hast einen weiten Weg hinter dir.“

„Wenn du etwas für mich zu essen hast, wäre ich sehr dankbar.“ Er blickte sich in der Küche mit ihrer vertrauten amischen Einrichtung um: der Eckschrank, in dem die große altdeutsche Bibel und andere Bücher standen, der typische Kalender, der an der Kellertür hing, der Tisch auf Böcken in der Mitte des Zimmers, der Holzofen, der Hickory-Schaukelstuhl und die dunkelgrünen Jalousien, die oben am Fenster festgebunden waren. Eine amische Küche sah aus wie die andere. Gemütlich und heimelig.

Annie rief Elam, der im Wohnzimmer saß, zu: „Daniel ist zu Besuch gekommen.“

Daniel fand es nett, daß sie nicht „zu einem kurzen Besuch“ gesagt hatte, auch wenn er wußte, daß sie nicht allzu erbaut davon wären, wenn er ihre Gastfreundschaft übermäßig strapazierte. Immerhin war er mit dem Gemeindebann belegt.

„Soll ich den Klapptisch aus dem Keller holen?“ bot er an.

Annie schüttelte den Kopf. „Du setzt dich hier an den großen Tisch, Daniel. Es setzt sich sowieso niemand zu dir.“

‚Sie sieht sehr jung aus für eine verheiratete Frau, die bereits Mutter ist‘, dachte er. Und wenn er sich nicht täuschte, hatte sie die Röte der Schwangerschaft auf den Wangen und das typische Leuchten in den Augen – er hatte es schon oft genug gesehen, um zu wissen, daß sie wahrscheinlich im Herbst ihr zweites Baby erwartete.

„So, Daniel, was führt dich hierher?“ fragte Elam und blieb im

Türrahmen zwischen der Küche und dem vorderen Zimmer stehen. Seine hohe Stirn und seine blonden Haare erinnerten Daniel sofort an Rebekka Lapp, obwohl das Fehlen jeglichen Lächelns die Grübchen verbarg, die für das Gesicht seiner Mutter so typisch waren.

„Ich bin gekommen, um deinen Sohn kennenzulernen ... meinen Neffen."

„Dann schauen wir einmal, ob das Baby wach ist." Elam verließ die Küche und ging zur Treppe.

Annie lächelte freundlich. „Ich bin sicher, daß Daniel schon wach ist." Sie warf einen Blick auf die Uhr an der Wand über der Spüle. „Es ist schon über eine Stunde, seit ich ihn schlafen gelegt habe. Er ist ein braves Baby ... „

Bald kam Elam mit dem eingehüllten Bündel nach unten.

„Ach, halte ihn doch hoch", sagte Annie, trat auf ihn zu und lehnte sich an den Arm ihres Mannes. „Er ist schon ziemlich groß, was?"

Sie nahmen die Decke weg, und Elam hielt den kleinen Daniel in die Luft. Das Baby strampelte mit den Beinen und gestikulierte mit den Armen in der Luft herum, bis Annie dem armen Kind zu Hilfe kam. Sie nahm es, wiegte es in den Armen und kam auf die andere Seite des Tisches, an dem Daniel vor einem Teller mit Kartoffelsalat, selbstgebackenem Brot mit Honigbutter und Marmelade und kalten Hühnchenscheiben saß. „Da ist der kleine Kerl", sagte sie und brachte ihn zu Daniel.

Er war zuerst überrascht, nahm aber dann das strampelnde Bündel Mensch vorsichtig in die Arme und schaute in die hellblauen Augen. „Hallo, junger Mann. Ich bin dein Onkel, Dan Fischer."

Das Baby begann nicht zu weinen, wie Daniel erwartet hatte, sondern starrte ihn nur an und gluckste. Das Gewicht des zierlichen Körpers in seinen Armen, die kleinen runden Augen, die ihn anschauten, und das zufriedene Glucksen – das alles schlug eine ungeahnte Saite in ihm an, und er fragte sich, wie es wohl wäre, eines Tages selbst Vater von einem Sohn oder gar von zwei oder drei Söhnen zu sein.

Der Mund und das Kinn des kleinen Daniel erinnerten ihn stark an sein eigenes Gesicht, obwohl er nie Bilder von sich selbst als Kind gesehen hatte, denn es wurden nie Fotos gemacht, nicht einmal Schnappschüsse – von keinem amischen Kind. Trotzdem war an den Gesichtszügen dieses Kindes etwas stark Vertrautes. Er hatte das Gefühl, als schaue er in einen Spiegel, in einen Spiegel, der ihm die Vergangenheit vor Augen malte. „Der kleine Junge braucht nur einen Bart, dann könnte man uns für Zwillinge halten."

Annie gab ihm recht. „Als er auf die Welt kam, dachte ich das gleiche. Es besteht eine deutliche Ähnlichkeit."

„Wahrscheinlich sollte ich mir den Bart abrasieren. Das würde zum gleichen Ergebnis führen." Er lachte jetzt, was das Baby zu belustigen schien, denn es hob die Hände und zupfte an seinem Bart.

„Maria steht kurz davor, den Bischof zu heiraten", erzählte Annie und zog einen der Schaukelstühle heran.

Elam stand neben dem Tisch und betrachtete Dan – seine Augen wachten wie ein Falke über seinem Sohn. „Das wird aber dieses Mal keine öffentliche Hochzeit", bemerkte er. „Ich habe gehört, daß sie nächsten Samstagnachmittag zu Prediger Zook nach SummerHill hinüberfahren."

„Am Tag vor Ostern. Ist das nicht nett?" fragte Annie.

„Da wir gerade von den Zooks sprechen: Ella Mae hatte vor einer Weile einen Schlaganfall", erzählte Elam und verlagerte sein Gewicht auf das andere Bein. „Ich erzähle dir das nur, weil ihr beide euch sehr nahegestanden seid."

Daniel hielt den Atem an. „Wird sie wieder gesund?"

„Ella Mae ist eine Kämpfernatur", sagte Annie. „Ich glaube, daß sie mit der Zeit die Lähmung überwindet. Wenn sie wüßte, daß du hier bist, würde sie dich bestimmt sehen wollen."

Daniel schüttelte den Kopf. „Ich muß ein anderes Mal wiederkommen und sie besuchen."

„Dann erzähle ich ihr nichts von deinem Besuch."

Das Baby begann, unruhig zu werden, und Annie kam schnell, um es ihrem Bruder abzunehmen. Sie hielt es mit dem einen Arm und zog den Schaukelstuhl über den Boden näher zu dem Holzofen. Dort setzte sie sich und begann, den Kleinen zu stillen.

Daniel nahm seine Gabel und vertilgte das Essen, das seine Schwester ihm freundlicherweise aufgedeckt hatte. Elam gab einige unverständliche Worte von sich und verließ die Küche. Daniel aß schweigend, und Annie saß still in ihrem Schaukelstuhl. Das einzige, was zu hören war, kam von dem Kleinen, der zufriedene, schmatzende Geräusche von sich gab.

„Ich nehme an, du hast Katie bereits gefunden", sagte Annie leise, ohne ihn anzuschauen.

Er seufzte und wischte sich den Mund mit einer Papierserviette ab. „Es stellte sich heraus, daß sie nicht gefunden werden wollte."

Annies Augen waren jetzt auf ihn gerichtet. „Sie ist ziemlich schwer zu durchschauen."

Er nickte. „Sie ist jetzt Katherine Mayfield ... und lebt in einer Villa. Sie hat sogar jede Menge Hausangestellte, die sich um sie kümmern." Er dachte an den pflichtbewußten Butler, der ihm an der Haustür das Leben schwergemacht hatte.

„Ich kann mir Katie überhaupt nicht in so einer Umgebung vorstellen – so eitel und vornehm."

„Du wärst nicht besonders überrascht, wenn du sie sehen würdest, Annie. Unter all diesen hübschen Kleidern steckt immer noch ein Mädchen aus Hickory Hollow. Du würdest sie erkennen. Davon bin ich überzeugt."

„Was will sie ganz allein dort oben anstellen?" fragte Annie und schaukelte kräftig.

„Der Herr ist auch dort oben in New York. Genauso, wie er hier bei dir und Elam und dem kleinen Daniel ist. Beten kann bei Katie einiges ändern. Du wirst schon sehen."

„Und was ist mit *dir?*" fragte sie und warf ihm einen forschenden Blick zu. „Wann wird Gott meine Gebete erhören und dich wieder nach Hause bringen?"

Er wußte, daß er nicht anfangen sollte, seinen Glauben zu verteidigen. Nicht jetzt. Nicht hier in Elams Haus. Seine Gebete für seine Familie würden mehr bewirken als irgend etwas, das er bei seinem ersten Besuch seit seiner Meidung hätte sagen können.

Als es an der Zeit war, Abschied zu nehmen, traten Annie Tränen in die Augen. „Ach, ich vermisse dich so sehr, Daniel. Komm zurück zu den Amisch. Wir könnten hier in Hickory Hollow zwei fleißige Hände gut gebrauchen." Sie erinnerte ihn daran, daß ihr Vater allmählich in die Jahre kam, daß er mehr Hilfe brauchen könnte, als er bis jetzt hatte.

„Natürlich würde ich gern nach Hause kommen, aber ich kann nicht." Sein tiefer Wunsch nach seiner Familie – den geliebten

Menschen, mit denen er aufgewachsen war – blieb unvermindert stark, aber er wollte jetzt nicht erklären, warum er nicht mehr in die amische Kirche zurückkehren konnte.

Sie klammerte sich an ihn, und er umarmte sie fest und drückte seine Wange auf die obligatorische Haube. „Ich liebe dich, Annie."

„Die Amisch können es nicht erwarten, deine Beichte zu hören. Bitte ... warte nicht zu lange", war ihre leise Antwort.

Elam winkte ihm nicht nach, als sich Daniel umdrehte und zu seinem Auto ging. Er blieb mit dem Baby im Haus.

Annie begleitete ihn hinaus. „Was hältst du davon, Dan?"

„Ich habe alles getan, was in meiner Macht steht. Mein Leben liegt jetzt in der Hand des Herrn." Er sagte dies, obwohl er wußte, daß Annie es wahrscheinlich nicht verstehen würde.

„Wirst du wiederkommen?"

Er nickte und winkte ihr zu. „Passe gut auf meinen Neffen auf."

Diese Bemerkung entlockte ihr ein Lächeln. „Leb' wohl, Daniel."

Er stieg in das Auto und startete die Zündung. Der Motor erwachte dröhnend zum Leben, und mit einem letzten Blick auf Annie sah er, wie sie die Tür schloß und den Kopf hängen ließ, als weine sie. Dann war sie verschwunden.

22

Mit Katherines Hilfe stellte Selig noch eine große Portion Mississippi-Matsch für den Patchworkkurs her. Mrs. Esler und ihre Töchter – Rachel, Ruth, Nancy und Anna – kamen gegen achtzehn Uhr mit dem Pferd und dem Einspänner.

Katherine stand am Fenster im Wohnzimmer und sah, wie Rachel Esler ihrer Mutter aus dem Einspänner half. Die anderen Mädchen folgten ihr. Eine Tochter spannte das Pferd aus und band es auf dem Rasen am anderen Ende der Auffahrt an einen Zaunpfosten.

Katherine erinnerte sich an das erste Mal, als sie das Geschirr von einem Pferd genommen und das warme Leder in den Händen gefühlt hatte. Es war eine schwere Arbeit für ein kleines Mädchen. Deshalb hatte ihr Vater ihr geholfen. Bei dieser Erinnerung wurde ihr bewußt, wie sehr sie Satin Boy, ihr erstes Pony, das sie besessen hatte, vermißte. Sie hoffte von ganzem Herzen, ihr sanftes Tier käme ohne sie gut zurecht, und Benjamin würde sich bestimmt gut um es kümmern.

Als sie merkte, daß die Amischfrauen jetzt auf das Haus zugingen, trat Katherine von dem Vorhang weg und eilte durch das Zimmer zu der großen Haustür, um bereitzustehen, wenn die Glocke klingelte.

„Bitte, kommen Sie herein und fühlen Sie sich wie zu Hause", sagte sie, als sie Mrs. Esler begrüßte und auch die zwei Töchter, die sie in der Stadt kennengelernt hatte.

Rachel stellte ihre älteren Schwestern Nancy und Anna vor. „Sie waren ganz aufgeregt und konnten es nicht erwarten, Ihr Haus zu sehen", fügte sie hinzu.

„Schön, daß Sie alle da sind", sagte Katherine, während der Butler ihnen ihre Umhänge abnahm. „Wollt ihr euch im Haus umschauen?"

Scheu nickten die Schwestern. „Dann kommt mit." Sie winkte Fulton, sie bei der Führung zu begleiten.

Der Abend entwickelte sich zu einem der schönsten, den sie bislang in der Villa verbracht hatte – es wurde viel gelacht, und es wurden viele Geschichten erzählt. Später servierten Selig und Garrett den köstlichen Mississippi-Matsch und mehrere Sorten Kaffee.

Mrs. Esler und ihre Töchter waren eine fröhliche Bereicherung des Patchworkkurses. Die fünf Frauen halfen Katherine, den anderen das Steppen beizubringen. Es war ein Abend, an dem diffizile Arbeit und Spaß zu einer angenehmen Einheit aus Anregung und Entspannung verschmolzen.

„Wir kommen am nächsten Mittwoch wieder", sagte Mrs. Esler, als sie aufbrachen.

„Der Karfreitag ist bei uns ein Fastentag", erklärte Rachel.

Katherine kam in den Sinn, daß die Amisch in Hickory Hollow diesen Tag ebenfalls im Gebet verbrachten. „Vielleicht arbeiten wir am Karfreitag auch nicht an der Decke", sagte sie. Rosie, Leoma und die anderen nichtamischen Frauen waren damit einverstanden.

Als sie in ihr privates Wohnzimmer eintrat, mußte Katherine über Mrs. Esler und ihre Mädchen nachdenken. Der geduldige, angenehme Umgang der Familie mit nichtamischen Leuten faszinierte sie, und sie hoffte von ganzem Herzen, ihre Hausmädchen und das ganze Personal hätten bei ihr, Katherine, das gleiche Gefühl. Bevor sie sich auszog, um zu Bett zu gehen, beschloß sie, daß sie ebenfalls am kommenden Karfreitag fasten und beten würde, genauso wie ihre neuen Freundinnen.

* * *

Es war der blaueste strahlendste Apriltag, den man sich nur vorstellen konnte. Jeder Atemzug, den Maria tat, war unvorstellbar süß, denn es war ihr Hochzeitstag. Und der Tag vor Ostern.

Sie und Bischof Johannes hatten beschlossen, in SummerHill zu heiraten, nur wenige Kilometer von Hickory Hollow entfernt auf der anderen Seite der Bundesstraße. Es ging die Snake Road hinauf, an der Hunsecker-Mill-Brücke vorbei und dann weiter in Prediger Zooks Gemeindebezirk. Maria hielt das für sehr sinnvoll. Immerhin hatte Johannes schon zwei Hochzeitsfeste hinter sich, und das letzte war für alle Beteiligten ein sehr trauriger Tag geworden. Es hatte also keinen Sinn, sich die Arbeit zu machen und eine große Hochzeit zu veranstalten. Außerdem war es sowieso die falsche Jahreszeit für eine Hochzeit in Lancaster County, und somit war das die beste Lösung.

Die Kinder – alle fünf – fuhren mit ihnen in dem geschlossenen

Einspänner zu Prediger Zooks großem Bauernhaus. Der Tag war seit langem der wärmste Tag in Lancaster County, und wegen des Frühlingswetters dachte Maria, das müsse bestimmt ein gutes Zeichen sein. Sie konnte es nur hoffen, denn sie hatte ihr ganzes Leben lang auf diesen einmaligen, besonderen Tag gewartet.

Sie drehte sich um und warf den Kindern des Bischofs einen freundlichen Blick zu. Sie saßen aufrecht da, während sie zur Hochzeit ihres Papas fuhren. *Ich hoffe, ich kann ihnen eine gute Mutter sein,* dachte sie fast traurig und bedauerte die einsamen Jahre, die sie ohne Miriam, ihre geliebte Mutter, Johannes' erste Frau, zugebracht hatten.

Als es an der Zeit war, „Ja" zu sagen und zu versprechen, daß sie Johannes Beiler treu sein und ihm in aller Not, Arbeit, Krankheit, Schwachheit oder Mutlosigkeit beistehen wolle, wollte ihr Herz vor Liebe und Mitgefühl für diesen Mann fast zerspringen. Sie würde ihm die Zuneigung entgegenbringen, die er verdiente, auch wenn er ihre liebste und beste Freundin mit dem Bann belegt hatte. Auch wenn ihn jeder für einen strengen, unbeugsamen Bischof hielt. So sicher wie der Tag nach der Nacht kommt, wollte sie ihn lieben, ihm dienen und seine treue Frau sein bis zu ihrem Tod.

Nach der kurzen Zeremonie küßten Nancy und Susie ihr die Wange. Hickory-Johannes, Levi und der kleine Jakob schüttelten ihr die Hand. Als keiner hinschaute, verpaßte Jakob ihr rasch eine Umarmung. „Jetzt habe ich wieder eine Mama", strahlte er, bevor er davonlief, um draußen mit Prediger Zooks Kindern zu spielen.

Maria mußte lächeln. „Und ich habe eine eigene Familie", flüsterte sie und schaute zu, wie Jakobs kleine Beine ihn über den Hof trugen.

Als sie sich zu ihrem gutaussehenden Ehemann umdrehte, fragte sie sich, wie sie um alles in der Welt Katie diese Nachricht beibringen sollte. Besonders jetzt. Sie hatte von Annie Lapp gehört, daß Daniel letzten Sonntag dagewesen sei. Seine Schwester vermutete, daß der arme Junge Liebeskummer wegen Katie hatte, nachdem er von ihr nicht allzu freundlich aufgenommen worden war.

War es das Richtige, Katie die freudige Nachricht mitzuteilen, sie wissen zu lassen, daß ihre Freundin hier mitten in Hickory Hollow das große Glück gefunden hatte? Denn es klang ganz so, als ob da oben in New York jemand war, der furchtbar traurig und allein war.

23

Am Ostermorgen stand Katherine früh auf und eilte zum Kleiderschrank. Sie schlüpfte in ihren wärmsten Morgenmantel und in ihre Hausschuhe und eilte dann in die Küche am anderen Ende des Hauses. Gut! Niemand war zu sehen.

Sie öffnete den Kühlschrank und holte die quadratische Plastikschachtel heraus, die der Florist ihr gestern nachmittag geliefert hatte. Sie wollte sich das hübsche Blumenbouquet ansehen, ohne dabei beobachtet zu werden, und beschloß deshalb, es in ihre Privaträume mitzunehmen. Als sie wieder in der ungestörten Atmosphäre ihres Zimmers war, öffnete sie den Deckel und hob das kunstvolle Arrangement aus kleinen rosafarbenen Rosenblüten und einigen der herrlichsten Hyazinthen heraus, die sie je gesehen hatte. Der Duft war so wunderbar wie der der schönsten Rosen, die ihre amische Mutter in ihrem Rosengarten züchtete. Vielleicht noch süßer, weil sie von Justin kamen.

Als sie die Karte, die mit dem Blumenarrangement gekommen war, das erste Mal gelesen hatte, hatte ihr Herz höher geschlagen. *Ich wünsche dir ein Osterfest voller Liebe. Dein Justin.* Noch aufregender war die Vorstellung, daß er heute neben ihr in der Kirche sitzen würde!

Die handgeschriebenen Worte entzückten sie jetzt wieder, und sie freute sich auf einen herrlichen Tag.

* * *

Draußen war die Luft warm, und ein leichter Wind wehte. Der Himmel war so blau wie ein Rotkehlchenei, ohne die geringste Spur von Regenwolken zu zeigen. Ein Ostersonntag wie im Bilderbuch! Justin fuhr sie in seinem eigenen Auto zur Kirche, und sie war insgeheim froh, daß sie miteinander sprechen konnten, ohne daß ein Chauffeur ihnen dabei zuhörte.

Eine herrliche Musik, sowohl Chorgesang als auch Orgelmusik, erfüllte die Kirche vor und nach der Predigt. Katherine verdrängte mühsam Gedanken an Daniel, als sie die Ouvertüre hörte – *Halleluja, welch ein Heiland!* – ein Lied, das sie in ihrer Jugend bei einigen der lebhafteren Singstunden in SummerHill gesungen hatten. Aber sie konnte nichts und niemandem erlauben, ihr diesen Tag mit Justin zu verderben, und sie neigte den Kopf leicht zur Seite, um den süßen Duft der Blumen einzuatmen, die an ihren beigefarbigen Leinenblazer gesteckt waren. Mit einem Blick nach unten strich sie ihren knielangen, geblümten Rock glatt und staunte erneut über das angenehme Gefühl des hübschen Stoffes, der so ganz anders war als die groben und schweren handgesponnenen Kleider aus ihrer Vergangenheit.

Während der Predigt schweiften ihre Gedanken immer wieder ab, und sie versank in Tagträumen, auch wenn sie dies keiner Menschenseele gegenüber hätte zugeben wollen, da sie sich immerhin in einem Gotteshaus befand. Trotzdem hatte sie Mühe, ihre Augen auf die Kanzel zu konzentrieren, so beschäftigt war sie damit, den Altarraum zu betrachten und mit dem Gedanken, hier ihre und Justins Hochzeit zu feiern. Mit Kerzen ... im Herbst. Ja, das würde ihr gefallen. Ihr Eheversprechen sollte in der Morgendämmerung stattfinden, wenn die Erde noch den Atem anhielt und auf die Sonnenstrahlen wartete; wenn die kleinen Vögel aus ihren Nestern kamen und der Frühnebel im ersten Tageslicht noch die Bäume umschlang.

Sie warf einen Blick auf Justin, der links neben ihr saß, und fragte sich, ob ihn vielleicht ähnliche Gedanken beschäftigten. Er bemerkte ihren Blick und lächelte, dann ergriff er ihre Hand. Ihr Herz schlug ein wenig schneller, und sie hoffte, er würde sie wieder küssen. Irgendwann heute. Am Ostersonntag ... vielleicht nach dem Essen.

* * *

„Ach, ich habe in meinem ganzen Leben noch nie eine Predigt am Ostersonntag versäumt", klagte Ella Mae. Ihre Worte kamen immer noch etwas schwer über ihre Lippen.

„Das kommt überhaupt nicht in Frage, Mama."

„Aber ich fühle mich schon wieder gut."

„Tut mir leid, Mama. Du bleibst heute zu Hause."

Sie wollte noch ein wenig weiterjammern und sich noch weiter darüber beschweren, daß sie nicht zur Predigt gehen durfte, aber an dem entschlossenen Blick von Mattie, ganz zu schweigen von ihrem frustrierten Seufzen, merkte sie, daß ihre Tochter keinen Millimeter nachgeben würde.

„Du hast einen schlimmen Schlaganfall erlitten, um Himmels willen", tadelte Mattie ihre Mutter und strich die Steppdecke auf dem Bett glatt.

„Es macht mir aber keinen Spaß, allein zu sein." Ihr letzter Versuch, Schuldgefühle zu erzeugen. Aber es kam keine Antwort, und Mattie versuchte, das Thema abzuhaken, als sie geräuschvoll aus dem Zimmer ging und dann auf dem Gang verschwand.

Das Haus war ganz ruhig. Alle waren bei Jake und Becky Zook – im Haus ihres Sohnes und ihrer Schwiegertochter. Ella Mae fühlte sich einfach furchtbar. Das erste Mal in ihrem Leben versäumte sie einen Ostergottesdienst! „Ich sollte jetzt sterben", sagte sie mit einem leichten Schmunzeln. „Das würde ihnen ganz recht geschehen, wenn sie mich einfach so allein hier liegenlassen."

Sie fühlte sich aber nicht schlecht genug, um zu sterben. Im Gegenteil, dank der vielen Übungen, auf die ihre Freundinnen und Verwandten beharrten, ging es ihr immer besser. Sogar ihre Sprache kam nach und nach wieder. Und am besten von allem war, daß sie wieder mobil wurde.

Sie setzte sich im Bett auf, griff hinter sich und faltete ihr Kissen in der Mitte, um sich den Rücken abzustützen. Sie beschloß zu lesen, damit die Zeit schneller verginge, bis David und Mattie zurückkämen. Selbstverständlich wären sie nicht so rücksichtslos, nach dem Gottesdienst zum gemeinsamen Essen zu bleiben. Nein, sie würden gleich nach Hause kommen, und Mattie würde einige kalte Speisen aufdecken, vielleicht sogar eine Kartoffelsuppe aufwärmen. Ja, das würde ihr gut schmecken.

Das Buch, für das sie sich entschied, war eines, das Lydia Miller ihr erst gestern gebracht hatte. Lydia war schon immer eine treue Freundin gewesen, aber in letzter Zeit – seit Ella Maes Schlaganfall – war das liebe Mädchen fast jeden Tag gekommen, hatte ihr Blumen aus einem englischen Blumengeschäft gebracht oder selbstgekochte Suppen oder hin und wieder ein Buch. Auch Süßigkeiten. Ja, Lydia wußte, wie sie Ella Mae ein Lächeln entlocken konnte.

Das Buch, das sie in Händen hielt, war ganz anders als alles, was sie bis jetzt gelesen hatte. Es war ein schmales Buch und erzählte aus der Sicht einer Amischfrau, wie sie den Leuten, die in ihre

Frühstückspension kamen, Gott bezeugte. Ella Mae mußte lächeln, als sie das Vorwort las, das die Frau beschrieb. Es erschien ihr völlig unrealistisch, daß so etwas hier, mitten in Lancaster County möglich wäre. Vielleicht weil sie vor vielen Jahren einmal daran gedacht hatte, etwas Ähnliches zu tun.

Schließlich hatte sie ihr Herz und ihr Haus mancher müden Seele geöffnet und die Idee von einer amischen Frühstückspension aufgegeben. Trotzdem fand sie das Buch interessant – und so wahr. Die Frau, die einen Künstlernamen angenommen hatte, hatte die richtige Idee. Eine wunderbar gute Idee war es, die Liebe des Herrn weiterzugeben. Natürlich hatte diese Frau wahrscheinlich nicht mit einem so strengen Bischof wie Johannes Beiler zu kämpfen. Aber bei allem, was sie über die Ehe wußte, konnte sie sich vorstellen, daß der Bischof schon lange eine zärtliche, liebevolle Frau gebraucht hatte. Vielleicht würde ihn die Ehe etwas weichherziger machen. Sie hoffte nur, die junge Maria war der Aufgabe gewachsen, einen Mann glücklich und fünf Münder – diese lebhaften Kinder – satt zu machen. Aber wenn das überhaupt jemand schaffen würde, dann war die stämmige fleißige Maria Stoltzfus bestimmt die richtige dafür.

Ella Mae wandte sich von ihren abschweifenden Gedanken ab und vertiefte sich in das Buch. Sie las eine Seite nach der anderen, lachte hier und da und stellte sich vor, sie wäre an der Stelle dieser Frau.

Der Stoff fesselte sie und ließ sie nicht los, bis sie irgendwann eindöste – sie wußte nicht genau, wann das geschah oder ob sie das Buch bis zum Ende gelesen hatte. Aber als sie aus dem Schlaf hochfuhr, lag es halb auf ihrem Gesicht und war auf einer der hinteren Seiten aufgeschlagen.

„Meine Güte“, murmelte sie und setzte sich auf. „Wie spät es jetzt wohl sein mag?“

Sie spitzte die Ohren und vernahm Stimmen im Haupthaus. David und Mattie waren zu Hause. Sie würde nicht nach ihnen rufen, beschloß sie. Sie würde still sitzen, ruhig wie eine Schlange, und auf den Bericht von dem Predigtgottesdienst warten, den sie versäumt hatte.

* * *

Katherine war wegen des bevorstehenden Ausfluges nach Toronto ganz aufgeregt, auch wenn sie nicht genau sagen konnte weshalb. Sie hatte nur sehr vage Vorstellungen davon, was sie von einem solchen Ausflug erwarten konnte. Sich zu unterhalten über Ziele und Hoffnungen, wie man sich die Zukunft vorstellt, stand ganz oben auf ihrer Liste.

„Ich denke daran, deine Vogeldecke zu malen, wenn sie fertig ist", sagte Justin, während sie über die Bundesstraße in Richtung Norden fuhren. „Ich glaube, das ist wohl ein ungewöhnliches Herangehen an Kunst."

Sie war überrascht. „Auf so eine Idee wäre ich nie gekommen, aber es klingt interessant."

Justin wandte sich ihr zu und zwinkerte. „Denke einmal darüber nach. Wann hast du schon einmal eine amische Patchworkdecke auf einer Leinwand gesehen?"

Es war eine absolut wunderbare Idee. Katherine konnte es kaum erwarten, daß er damit anfinge. Aber die Decke selbst mußte erst fertig werden, bevor Justin sie malen konnte. Und da war noch die Sache mit dem Hospizbasar. „Wie soll das funktionieren, wenn die Decke in ein paar Wochen verkauft wird?"

„Oh", sagte er stirnrunzelnd. „Daran habe ich nicht gedacht."

Sie besprachen seine aufregende Idee weiter und dachten an mehrere Möglichkeiten, das Problem zu lösen. Katherine schlug vor, die Decke zu fotografieren, aber Justin glaubte nicht, daß er von einem Foto die Ausdruckskraft eines Patchworkmusters einfangen könnte. Schließlich sagte Katherine: „Vielleicht könntest du das Muster vorher schon zeichnen. Du könntest in meinen Patchworkkurs kommen und eine Bleistiftzeichnung anfertigen, während wir arbeiten."

Er nickte mit einem breiten Grinsen. „Eine ausgezeichnete Idee!"

Sie sagte es zwar nicht, aber sie war von seiner Reaktion begeistert. Wenn Justin mittwochs und freitags für zwei oder drei Stunden in die Villa kommen würde, wäre das herrlich. Sie freute sich, daß sie auf diesen Gedanken gekommen war.

* * *

Die ersten paar Stunden in Toronto verbrachten sie damit, eine bestimmte Kathedrale ausfindig zu machen und sie dann für Justins Unterlagen zu fotografieren. Katherine schaute ihm gern dabei zu, wie er mit seiner teuren Kamera die verschiedenen Blickwinkel einfing, aber am schönsten war, daß ihr der Ausflug viel Zeit mit ihrem Freund ermöglichte.

Während sie in Toronto waren, begann sie, einen Brief an Maria zu verfassen, da sie es nicht erwarten konnte, ihr von ihrer neuen Liebe zu erzählen und sich nach dem Leben in Hickory Hollow zu erkundigen.

Als sie wieder nach Canandaigua zurückfuhren, wurde ihr erst bewußt, wie sehr sie Justins Gesellschaft genossen hatte. So sehr, daß sie nicht an Daniel Fischer gedacht hatte. Kein einziges Mal.

24

Die Tage und Wochen flogen nur so dahin. Der Frühling ging fast unbemerkt in den Sommer über. Katherine begann, das wärmere Wetter zu genießen, auch wenn die Temperaturen nicht annähernd so waren, wie sie sie aus dem Südosten Pennsylvanias in Erinnerung hatte – nicht für Ende Juni. Trotzdem organisierte sie viele Picknicks im Freien, einige mit ihren neuen Freundinnen – Rachel Esler und ihren Schwestern – und zwei Grillfeste für die schwerkranken Patienten des Hospizes.

Und es gab ein Grillfest für zwei. Sie und Justin hatten eine Dekke auf dem südlichen Rasen in der Nähe des Lilienteiches hinter dem Haus ausgebreitet und genossen das Gezwitscher der Vögel, den blauen Himmel und das leise Lachen des andern. Sie sprachen über alles, was ihnen in den Sinn kam, und sogen die Wärme der ruhigen Luft und die Musik der Natur in sich auf. Als Krönung des Tages hatte Justin ihr einen zierlichen Anhänger in Herzform geschenkt, den sie von nun an immer trug.

Die Steppdecken – der Neunerpatch *und* das Vogelmuster – waren mit der fachmännischen Hilfe ihrer amischen Freundinnen längst fertiggestellt. Justins Gemälde von einer bunten Patchworkdecke, die an einer Wäscheleine flatterte, sowie seine Version der Niagarafälle im Vollmond veranlaßten Ausstellungsbesucher, mit großen Augen stehenzubleiben, und Katherine, ehrfürchtig sein Talent zu bewundern.

Sie konnte sich kein schöneres Leben vorstellen. Trotzdem ertappte sie sich dabei, daß sie fast jeden Tag an Marias Briefe denken mußte. Sie sprach sogar mit Justin über ihre Bedenken, als sie eines Abends auf dem verglasten Balkon im zweiten Stockwerk hoch über dem Grundstück Apfelstrudel und Eis aßen.

„Maria hat nur widerstrebend von ihrer Heirat mit Johannes erzählt“, sagte sie und dachte an den Brief, der in der Woche nach Ostern gekommen war. „Ich hoffe, sie befürchtet nicht, daß ihre Ehe mit dem Bischof unsere Freundschaft beeinträchtigen könnte.“

Justin schaute sie aufmerksam an. „Maria bedeutet dir sehr viel, nicht wahr, Liebling?“

„Wir stehen uns so nahe wie Schwestern.“

„Soll ich dir sagen, wie ich es sehe? Wenn der Gemeindebann euch beide nicht trennen konnte, dann kann das auch ein Mann nicht."

„Ich hoffe nicht." Sie beschrieb ihm, wie streng der Bischof vorgegangen war, als klar wurde, daß sie nicht beichten würde – und sie die Gitarre nicht zerstört hatte.

„Manchmal ändern sich Menschen", sagte er und versuchte, sie mit seiner beruhigenden Stimme zu trösten.

„Du kennst Johannes Beiler nicht."

„Nein, aber ich weiß, was Liebe bewirken kann, besonders bei einem gefühllosen Mann." Er sprach weiter und erzählte ihr von einem Onkel mütterlicherseits. „Dieser Mann war der strengste Mensch, den man sich vorstellen kann. Selbst kleine Kinder liefen vor ihm davon. Hunde zogen den Schwanz ein, Katzen fauchten ..."

Sie versuchte, sich das lebhaft vorzustellen. „Was hat ihn verändert?"

Justin lächelte. „Es ist vielleicht schwer zu glauben, aber ich denke, bei ihm hatte es damit zu tun, daß er die richtige Frau gefunden hat, auch wenn ich nicht sagen würde, daß der richtige Partner immer einen Menschen verändert. Im Falle meines Onkels war es aber so."

Sie dachte über Justins Geschichte nach, die sich wirklich so zugetragen hatte. So sehr sie es sich auch vorzustellen versuchte - Marias geduldige, liebevolle Art würde den Bischof von Hickory Hollow nie zu einem anderen Menschen machen können. Aber je mehr sie darüber nachdachte, daß Maria mit Johannes verheiratet war, um so mehr wuchs in ihr der Verdacht, daß ihre Freundin die treibende Kraft hinter der Aufhebung des Redeverbots war. *Das* war gewiß so.

Zum ersten Mal seit Tagen dachte sie an Daniel. Wie streng hatte Johannes Beiler *ihn* mit dem Bann belegt?

* * *

Maria hatte bis fast vier Uhr keine Zeit, um hinauszugehen und die Post ins Haus zu holen. Sie hatte einfach keine freie Minute gehabt. Als sie sich die Hände an einem Handtuch abtrocknete und barfüßig hinauslief, war es schon fast Zeit zum Melken. Hickory-Johannes, Nancy und Levi waren wahrscheinlich schon draußen in der Scheune und brachten die Kühe herein. Es war nicht nötig, daß sie sich über diese Aufgabe den Kopf zerbrach. Bischof Johannes' Kinder wußten sehr wohl, was sie zu tun hatten, und wann sie es zu tun hatten. Allein schon die Berge von Wäsche, das ständige Putzen und Kochen zu bewältigen, brachte Maria fast jeden Tag außer Atem. Trotzdem wollte sie um nichts in der Welt wieder eine ledige Frau sein. Ihr Leben drehte sich um ihren Mann und um seine Kinder, und wenn jemand sie gefragt hätte, dann hätte sie erklärt, daß sie die glücklichste Frau der Welt sei!

Jetzt, mitten im Hochsommer, war sie ziemlich ausgelaugt. Es war so heiß und feucht. Sie fächerte sich mit einem Handtuch frische Luft zu und setzte sich, um Atem zu holen und einen Brief von ihrer reichen und vornehmen Freundin zu lesen.

Dienstag, 30. Juni

Liebste Maria,
freust Du Dich mit mir, wenn ich Dir sage, wen ich wahrscheinlich heiraten werde? Er heißt Justin Wirth und ist Künstler – er malt wunderschöne Ölgemälde. Ich kann mich nicht erinnern, schon jemals so glücklich gewesen zu sein, Maria. Ehrlich, dieses Gefühl, das ich für Justin empfinde, ist ganz komisch. Wir können stundenlang über fast alles sprechen, auch über persönliche Dinge. Ich bin so froh, daß ich Dir das offen und ehrlich schreiben kann, und ich hoffe, Du machst Dir keine Sorgen wegen meiner Zukunft mit einem Engländer.
Ich weiß nicht, ob Du zu meiner Hochzeit kommen kannst, auch wenn ich mich vollkommen verloren fühlen werde, wenn Du nicht hier bist, um meine Freude mit mir zu teilen. Glaubst Du, Johannes würde einwilligen, Dich mit dem Bus fahren zu lassen?
Wenn ich zum Himmel hinaufschaue, sehe ich keine einzige Wolke – selbst wenn überall welche sind! Oh, Maria, hast Du Dich auch so gefühlt, als Du Dich in Johannes verliebtest? War es auch so?
Mehr als alles hätte ich mir gewünscht, bei Deiner Hochzeit dabeisein zu können und all die lieben Beilerkinder um Dich herum stehen zu sehen, als Du in Prediger Zooks Wohnzimmer standest. Wie schön, daß sie diesen besonderen Tag mit Dir und dem Bischof

erleben durften. Ich habe das zwar früher schon geschrieben, aber ich möchte noch einmal wiederholen, daß ich Dir nicht böse bin, weil Du Johannes geheiratet hast. Ich hoffe, daß er Dich mit der Liebe behandelt, die Du verdienst, meine liebe Freundin.
Deine
Katherine

Als Maria mit dem Lesen fertig war, drückte sie ihre nackten Zehen auf den Holzboden, blieb ruhig sitzen und betrachtete das Maisfeld auf der anderen Seite der Straße, während Katies Brief immer noch auf ihrem Schoß lag. Sie erinnerte sich an die Sommertage in ihrer Kindheit, als sie mit Katie Lapp aufgewachsen war – dem Mädchen mit den vielen abenteuerlichen Ideen. Wie damals, als sie im Maisfeld Versteck gespielt hatten und keine die andere hatte finden können, weil die Pflanzen so dick und groß waren. Als es Zeit zum Mittagessen war, hatte sie sich hoffnungslos verirrt ... und sich die Augen ausgeweint.

Sie mußte etwas lächeln, als sie an das zurückdachte, was Samuel Lapp damals zu Katie über das Spielen im Maisfeld gesagt hatte. „Seid lieber vorsichtig, Kind." Er hatte sehr ernst ausgesehen, fast besorgt. „Nicht daß ihr eines Tages mit dem Mais geerntet werdet."

Natürlich hatten sie sich beide vor Lachen den Bauch gehalten, als er das gesagt hatte. Aber Maria ließ sich von Katie nie wieder dazu überreden, im Mais zu spielen.

Sie seufzte und achtete nicht auf die Fliegen und Katzen, die etwas zum Schlecken wollten. Katie wollte einen richtig vornehmen Künstler heiraten, schrieb sie in ihrem Brief. Es klang ganz so, als würde sie ihre ganze amische Erziehung vergessen und auch weiterhin keine Buße tun wollen, als würde sie mit ihrem neuen englischen Leben rundum zufrieden sein.

Maria seufzte so tief, daß ihr fast die Luft wegblieb, dann fiel ihr auf, daß Jakob hinter dem Haus nach ihr rief. Schnell steckte sie den Brief wieder in den Leinenumschlag und eilte die Verandastufen hinab, um die Seite des Hauses herum, an ihrem Kräutergarten vorbei in den Hof, um zu sehen, was in aller Welt ihren Stiefsohn quälte. Später, wenn sie Zeit hätte, sich ein wenig zu setzen, würde sie den Brief noch einmal lesen – und entscheiden, was sie für Katie tun konnte, wenn sie überhaupt etwas tun konnte.

25

Mit dem Juli kamen auch die dicken Bohnen ... und die reifsten roten Tomaten, die man sich nur vorstellen konnte. Eine Gruppe Frauen saß bei Mattie unter der Ulme und schälte die Bohnen und schlug nach den Fliegen.

„Hat in letzter Zeit jemand etwas von unserem abtrünnigen Mädchen gehört?“ fragte Ella Mae, die in einem Liegestuhl saß und sich ebenfalls an der Arbeit beteiligte.

Maria schaute zu ihr hinüber und schüttelte betrübt den Kopf. „Das letzte, was sie schrieb – das ist jetzt auch schon wieder mehrere Wochen her –, war, daß sie heiraten wolle.“

„Heiraten?“ fragte Ella Mae.

„Ja.“

Rebekka bekam einen ihrer Hustenanfälle. Rachel Stoltzfus ging schnell ins Haus, um ein Glas Wasser zu holen. Lydia setzte sich neben Rebekka und strich ihr leicht über den Rücken. „Mach dir keine Sorgen. Der Herr hält die Hand über das Leben deiner Tochter“, sagte die mennonitische Frau, die versuchte, die deprimierte Mutter zu trösten.

„Aber sie hat ... mir nie ein Wort davon geschrieben“, platzte Rebekka heraus.

Aller Augen waren jetzt auf Maria gerichtet, da sie anscheinend die neuesten Nachrichten erzählen konnte. „Sie sagt, sie sei in einen Künstler verliebt.“

„Aber wie heißt der Mann denn, um Himmels willen?“ mischte sich Ella Mae ein und versuchte ihre Unruhe vor den anderen zu verbergen.

„Justin Wirth“, antwortete Maria. „Bestimmt ein netter Engländer, vermute ich.“

„Puh!“ Ella Mae gefiel nicht, was sie da hörte. Dieses Mädchen war wirklich ganz verhudelt; soviel stand fest. Und das nicht zum ersten Mal. Sie dachte an Katie und an den Tag, an dem sie während ihrer Hochzeit mit Bischof Johannes einfach davongelaufen war. Was für ein Mädchen – launisch und dickköpfig. Und impulsiv.

Während die Frauen sich bereits über andere Dinge unterhielten

– über Themen, die nichts mit Gemeindebann und ungehorsamen Kindern zu tun hatten –fand Ella Mae keine Ruhe mehr. Ach, wie furchtbar, daß Katie so schrecklich verwirrt war – und das *mußte* sie sein, wenn sie daran dachte, einen anderen Mann zu heiraten als den Jungen, für den sie bestimmt war. Den einzigen auf der Welt, der ihr Herz zum Singen bringen konnte.

Sie fühlte sich jetzt richtig müde – nicht vom Bohnenschälen, sondern ihre Augen brannten – von der Hitze und der Feuchtigkeit. Sie kämpfte gegen den Schlaf an wie ein eigensinniges Kind, das schon längst einschlafen sollte, und zwang sich, über Daniels und Katies verzwickte und traurige Geschichte nachzudenken und darüber, daß sie viele Kilometer voneinander getrennt waren.

Ihr war jetzt richtig schwindelig im Kopf, aber sie versuchte, dieses Schwindelgefühl von sich abzuschütteln, und fragte sich, ob das vielleicht ein Warnsignal sei, ob sie vielleicht kurz vor einem weiteren Schlaganfall stünde. *Was ist, wenn ich heute sterbe?* dachte sie. *Würde ich den Herrn sagen hören: „Gut gemacht, du treuer Knecht?“*

Sie fühlte sich am ganzen Körper krank. Trotzdem schälte sie weiter Bohnen, da sie die Aufmerksamkeit nicht auf sich ziehen wollte. Sie dachte an die Amisch – ach, sie hatte in all den Jahren an ihrer Familie und ihren Freunden versagt. *In all den Jahren ...*

Ihr ganzes Leben hatte sie anderen mit Rat und Tat geholfen, wo sie nur konnte. Sie hatte vielen Leuten in Hickory Hollow zugehört, wenn sie über ihre Probleme sprechen wollten – mehr Leuten, als sie zählen konnte. Das war alles schön und gut, aber sie wußte trotzdem, daß sie ihre Freunde betrogen hatte, daß sie ihnen nicht das gegeben hatte, was sie brauchten: die Gute Nachricht von Jesus Christus.

Ein orangegelber Schmetterling flog über die Köpfe der Frauen und setzte sich kurz auf Marias Schulter. Die junge Frau des Bischofs bemerkte ihn nicht. Aber die Weise Frau sah ihn, und die liebkosende Natur – und die Zuversicht in ihrem Herzen – ließ sie an Wunder und Ähnliches denken, und daran, was sie tun konnte, um etwas zu ändern. Falls es nicht schon zu spät war.

Lydia blieb noch eine Weile, als die Amischfrauen gegangen waren. Während die anderen Gäste ihre Pferde aus der Scheune holten und sie wieder an ihre Kutschen spannten, half Lydia Mattie, ihre Mutter wieder ins Haus zu bringen – auch wenn Ella Mae sagte, sie würde lieber draußen auf der Veranda sitzen. Mattie fand, es sei an der Zeit, daß ihre Mutter jetzt am Abend im Haus bliebe, und teilte dies Ella Mae auch mit. Die alte Frau schien das nicht allzusehr zu stören.

Lydia setzte sich und sprach leise mit ihrer amischen Freundin über den Tag. „Wir haben ziemlich viele Bohnen geschafft."

„Ja, das haben wir."

„Und auch viel nachgeholt." Damit meinte sie, daß viel geredet worden war.

Ella Mae nickte, aber ihre Gedanken schienen nicht bei der Sache zu sein.

„Geht es dir nicht gut?" fragte Lydia.

„Ach, Lydia, ich wollte nie mein Licht unter den Scheffel stellen. Niemals", platzte Ella Mae mit Tränen in den Augen heraus.

Lydia hörte auf zu schaukeln und legte die Hand auf Ella Maes Finger. „Das Licht Jesu strahlt schon seit vielen Jahren aus deinen Augen. Ich weiß schon lange, daß du den Herrn liebst. Jeder, der sich dir anvertraute und deinen Tee trank, hat das auch gewußt."

Ella Mae schloß die Augen. „Ich hätte ihnen offen vom Herrn erzählen sollen", flüsterte sie. „Ich hätte es weitergeben sollen."

„Dafür ist es nie zu spät."

„Darauf hoffe ich, Lydia. Bevor ich sterbe, werde ich es auch noch tun. Ich fange bei Mattie an ... „

Die beiden Frauen schwiegen und schaukelten nachdenklich, während Mattie in ihrer großen Küche mit Töpfen und Pfannen klapperte.

Draußen bellte ein Hund den Einspännern nach, die in die Hikkory Lane einbogen, und die Sonne, die bereits ziemlich schräg stand, warf einen schwachen Schein auf Ella Maes Kopf.

* * *

Maria ging es nicht aus dem Kopf, daß sie, ohne darüber nachzudenken, vor allen Frauen die Katze aus dem Sack gelassen hatte. Sie schlug leicht mit den Zügeln auf Johannes' bestes belgisches Pferd.

Sie betrachtete den Himmel, an dem das Licht unmerklich verblaßte, obwohl es noch mehrere Stunden bis zur Abenddämmerung hin waren. Die Grillen warteten nur darauf, bis sie mit ihrem

Zirpen beginnen konnten, Eulen warteten auf den Einbruch der Nacht. Sie spürte die schweigende Erwartung im nahen Wald, während das Pferd gemütlich seines Wegs trottete. Maria hatte es nicht eilig, nach Hause zu kommen. Noch nicht. Die Kinder würden ihre Aufmerksamkeit einfordern, auch wenn sie ihnen diese gern ... ja, mit Freuden gab. Aber diese Augenblicke – in denen sie ganz allein im Einspänner saß und nur das rhythmische Geräusch der Pferdehufe hörte – gaben ihr Zeit, nach einem langen Arbeitstag in Ruhe nachzudenken.

Sie hoffte, die Nachricht von Katies bevorstehender Hochzeit mit einem Engländer oben im Norden würde Rebekka nicht zurückwerfen, und diese könnte den Sommer trotzdem genießen. Die arme Frau. Das letzte, was sie wollte, war, Katies Mutter aufzuregen. Nur der Herr konnte wissen, welche großen Sorgen diese Frau ertragen hatte, weil sie die Adoption in all diesen Jahren geheimgehalten hatte – ganz zu schweigen von der Meidung ihrer Tochter.

Ach, sie könnte sich ohrfeigen, weil sie mit dieser Nachricht von der Hochzeit so plump herausgeplatzt war. Was hatte sie sich nur dabei gedacht?

* * *

Rebekka war vollkommen hin- und hergerissen, während sie in ihrem Einspänner auf das rote Sandsteinhaus zufuhr. Einerseits wollte sie am liebsten sofort nach New York fahren und Katie ausreden, in die eitle Welt einzuheiraten. Andererseits wollte sie die Ordnung respektieren, wollte sie, ohne Fragen zu stellen, die Ordnung befolgen, wollte sie für Katie beten und hoffen, daß der Allmächtige ihre Gebete erhörte und ihre Tochter wieder nach Hause brächte.

Wie seltsam. Sie hatte kurz davor gestanden anzubieten, eine ihrer Lieblingsgeschichten zu erzählen, aber als das ganze bedrückende Gerede über Katie und ihre Liebe zu irgendeinem Künstler – noch dazu einem Engländer – begann, hatte sie sich wieder in ihr Schneckenhaus zurückgezogen. Es war so seltsam, einerseits *wollte* sie Geschichten erzählen – das war ihr ehrlicher Wunsch –, aber es hielt sie auch etwas zurück. Etwas, das sehr schmerzlich war.

Außerdem hatte sie der gequälte Blick von Ella Mae gegen Ende des Bohnenschälens beunruhigt. Himmel, sie war fast krank vor

Sorge wegen dieses beunruhigten Blickes. Etwas stimmte nicht mit ihr. So sicher, wie sie ihre Tante kannte, wußte sie, daß etwas mit ihr los war.

26

Noch in derselben Minute, in der Katherine den Brief aus Hickory Hollow las, läutete sie nach Theodore, der sie in die Stadt fuhr, um im Hospiz alles zu klären. „Ich bitte Sie wirklich nur sehr ungern darum, aber könnte ich meine Termine diese Woche absagen?" fragte sie die diensthabende Schwester.

Natalie kam ins Büro. Ihre Miene war düster, aber als sie Katherine erblickte, erhellte sich ihr Blick. „Sie sind genau der Mensch, mit dem ich sprechen muß."

„Ja?"

„Ich habe überlegt, ob Sie nicht die Patienten morgen, wenn Sie ohnehin kommen, mit der Gitarre unterhalten könnten."

Sie bemerkte die dunklen Ringe um Natalies Augen. „Ist alles in Ordnung? Sie sehen erschöpft aus."

Die Schwester schüttelte traurig den Kopf. „Ich mußte diese Woche schon wieder drei Patienten absagen. Wir haben einfach nicht genug Platz."

„Was wird denn aus diesen Patienten?"

„Das ist genau das Problem. Es gibt keine anderen Möglichkeiten. Viele Familien wollen nicht, daß ihre Angehörigen im Krankenhaus sterben ... oder zu Hause, wo der Alltag ihnen so wenig Zeit und Ruhe läßt. Sie wünschen sich die friedliche Atmosphäre, die wir bieten." Sie seufzte. „Wenn wir nur ein größeres Haus hätten."

„Vielleicht ergibt sich irgendwo eine Gelegenheit", sagte Katherine, um ihr Mut zu machen, obwohl sie keine Ahnung hatte, wo ein solches Haus sein sollte. Nicht in Canandaigua. Vielleicht in Rochester. Aber diese Stadt war ungünstig für die Familien und Angehörigen, die hier wohnten. Sie verstand sehr gut, warum Natalie so besorgt dreinschaute.

„Ich wünschte, ich könnte morgen helfen und auf der Gitarre spielen, aber ich muß mich wirklich entschuldigen. Ich werde nach Hause gerufen", erklärte sie. „Eine alte Freundin hat einen Schlaganfall erlitten und will mich noch einmal sehen, bevor sie stirbt."

„Natürlich. Das verstehe ich. Nehmen Sie sich so lange frei, wie Sie brauchen."

„Wenn ich zurück bin, komme ich gern länger als bisher."
„Das ist nett von Ihnen", sagte Natalie und wünschte ihr alles Gute.

Katherine verließ das Hospiz, um sich eine Busfahrkarte zu kaufen, auch wenn sie wünschte, sie hätte den Mut, mit dem Flugzeug nach Pennsylvania zu fliegen. Der Gedanke an das Fliegen ließ die Alte Ordnung und ihre Forderungen wieder in ihr lebendig werden. Beim besten Willen konnte sie nicht ausgerechnet jetzt, da ihre Großtante möglicherweise im Sterben lag, die amischen Regeln brechen.

* * *

„Ich fahre morgen nach Pennsylvania", erklärte sie Rosie bei ihrer Ankunft in der Villa.

Rosie unterbrach ihre Arbeit und hielt eine Handvoll nicht polierten Silbers in die Luft. Fulton, der am Küchentisch saß und mit Theodore Kaffee trank, drehte sich um und schaute sie ebenfalls mit offenem Mund an.

„Meine Großtante lebt vielleicht nicht mehr lange. Es kann Tage oder Wochen dauern ... schwer zu sagen", erklärte sie. „Aber ich möchte sie unbedingt noch einmal sehen."

„Es tut mir furchtbar leid um Ihre Tante", sagte Rosie und kam, immer noch mit dem Silber in der Hand, zu ihr herüber.

„Ella Mae hatte ein ausgefülltes Leben. Es besteht also kein Grund zur Traurigkeit."

„Können wir irgend etwas tun?" fragte Rosie, aus deren Augen große Besorgnis sprach.

Katherine fiel beim besten Willen nichts ein, außer daß sie morgen in aller Früh zur Bushaltestelle in der Stadt gefahren werden müßte. Sie bat Theodore darum.

„Mit dem größten Vergnügen." Er stand auf und trat an den Kalender, in dem der Dienstplan der Woche eingetragen war.

„Vielen Dank", sagte sie und warf auch Rosie und Fulton einen dankbaren Blick zu, ehe sie die Küche verließ, um ihre Sachen zu packen.

* * *

Bei dem ersten Blick auf Lancaster County stellte Katherine überrascht fest, daß sie einen Kloß in ihrem Hals hatte. Trotzdem konnte sie nicht umhin, aus dem Busfenster zu spähen und sich zu wünschen, der Fahrer würde etwas schneller fahren und sie bald an der bestens bekannten Straße vor dem Bahnhof absetzen, damit sie sich ein Taxi rufen und zu Ella Mae fahren könne. Und nach Hickory Hollow.

Der Bus fuhr in die Haltestelle ein, und sie bemerkte die engen Straßen der Innenstadt von Lancaster, die Ziegelhäuser mit ihren winzigen Treppen und die Gehwege aus Kopfsteinpflaster. Diese Gegend, die Vertrautheit hatte etwas schmerzlich Schönes an sich. Viele Erinnerungen strömten auf sie ein: Die geschäftige, heiße Sommerzeit, das Wehen des Rockes um ihre nackten Knöchel, das Gefühl von weicher Erde zwischen den Zehen, die langen fröhlichen Tage des Himbeerpflückens mit zwanzig oder noch mehr Kusinen ... der süßliche Duft frisch gemähten Heus.

Sie drückte das Gesicht fester an die Fensterscheibe und sehnte sich danach, die Hickory Lane wiederzusehen, und konnte es kaum erwarten, dorthin zu kommen.

Als sie im Taxi saß, die Innenstadt hinter sich ließ und auf die Bundesstraße 340 zusteuerte, begann sie, sich zu entspannen. Sie fuhr an Smoketown und Bird-in-Hand vorbei, vorbei an der Bretzelfabrik mitten in dem Touristenzentrum in Intercourse und weiter zur Cattail Road und zur Abbiegung nach Hickory Hollow.

„Kennen Sie jemanden hier in der Amischgegend?" fragte der Taxifahrer.

Bei seiner Frage mußte sie lächeln. „Ziemlich viele sogar."

Er warf einen Blick in den Rückspiegel. „Nach allem, was ich über die Amisch gehört habe, bleiben sie lieber unter sich – sie sind nicht besonders gut auf ‚Engländer' zu sprechen."

„In den meisten Fällen stimmt das." Sie wollte nicht über ihre Situation sprechen. Zu erwähnen, daß sie in der Amisch-Gemeinde aufgewachsen und dann mit dem Gemeindebann belegt worden war, würde eine ganze Dose Würmer öffnen. Und dazu war sie nicht in der Stimmung.

Es ging ein paar Kilometer weiter. Alles wurde ihr noch vertrauter. Sie beugte sich vor und rutschte nervös hin und her. „Würde es Ihnen etwas ausmachen, ein wenig langsamer zu fahren?“ fragte sie, als sie nur noch wenige hundert Meter von David und Mattie Beilers Hof entfernt waren.

„Soll ich dort hineinfahren?“

„Halten Sie an der nächsten Straße bitte an. Den Rest gehe ich zu Fuß.“ Als das Taxi anhielt, bezahlte sie den Mann und stieg aus.

Sie blickte sich um und betrachtete die rosafarbenen und weißen Petunien, die in gepflegten Reihen gepflanzt waren, die roten Rosen, die das Rankgitter hinaufkletterten, die frisch gestrichene weiße Veranda, die rustikale Bank unter der uralten Ulme an der Ostseite des Großvaterhauses. Selbst die Luft roch frisch und vertraut, obwohl sie sich nicht lange mit solchen Gedanken aufhielt.

„Hallo!“ rief jemand hinter ihr „Bist *du* das, Katie?“

Sie erkannte die Stimme und drehte sich zu Lydia Miller um. Die Kusine ihrer Mutter kam mit ausgebreiteten Armen über das Gras gelaufen. „Ich habe nicht erwartet, *dich* hier zu sehen. Wie um alles in der Welt geht es dir?“

„Mir geht es gut, danke“, antwortete Katie und umarmte sie. „Wie geht es Ella Mae?“

Arm in Arm steuerten sie auf das Haus zu. „Oh, sie hat gute und schlechte Tage. Aber ich glaube, es geht ihr bestimmt wieder besser, wenn sie dich sieht.“ Lydia blieb mitten im Gehen stehen. „Woher hast du es gewußt?“

„Ella Mae schrieb mir ... sie bat mich zu kommen.“

„Ah ja. Das hätte ich mir fast denken können“, sagte Lydia mit einem wissenden Blick.

Ein Bienenschwarm flog über ihre Köpfe. Katherine hielt den Atem an und stand automatisch still, so wie Rebekka es ihr als Kind beigebracht hatte. Der Klang von Kinderlachen – Kinder, die höchstwahrscheinlich irgendwo draußen in der Scheune spielten – ließ sie aufhorchen. Sie fragte sich, welche von Ella Maes Urenkeln wohl zu Besuch waren.

Mattie öffnete die Tür und riß erstaunt die Augen auf, als sie Katherine erblickte. „Gütiger Himmel, woher kommst *du* denn plötzlich?“

„Ella Mae hat mich eingeladen.“

„Das sieht Mama ähnlich“, sagte Mattie kopfschüttelnd.

Katherine wurde unsicher. „Ist es in Ordnung, wenn ich zu ihr reingehe ... nur für einen Augenblick?"

Mattie warf einen Blick hinter sich und wirkte etwas unsicher. Sie überlegte hin und her, ob sie Katherine ins Haus lassen sollte oder nicht.

Lydia atmete tief durch, als mache dieses Verhalten sie furchtbar verlegen. „Ach, Mattie! Es kann doch niemandem schaden, wenn Katie zu Besuch kommt", sagte sie leise. „Soviel ich gehört habe, wurde der Bann abgemildert."

Mattie winkte mit der Hand, als wolle sie eine Fliege vertreiben. Sie sah erschöpft aus. „Was ist, wenn Bischof Johannes davon erfährt?"

„Ella Mae erwartet mich bestimmt", beharrte Katherine. „Ich bleibe nicht lang. Das verspreche ich."

Widerstrebend öffnete Mattie die Tür. „Ich will nicht, daß sich das herumspricht. Ich kann im Augenblick keine Schwierigkeiten vertragen."

„Das verstehe ich", sagte sie.

Lydia blieb mit zwei anderen Amischfrauen in der Küche, während Mattie anbot, Katherine durch das Wohnzimmer in das Großvaterhaus zu bringen.

Ella Mae saß in ihrem Schaukelstuhl am Fenster, als Katherine eintrat. Sie blickte auf. Ihr Gesicht verzog sich zu einem verschmitzten Lächeln. „Oh, Katie ... Katie", sagte sie und streckte der jungen Frau ihre Hand entgegen. Ihre Stimme war noch heiserer als früher.

Katherine verbesserte Ella Mae nicht. So sehr sie sich auch wünschte, Katherine genannt zu werden, hier war alles anders. „Es freut mich, daß du nicht mehr im Bett liegen mußt", sagte sie. „Ich bin losgefahren, als ich deinen Brief bekam."

Ella Mae nickte und lächelte sie schwach an. „Das hatte ich gehofft. Danke. Ich bin so froh ... mehr als ich dir sagen kann."

Katherine zog einen der Rohrstühle heran und setzte sich neben ihre Tante. „Es ist lange her, seit wir uns das letzte Mal miteinander unterhalten haben. Wann hattest du den Schlaganfall?"

Ella Mae begann, mit ihren krummen Fingern zu zählen, dann gab sie es auf, als könne sie sich nicht erinnern. „Es ist noch nicht sehr lange her. Ich konnte nicht sprechen oder meine Hände bewegen ... fast überhaupt nichts funktionierte mehr."

„Warst du beim Arzt?"
„Nein. Wozu brauche ich einen Arzt, wenn ich gute Freunde habe."
Das hatte Katherine erwartet. „Du hast dich kein bißchen verändert. Du hast immer noch deinen Humor."
Ella Mae nickte. „Du hast dich auch nicht verändert ... nicht wirklich. Unter diesen vornehmen Kleidern, glaube ich, haben wir immer noch unsere Katie."
„Ach, ich weiß nicht. Ich denke, ein guter Teil von mir hat sich bestimmt nicht allzusehr verändert." Sie sagte, wie schön es sei, wieder in Hickory Hollow zu sein. „Besonders jetzt. Ich hatte den Wunsch, die Schuhe auszuziehen, als ich aus dem Taxi ausstieg."
„Du bist mit dem Taxi gekommen?"
„Hast du erwartet, ich würde in einer goldenen Kutsche vorfahren?" Sie schmunzelte. Sie fühlte sich frei und ungezwungen. „Ich habe meine vornehme Limousine in New York gelassen. Es ist besser, den Bischof nicht unnötig aufzuregen, oder?"
Darüber mußten beide kräftig lachen. Dann wurde Ella Maes Stimme leiser. Tränen traten ihr in die Augen. „Es gibt etwas, was ich dir sagen will, Katie. Ich hätte schon längst damit herausrücken sollen." Ihr Gesicht errötete.
Katherine ergriff ihre Hand. „Geht es dir gut?"
Die Weise Frau nickte, blieb aber stumm. Tränen begannen, über ihr faltiges Gesicht zu strömen. „Ich habe dir nie von Jesus erzählt", flüsterte sie. „In den ganzen Jahren habe ich das für mich behalten. Oh, ich habe den Menschen Gottes Liebe gezeigt, sicher, aber ich habe kein Wort darüber gesagt, wie er mein Leben verändert hat, daß er mir meine Sünden vergeben hat ... und mir Freude ins Herz geschenkt hat." Sie schwieg. Ihre Augen waren jetzt auf Katherine gerichtet. „Jetzt sage ich es jedem, den ich kenne. Natürlich glauben die Amisch, ich hätte den Verstand verloren."
„Davon wußte ich nie", sagte Katherine. „Aber es überrascht mich nicht. An dir war immer etwas Besonderes."
„Vergibst du mir, daß ich so lange damit gewartet habe, Katie?"
Sie wurde unruhig und erregte sich. So ähnlich hatte sie sich bei ihrem ersten Besuch in Lauras Gemeinde gefühlt. Ihre Kehle schnürte sich zusammen und machte es ihr fast unmöglich zu sprechen. Also nickte sie nur. Tränen nahmen ihr die Sicht.
Ella Mae sprach weiter. „Ich kann einfach nicht sterben, ohne dir

zu sagen, was ich in meinem Herzen weiß: daß ich eines Tages im Himmel sein werde. Und das hat nichts mit Stolz oder irgend so etwas zu tun. Ich bin erlöst, Katie ... ich gehöre zu Jesus."

Das Heil der Gerechten kommt vom Herrn ...

Die Worte auf Lauras Grabstein hallten in ihrem Gedächtnis wider. „Es sieht in letzter Zeit so aus", gestand Katherine, „als würde ich an jeder Ecke, überall, wohin ich komme, das gleiche hören: Daß der Herr Jesus mich liebt, daß er für *mich* gestorben ist ..."

Ella Mae war still und ließ sie nicht aus den Augen.

„Ich habe geahnt, daß ein Tag wie dieser kommen würde ... so sicher wie der Sommer und der Winter." Katherine suchte in ihrer Rocktasche nach einem Taschentuch. „Ich merke es schon seit Monaten." Sie brach ab, um sich die Augen zu trocknen. „Oh, Ella Mae, ich glaube, du hast recht. Gott ruft mich wirklich."

Die Weise Frau schloß die Augen. Auch ihr liefen Tränen aus den Augenwinkeln. Sie lehnte den Kopf zurück und blieb regungslos sitzen, ohne zu sprechen, bis Katherine fast glaubte, sie sei schon in Gottes Herrlichkeit eingegangen.

„Ella Mae?"

Müde schlug diese die Augen auf. „Gelobt sei Gott", kam die heisere Antwort. „Ich habe dafür gebetet, daß ich diesen Tag noch erleben darf."

Katherine kniete neben dem Schaukelstuhl nieder. Sie schaute zu der Weisen Frau auf. Sie spürte einen unerträglichen Schmerz in ihrem Herzen. Sie flehte Ella Mae an. „Würdest du ... mir helfen, zu Jesus zu finden?"

* * *

Nach ihrem Gebet unter vielen Tränen fühlte sich Katherine so leicht wie die Wolken, die am Nachmittagshimmel über ihr dahinzogen. Sie stand am Fenster und sog diesen Augenblick auf. Sie merkte sich, wie die Sonnenstrahlen ein heiliges Licht auf die Hikkory Lane warfen, auf das nach allen Seiten offene Vogelhaus im Hof, auf die breiten, gezackten Blätter der Ulme.

Ein warmer Windhauch wehte über ihr Gesicht und ihre Haare, und sie wußte, daß sie ein Kind Gottes war. „Meine leibliche Mutter singt jetzt wahrscheinlich zusammen mit den Engeln."

Ella Mae legte nachdenklich den Kopf zur Seite. „Ich glaube, ich höre Musik."

Katherine beugte sich vor und küßte ihre Tante, die so schwach und klein in ihrem Stuhl saß. „Ich werde diesen Tag nie vergessen ... und auch nicht, was du für mich getan hast."

„Was *Jesus* für dich getan hat", sagte Ella Mae mit einem breiten Lächeln auf ihrem aschfahlen Gesicht.

„Ja", sagte Katherine. „Was *Jesus* für mich getan hat."

* * *

Sie hatte sich keine Gedanken darüber gemacht, wo sie wohnen sollte, obwohl es sicher kein Problem war, für eine oder zwei Nächte ein Zimmer zu bekommen. Es kam nicht in Frage, auch nur daran zu denken, in einem der Amischhäuser des Bezirks zu übernachten. Niemand aus der Gemeinde würde das Risiko eingehen, eine gebannte Frau zu beherbergen, noch dazu eine, die „erlöst" war.

„Willst du Maria besuchen, solange du hier bist? Und Rebekka?" fragte Ella Mae, als Katherine sich verabschiedete. „Sie werden sehr traurig sein, wenn du nicht kommst."

„Ich hoffe, ich kann so viele Leute wie möglich sehen." Sie streichelte ihrer Tante den Handrücken. „Ich komme morgen wieder."

„Ich werde da sein ... so der Herr will."

Als sie das Großvaterhaus verließ, winkte Katherine mehreren Kindern – der jungen Sally Beiler und ihren Vettern, Ben, Noah und Jake. Wie groß sie geworden waren, besonders die Jungen.

Der Anblick der Kinder erinnerte sie an die Familie des Bischofs, und ihre Gedanken wanderten zu Maria. Sollte sie es wagen, die Straße hinab zum Haus des Bischofs zu gehen? Sie konnte ihre Freude kaum bändigen; sie mußte ihrer besten Freundin von diesem wunderbar guten Tag erzählen. Dem besten Tag in ihrem ganzen Leben!

Sie folgte ihrem Herzen und sprang die Straße hinab.

Bevor sie klopfte, spähte Katherine vorsichtig durch die Hintertür. Sie konnte Maria in der Küche hin- und hereilen sehen. Nachdem sie sich vergewissert hatte, daß Johannes nicht in der Nähe war, öffnete sie die Tür so weit, daß sie hineinhuschen konnte. Dann schlich sie auf Zehenspitzen zu dem breiten Türrahmen, der von der Garderobe in die Küche führte. Sie verrenkte sich den Hals, damit sie um die Ecke schauen konnte, und wartete, bis Maria zum Ofen hinübergehen würde.

Als ihre Freundin gerade im richtigen Winkel stand, um sie sehen zu können, legte Katherine sich die Hand auf den Mund. „Pst!"

Maria starrte sie mit weit aufgerissenem Mund an.

„Komm", flüsterte Katherine und winkte ihr mit dem Zeigefinger.

„Katie? Bist *du* das?" Maria eilte auf sie zu und umarmte sie in der Garderobe, wo sie ungestört waren. „Ach, Mädchen, laß dich anschauen." Sie hielten einander in den Armen und tanzten.

Dann lachten sie und umarmten sich erneut. „Ich kann nur einen Augenblick bleiben, Maria. Aber ich mußte dir unbedingt sagen, daß ich wieder da bin.

„Du bist nach Hause gekommen?"

„Nur zu Besuch. Ella Mae hat mich eingeladen."

„Ja, ihr ging es sehr schlecht."

Sie hatte jetzt nicht die Ruhe, lange hier stehenzubleiben und über den Schlaganfall ihrer Tante zu sprechen. Johannes konnte jeden Augenblick auftauchen. „Treffen wir uns morgen nach dem Melken auf unserer Insel? Kannst du hier weg?"

Maria dachte eine Sekunde nach. „Johannes muß morgen nach dem Frühstück einige Pferde beschlagen. Die Kinder haben ihre Arbeit auf dem Hof. Ja, ich glaube, das geht."

„Gut ... dann sehe ich dich dort." Sie wußte, daß Maria keine Beschreibung zu ihrem Kindheitsversteck brauchte.

„Ich komme, sobald ich kann."

Katherine küßte ihre Freundin auf die rundliche Wange, dann wandte sie sich zum Gehen.

„Katie? Bist du schon verheiratet?"

„Noch nicht. Warum?"

Marias Augen zwinkerten. „Du siehst nur so furchtbar glücklich aus ... das ist alles."

„Dafür gibt es einen richtig guten Grund. Ich erkläre es dir morgen."

„Gut, also bis morgen", flüsterte Maria und führte sie zur Hintertür. „Beeile dich jetzt. Gott sei mit dir."

„Ja, das ist er, Maria. Das ist er *wirklich!*"

27

Der Morgen lag in einem strahlenden Licht. Sonnenstrahlen strömten golden in Lydia Millers Gästezimmer. Katherine hatte am Abend zuvor nur an der Türschwelle der Millers aufzutauchen brauchen und war mit offenen Armen aufgenommen worden. „Herzlich willkommen. Dein Zimmer ist noch für dich frei", lud Peter sie mit einem breiten Grinsen ein, als er sie erblickte.

Und so war sie wieder in ihrem früheren Zimmer, hoch oben unter dem Dach, nahe an den Wolken ... nein, am Himmel. Sie hatte Mühe einzuschlafen, nachdem sie sich mit Peter und Lydia noch lange nach dem Abendessen unterhalten hatte, lange, nachdem das Geschirr gespült war. Es gab so vieles, was sie sagen wollte, und auch so vieles, was sie von ihnen wissen wollte. Fragen, die sich ihr stellten, Gebete, die sie vor Gott bringen wollte, Loblieder, die sie singen wollte. Als sie ihnen erzählte, was sie erlebt hatte, war die Freude den Millers ins Gesicht geschrieben.

Jetzt saß sie still in ihrem Bett und dachte über das Wiedersehen mit Maria nach. Dann las sie in der Bibel, die auf dem Nachttisch lag, und beugte den Kopf. „Lieber Herr Jesus, hilf mir, meiner Freundin heute von deiner Liebe zu erzählen. Öffne ihr doch das Herz. Amen."

Sie beschloß, barfüßig zu gehen – es war schon so lange her, seit sie das letzte Mal ohne Schuhe gelaufen war. Statt die Haare lose hängen zu lassen, steckte sie sie hoch, um im Nacken nicht so zu schwitzen, und band einen einfachen Schal darum. Das Kleid, das sie auswählte, hatte kurze Ärmel, einen Blumendruck auf lindgrünem Hintergrund und einen glatten Rock. Als letztes kam der goldene Herzanhänger von Justin.

* * *

Eine große weiße Ente watschelte ihr nach und folgte ihr den ganzen Weg den Maultierpfad hinab, an einem Dickicht vorbei zu dem Teich. Sie warf einen Blick auf den rosafarbenen Himmel – ein Vorgeschmack auf das Paradies – und dankte Gott für seine Wunder in der Natur.

Die Ente quakte hinter ihr. Katherine drehte sich um und schaute zu ihr hinab. Der Erpel blieb nur wenige Meter von ihr entfernt stehen und hielt den Schnabel hoch, gerade so weit, um interessiert zu erscheinen, aber nicht stolz. Seine Knopfaugen waren auf etwas in der Ferne gerichtet.

„Bist *du* auch dankbar?“ Sie mußte lachen. Da stand sie nun, auf dem Land ihres amischen Vaters, und unterhielt sich mit einer Ente. Wer hätte gedacht, als sie gestern New York verließ, daß ihre Augen für Gottes Güte, seine Liebe, überall, wohin sie auch schaute, geöffnet würden?

„Lauf jetzt lieber los“, ermahnte sie ihn und eilte zu dem Ruderboot.

Der alte Erpel ließ sich nicht entmutigen und watschelte los, um sie einzuholen. Er tat ihr leid, und sie nahm ihn auf den Arm und zog ihn in das Boot, wo er mit ihr auf Maria warten konnte. Aber er wollte anscheinend nicht festgehalten werden. Er sprang hinaus, breitete seine Flügel aus, flatterte aufgeregt und landete schließlich im Wasser.

Es dauerte nicht lang, bis Maria barfüßig den staubigen Weg entlanggelaufen kam. „Wartest du schon lang?“

Sie schüttelte den Kopf. „Steig ein. Wir wollen die Insel erkunden und haben uns viel zu erzählen.“

Sie saßen sich gegenüber im Ruderboot, genauso wie früher als Kinder, und lachten und unterhielten sich. Ihre Stimmen hallten auf dem Wasser wider, während über ihnen die Schwalben kreisten.

Auf halbem Weg kam Maria auf Daniel Fischer zu sprechen. „Es heißt, er habe die Hoffnung auf dich aufgegeben.“

„Wahrscheinlich ist das auch so. Und mit gutem Grund.“ Sie erzählte von seinem Besuch in New York und dem unerwarteten Brief einige Wochen später. „Ich habe ihm nie geantwortet. Ich hielt es nicht für nötig.“

„Euer Leben ist jetzt zu verschieden? Habe ich recht?“

„Alles hat sich geändert, Maria. Alles.“

„Dann weißt du also alles, was ihm widerfahren ist? Warum er beschloß, uns glauben zu lassen, er sei bei jenem Bootsunfall gestorben?“

„Nein. Ich gab ihm nie Gelegenheit, mir davon zu erzählen. An jenem Tag, als er aus heiterem Himmel plötzlich vor mir stand, war ich so aufgewühlt, daß ich keinen klaren Gedanken fassen konnte." Sie ließ den Kopf hängen und schämte sich plötzlich. „Ich forderte ihn auf zu gehen."

Marias Augen waren verständnisvoll und freundlich wie immer. „Ich nehme an, du warst bestimmt nicht in der Lage, anders zu reagieren."

„Mama schrieb einmal, daß Daniels Geschichte traurig sei, aber ich habe nie nachgefragt, was sie damit meinte."

Und so begann Maria, ihr alles zu erzählen: Daß Daniel seine Familie davor hatte bewahren wollen, ihn mit dem Bann belegen zu müssen. „Und besonders dich. Es hätte ihm das Herz gebrochen, wenn er hätte ertragen müssen, daß du dich wortlos von ihm abwendest. Lieber wollte er als tot gelten."

Sie seufzte. „Genau das war er für *uns* in all diesen Jahren."

„Er glaubte, er schone uns damit."

Katherine dachte schweigend über das Gesagte nach und fragte sich, was Justin wohl empfände, wenn er wüßte, daß sie meilenweit von New York entfernt über ihre erste große Liebe sprach.

„Du siehst aus, als hättest du gerade deinen ersten Kuß bekommen", sagte Maria und schaute sie geradewegs an.

„Ich glaube, es war fast so." Sie hörte auf zu rudern. Jetzt war eine günstige Gelegenheit, um über das Wunderbare zu sprechen, das sie gestern bei Ella Mae erlebt hatte. „Ich weiß nicht, ob du verstehst, was ich dir zu sagen habe", begann sie. „In letzter Zeit höre ich fast überall, daß Jesus uns bei allem, was wir tun, nahe ist."

Maria hörte zu, ohne das Rudern zu unterbrechen.

Katherine erzählte mutig weiter. Sie berichtete von der Predigt des Pfarrers in New York, und daß sie genau dieselben Worte in Lauras Bibel gelesen hatte. Sie verriet auch, was Daniel ihr in seinem langen Brief geschrieben hatte. „Jetzt verstehe ich endlich, warum er in der Bibel lesen wollte ... warum er sich immer zu Gebetstreffen bei den Mennoniten davonschlich."

Maria war aber nicht halb so empfänglich für ihre Worte, wie Katherine gehofft hatte. Ihr Widerstand war zweifellos in einer verständlichen Angst begründet.

„Johannes würde von dem Thema nichts hören wollen, nicht wahr?" fragte Katherine schließlich.

Marias Gesichtsausdruck verriet alles. „Du *weißt*, was ich glaube,

Katie. Ich vertraue darauf, daß Gott mich errettet, und ich hoffe von ganzem Herzen, daß der Himmel nach meinem Tod mein Lohn sein wird."

Katherine schüttelte den Kopf. „Aber wir müssen uns den Himmel nicht verdienen. Jesus starb, damit wir *wissen* können, daß unsere Sünden vergeben sind – hier und jetzt."

Maria wollte nicht mehr weiter zuhören. Anscheinend war für den Augenblick genug Samen ausgesät.

Trotzdem sprudelten die Worte weiter aus Katherine heraus. „Du mußt mich für verrückt halten, wenn ich so über den Herrn spreche und mit keinem Wort andeute, daß ich beichten ... oder in die amische Gemeinde zurückkehren will."

„Es ist so schwierig. Ich weiß nicht, was ich denken soll." Marias Augen waren ernst.

Die jungen Frauen ruderten weiter auf die Insel zu. „Ich bete dafür, daß du dieses Glück auch findest", sagte Katherine und stieg aus dem kleinen Boot aufs trockene Land.

Maria nickte. „Ich bin glücklicher, als ich es mir je erträumt hätte. Johannes ist ein guter Ehemann, und ich liebe ihn."

Katherine sagte nichts mehr, um nicht alles zwischen ihnen zu verderben. Nach ein paar Sekunden der Stille begannen sie, die alten Tage aufleben zu lassen. Sie lachten sorglos wie Kinder miteinander, während sie unter den Weiden über die Insel liefen, sich gegenseitig naßspritzten und den Enten Samen zum Fressen hinwarfen.

Völlig außer Atem setzten sie sich auf das grasige Ufer und ließen ihre Blicke über den glitzernden Teich schweifen. Sie wackelten mit den nackten Zehen und genossen die heiße Sonne.

Maria blinzelte zum Himmel hinauf. „Ich glaube, es wird Zeit, daß ich nach Hause gehe."

„Du bist es nicht gewohnt, dich davonzuschleichen, nicht wahr?"

Maria lächelte, dann wurde ihre Miene wieder ernst. „Es ist einfach dran, kindische Dinge abzulegen. Ich bin jetzt Ehefrau und Mutter. Ich hatte genug Spaß in meinem Leben." Sie nahm zwei Kieselsteine und warf sie in den Teich. „Willst du nicht wieder nach Hause kommen, und alles wird wieder gut?"

Katherine schmerzte das Herz. „Es tut mir leid ... wirklich. Ich wüßte nicht wie."

Schweigend stiegen sie in das Boot und ruderten an das Ufer zurück.

* * *

Stunden später hörte Katherine ein Klopfen an Lydias vorderer Sturmtür. Sie ging nachsehen.

Vor ihr stand Rebekka. „Ich habe gehört, daß du zurück bist", sagte sie. Ihre Haare waren etwas zerzaust, ihre Schürze hatte Flekken. „Ich bin sofort losgelaufen."

Katherine öffnete die Tür und schlang die Arme um die untersetzte Frau und drückte sie fest an sich. „Oh, Mama, ich bin so froh, daß du gekommen bist!"

Sie standen eine Weile da und schauten sich in die Augen. „Ich hielt es für das beste, dich hier bei Lydia zu besuchen."

Sie wußte, daß Rebekka auf die Meidung anspielte, die trotz ihres Blitzbesuches bei Maria noch in Kraft war. Es hatte sich nicht viel geändert. Sie war ausgestoßen aus der Amischgemeinschaft. Gezwungen, ihre beste Freundin und ihre Adoptivmutter heimlich zu treffen.

„Ich habe mir sehnsüchtig gewünscht, dich zu sehen, Mama – und auch meine Brüder. Aber ich wollte Papas Zorn nicht heraufbeschwören."

Rebekka nickte und schaute sie mit ihren haselnußbraunen Augen strahlend an. „Das habe ich mir gedacht."

Katherine schlug vor, nach oben in das Zimmer zu gehen, in dem sie vorübergehend wohnte. Das Haus war friedlich und ruhig, und das große Zimmer bot die ungestörte Atmosphäre, nach der sie sich sehnten.

Sie saßen sich an dem großen Fenster gegenüber – beide barfüßig – und unterhielten sich über vieles.

Katherine erzählte ihrer Mutter von ihren neuen Freundinnen, den Eslermädchen. „Sie sind amisch. Lustig, nicht wahr?"

Rebekka fand das auch.

„Ich arbeite ehrenamtlich in einem Hospiz in Canandaigua mit. Es ist eine wichtige Aufgabe", sagte sie und erzählte von Willy und seiner Familie.

„Du klingst, als habest du dich in deinem neuen Zuhause richtig fest eingerichtet." Rebekkas Augen zogen sich ein wenig zusammen, auch wenn ein leichtes Lächeln über ihre Wangen huschte.

„Ich habe jetzt alles, was ich mir immer erträumt habe, und noch vieles mehr", gestand sie.

„Wo das Herz schlägt, ist man zu Hause, nicht wahr?"

Darauf konnte sie nur mit *ja* antworten. Mama war eine kluge Frau. „Irgendwann werde ich kommen und meine Aussteuertruhe und alle meine Sachen holen, vielleicht sogar den Eckschrank, den Papa einmal für mich gezimmert hat, wenn ihr nichts dagegen habt."

„Ja, das geht bestimmt in Ordnung." Rebekka schwieg. Ihr Gesicht war plötzlich angespannt. „Du willst also bald heiraten?"

„Im kommenden Herbst, denke ich." Es genügte, den Hochzeitstermin zu erwähnen, aber mehr wollte sie jetzt nicht über Justin erzählen. „Ich hätte es dir geschrieben, aber ich wollte dich nicht noch mehr verletzen, als ich es ohnehin schon getan habe. Es ist ein problematisches Thema, schätze ich."

„Aber Maria hast du es geschrieben."

„Das war wahrscheinlich auch wieder ein Fehler von mir."

Rebekka schüttelte den Kopf. „Nein ... nein, ein Mensch braucht jemanden, mit dem er sprechen kann. Das verstehe ich."

Die immer liebevolle und verständnisvolle Rebekka. Katherine konnte ihre Gefühle für die Frau, die sie von Geburt an großgezogen hatte, kaum bändigen. „Ich vermisse dich so sehr", gestand sie. „Es ist nicht immer leicht, weit weg von seinem Elternhaus zu wohnen."

„Das kann ich mir denken", erwiderte Rebekka.

Das Thema von ihrer neu gefundenen Freude kam ganz natürlich, auch wenn Rebekka ziemlich skeptisch reagierte, als ihre Tochter sich als etwas anderes als eine brave Amischfrau bezeichnete. „Ob man erlöst ist, kann man nie wissen", argumentierte sie.

Da sie ihre Mutter wegen dieses Themas nicht aufregen wollte, ließ sie Rebekka ihre Meinung sagen, ohne sie zu unterbrechen. Sie konnte nur hoffen und beten, daß ihre Mutter mit der Zeit das Licht Jesu in den Augen ihrer gebannten Tochter leuchten sehen würde und es ebenfalls haben wollte.

* * *

Nach dem Mittagessen überkam Katherine eine starke Unruhe – sie wollte unbedingt in Hickory Hollow spazierengehen. Lydia bot an, sie hinzufahren, wohin sie wollte, aber sie war lieber allein. Sie wollte allein in ihren Erinnerungen schwelgen.

Sie wünschte, sie hätte ihre Gitarre mitgebracht, denn einen Ort vermißte sie besonders schmerzlich. Einen ganz besonderen Ort, den sie seit langer Zeit nicht mehr aufgesucht hatte. An diesem Nachmittag, während die Sonne auf ihren unbedeckten Kopf niederbrannte, ging sie auf der Hickory Lane in Richtung Westen an Samuel Lapps Sandsteinhaus vorbei, an Bischof Johannes' Hof vorbei und an dem Schulhaus mit dem einen Klassenzimmer vorbei zum Weaver's Creek.

Immer noch barfüßig, lief sie über die überdachte Brücke. Die Bretter knarrten leise unter ihren Füßen. Sie fragte nicht nach Nägeln oder Splittern, obwohl ihre Füße ziemlich empfindlich geworden waren. Auf der anderen Seite der Brücke steuerte sie die steile Böschung hinab zu dem Bach, der unter ihr dahinfloß.

Ein angenehmer leichter Wind wehte ihr ins Gesicht, als sie im Schatten der riesigen Bäume stand und diesen Ort fast ehrfürchtig betrachtete. Viele Nachmittage hatte sie in ihren Jugendjahren hier verbracht, aber ein bestimmter Nachmittag war ihr unvergeßlich.

Sie hob ihren Rock ein wenig und watete in den kalten Bach, ohne auf die uralten Steine zu achten, auf denen man gemütlich trockenen Fußes hinübergehen konnte, und genoß die kühle Strömung. Sie hatte es nicht eilig, sondern ließ sich Zeit, zu dem riesigen Felsen hinüberzukommen, der fast genau in der Mitte des Wassers lag.

„Ach, er sieht jetzt aber kleiner aus", sagte sie laut, als sie den Felsen betrachtete. Ohne darüber nachzudenken, kletterte sie hinauf und setzte sich.

Die Sonne funkelte über ihr, ließ Diamanten auf dem Wasser tanzen und warf schaukelnde Schatten auf den Bach unter der Brükke. Der Felsen war warm und hart, als sie sich setzte und die süße Luft einatmete. Sie schloß die Augen und dankte dem Herrn für alles, was er in ihrem Leben getan hatte.

Drei Vögel flogen in die Fichte über ihr. Sie lehnte sich zurück, um ihnen zuzuschauen, wie sie von einem Zweig zum nächsten hüpften und dabei in ihrer Geheimsprache pfiffen und trällerten.

Sie versuchte sogar, ihre Geräusche nachzuahmen, aber ihre Stimme verschreckte die Vögel.

„Tut mir leid“, sagte sie. Sie umschlang ihre Knie und wünschte, die Sonne würde stillstehen und die Erde würde aufhören, sich zu drehen, bis sie ihre begeisterte Freude der ganzen Welt mitgeteilt hätte.

Leise begann sie, das Liebeslied zu summen, das sie und Daniel an diesem besonderen Ort verfaßt hatten. Die Vögel trällerten weiter, und der Bach nahm den Rhythmus auf. In ihrer abgeschiedenen Welt, in der außer Gott niemand sie sehen konnte, begann Katherine, das alte Lied laut zu singen. Unbeschwert und glücklich sang sie es ein zweites Mal. Dieses Mal änderte sie die Worte. Sie sang ein Liebeslied für Jesus.

Als sie den letzten Satz gesungen hatte und aufstand, um auf Zehenspitzen auf dem Felsen zu balancieren – genau in diesem Augenblick –, hörte sie jemanden pfeifen.

Schnell kauerte sie sich nieder und hoffte, nicht bemerkt worden zu sein. Durch den von der Sonne bestrahlten Wald sah sie einen großen glattrasierten Mann an der Straße entlanggehen und sich der Brücke nähern. Er war nicht deutlich zu sehen, auch wenn sie immer wieder ein paar blonde Haare durch die Bäume wahrnahm. Wenn er näher gewesen wäre, hätte sie vielleicht feststellen können, wer es war. Aber je mehr sie die Augen zusammenkniff und den Kopf hin- und herbewegte, um das ganze Gesicht sehen zu können, um so mehr stellte sie fest, daß der Mann wohl Engländer sein mußte, denn er trug keinen Strohhut, kein weißes Hemd und keine Hosenträger. Neugierig schaute sie zu, wie er von der Straße abbog und die steile Böschung hinablief.

Vielleicht war es der Klang seines Pfeifens oder sein Gang. Vielleicht auch irgend etwas anderes. Möglicherweise seine aufrechte Haltung. In diesem Augenblick erkannte ihn Katherine.

Ihre Hand fuhr an den Mund. *Daniel!*

Sie war sicher, daß sie seinen Namen nur gedacht hatte, und schreckte auf, als er antwortete. „Wer ist da?“

Sie erstarrte und wollte sich verstecken. War er ihr gefolgt? Aber wie sollte *das* möglich sein? Niemand außer Rosie und Fulton und ihrem Hauspersonal wußte, daß sie hier zu Besuch war. Daniel war doch sicher nicht noch einmal nach Canandaigua gefahren und hatte herausgefunden, daß sie in Hickory Hollow war, und war ihr gefolgt. Das war sehr unwahrscheinlich!

Als er auf die Lichtung am Bachufer kam, schien ihm die Sonne ins Gesicht. Ihre Blicke begegneten sich.

„Katie?"

Sie sahen sich unsicher an.

„Was machst du ... hier in Hickory Hollow?" fragte er.

„Diese Frage sollte ich *dir* stellen." Sie nahm plötzlich eine Verteidigungshaltung an und war nicht bereit, ihre Ruhe aufzugeben.

Er hielt in einer unschuldigen Bewegung seine leeren Hände hoch. „Ich mache nur einen Spaziergang. Das ist alles."

Das überzeugte sie noch nicht. „Du bist mir also nicht gefolgt?"

Jetzt lächelte er. Er fuhr sich mit den Fingern durch die Haare. „Ich war in der Gegend ... und hörte, daß Ella Mae krank ist."

Katherine wich keinen Millimeter von ihrem Platz.

„Ehrlich, ich hatte keine Ahnung, daß du hier bist", sagte Daniel, der immer noch am Rand des Bachbettes stand. „Wie geht es dir, Katherine?"

Sie nickte und war sich nicht sicher, was sie sagen sollte, auch wenn es schön war, daß er sie bei ihrem richtigen Namen nannte. Aber ihm zu sagen, wie es ihr *wirklich* ging, wäre – wenigstens in diesem Augenblick – ein Fehler gewesen. Es machte sie nämlich ziemlich nervös, ihn wiederzusehen. Und ihr Herz schlug viel zu schnell. Sie hatte fast vergessen, wie gut er aussah. Aber das würde sie nie zugeben!

Sie stand auf und sagte: „Mir geht es gut. Danke. Aber ich muß jetzt wirklich gehen."

„Bitte ... bleibe doch noch ein paar Minuten, ja?"

Sie dachte darüber nach. „Na gut, vielleicht. Aber nicht mehr lang."

Daniel stieg auf die kleineren Steine, die einen Weg zu dem Felsen bahnten. Bevor er hinaufkletterte, blieb er stirnrunzelnd unten stehen und betrachtete ihn fast genauso, wie Katherine ihn vorher angeschaut hatte, und bemerkte, daß der „alte Stein ein wenig geschrumpft" sei.

Sie mußte lachen und rutschte ein wenig zur Seite, um ihm Platz zu machen. „Genau das habe *ich* auch gedacht."

Daniel schien sich zu freuen und nickte ihr zu, während er sich mit einem Seufzen setzte. „Ich glaube, ich werde älter."

„Werden wir das nicht alle?"

Sie plauderten eine Weile über Ella Mae. Dann wurde Daniel ruhig. Er schaute sich um. „Ich vermisse diese Gegend. So Gott will, plane ich, ein eigenes Architekturbüro hier in Lancaster einzurichten. Irgendwann im Herbst vielleicht, wenn alles klappt."

Während sie ihm zuhörte, wie er von seinen Hoffnungen und Träumen erzählte, war sie sich seiner Nähe sehr stark bewußt. „Willst du dann mit mennonitischen Vertragspartnern zusammenarbeiten?" fragte sie.

Er wandte den Kopf und schaute sie an. Er stützte den Arm auf sein Knie. „Da ich mit dem Bann belegt bin, rechne ich nicht damit, daß ich mit Amischleuten Geschäfte machen kann, wenigstens nicht in Bischof Johannes' Bezirk. Aber mit Mennoniten schon."

Sie lächelte und spielte mit ihrem herzförmigen Anhänger. „Du gehst also nicht zurück und beichtest?"

„Meine Beichte geschieht vor dem Herrn, und ich kann ehrlich sagen, daß er mir vergeben hat."

„Ich weiß auch, was es heißt, Gottes Vergebung zu erfahren", sagte sie leise.

Seine Augenlider bewegten sich schnell. „Bist du ... hast du..?"

„Ja, ich bin ein Kind Gottes geworden. Ella Mae hat mir gestern geholfen, mein Leben im Gebet Jesus zu übergeben."

„Das ist ja wunderbar, Katie!" Er schüttelte den Kopf und war sichtlich dankbar. „Ich habe gemerkt, daß etwas an dir anders ist. Aber ich dachte, es sei nur das Sonnenlicht."

Sie lachten darüber, und Daniel meinte, daß sie jetzt Bruder und Schwester in Christus seien. Sie hörte den fröhlichen Ton in seiner Stimme und war froh, daß sie geblieben war.

Eines führte zum nächsten, und sie erzählte ihm schließlich, daß sie die Wahrheit über die Jahre wisse, in denen er für tot erklärt war. „Maria hat mir erzählt, warum du fortgeblieben bist. Ehrlich, ich glaube, ich verstehe das jetzt."

Sein Gesicht war ernst. „Ich habe darum gebetet, daß du mir eines Tages vergeben würdest, aber ich habe nicht erwartet, daß es so früh schon geschehen würde."

„Der Herr wirkt Wunder. Manchmal dann, wenn wir es am wenigsten erwarten."

„Allerdings." Er lachte sie jetzt an.

Sein strahlendes Lächeln machte sie nervös, und sie stand auf und streckte ihre verkrampften Glieder. „Gehst du ein Stück mit spazieren?"

Er sprang auf. „Komm, gehen wir zu der großen Wiese hinter dem Schulhaus." Das war einer ihrer Lieblingsplätze während ihrer Jugend gewesen.

Sie folgte ihm, während er über den Bach rannte, und staunte über das kühle Gras am Bachufer. Dann ging es einige hundert Meter hinauf durch die weite grasige Wiese ins offene Weideland. Es war fast, als hätten sich die Jahre, die zwischen ihnen lagen, in Luft aufgelöst. *Fast ...*

„Katie", rief er ihr zu. „Los, wer zuerst bei dem alten Seitengebäude ist!"

„Nein", schrie sie zurück.

„Ach, komm schon!"

„Da kannst du lange warten!" Aber sie lief trotzdem los.

Er grinste und ließ sich von ihr einholen. „Das ist mein Mädchen!"

„Was hast du gesagt?"

„Ich ... äh, ich wollte das wirklich nicht sagen." Er zuckte mit den Achseln. Ein ernster Blick trat in seine Augen. „Komm mit mir zurück, Katie. Bitte, komm zurück nach Lancaster." Er schwieg und schaute ihr lange in die Augen. „Ich habe kein Recht, das zu sagen, aber ich liebe dich immer noch. Ich liebe dich von ganzem Herzen."

Sie war außer Atem vom Laufen *und* von dieser unerwarteten Erklärung. „Es ist ... es ist zu spät. Ich habe jemand anderen getroffen. Jemanden ... „ Sie konnte nicht weitersprechen. Ihr Herz und ihr Verstand waren vollkommen aufgewühlt und hin- und hergerissen.

„Oh, Katie ..." Er ergriff ihre beiden Hände und hielt sie fest.

Sie zog sie zurück. „Du und ich ... wir haben uns so sehr verändert. Ich habe ein neues Zuhause und neue Freunde. Ich bin jetzt eitel, genau so, wie ich es mir immer ersehnt hatte. Du bist ein Mennonit ... immer noch schlicht."

„Aber wir sind *beide* Christen." Er führte auf, was sie beide liebten: die Natur, die Musik, Lancaster County.

„Es tut mir leid, Daniel. Wirklich. Wenn es noch etwas zwischen uns geben kann, dann wäre das eine ehrliche Freundschaft."

Er trat auf sie zu und umarmte sie. „Um der alten Zeiten willen", flüsterte er ihr ins Ohr. Sie klopfte ihm als Antwort auf den Rükken.

Sie willigte ein, sich von ihm zu Lydia zurückbegleiten zu lassen, auch wenn sie darauf achtete, daß sich ihr Gespräch um das Wetter und die Landschaft drehte. Um ungefährliche Themen.

Als sie sich dem Hof der Millers näherten, gab er ihr seine Visitenkarte. „Falls du je Kontakt zu mir aufnehmen willst", sagte er und deutete auf seine Privatadresse und Telefonnummer. „Bitte melde dich ohne Scheu."

„Dann Freunde, ja?"

Er lächelte über ihre amische Formulierung. „Der Herr segne dich und dein neues Leben in Christus."

„Danke, Daniel. Gott segne dich auch." Sie winkte ihm und drehte sich um.

„Ich bete dafür, daß du sehr glücklich wirst", rief er ihr nach.

Seine großzügigen Worte klangen ihr noch in den Ohren, als sie die Verandastufen hinaufeilte.

28

Theodore hörte zu, während Katherine Fulton und Rosie die Unterschiede zwischen amischen und mennonitischen Anschauungen darlegte. Sie waren schon über eine Stunde mit diesem Thema beschäftigt, und er konnte allmählich eine frische Limonade vertragen.

Er entschuldigte sich und ging ins Haus, wo Selig und Garrett das Essen vorbereiteten. „Wie viele religiöse Ansichten gibt es wohl auf der Welt?“ bemerkte er.

„Mehr, als man zählen kann, würde ich sagen“, kommentierte Garrett, während er ein Fleischmesser schärfte.

„Aber das mußt du Katherine klarmachen“, warf Selig ein. „Sie ist irgendwie anders. Fast in jeder freien Minute spielt sie christliche Lieder auf ihrer Gitarre. Ziemlich ungewöhnlich, wenn ich mir diese Bemerkung erlauben darf.“

„Selbst ihr Aussehen. Ja, sie strahlt richtig“, sagte Garrett. „Ist euch das auch aufgefallen?“

Theodore gab ihm recht. „Das Leben ist zu kurz, um nicht nach dem Himmel zu suchen. Ich bin voll und ganz dafür.“

Selig und Garrett warfen sich achselzuckende Blicke zu und gingen wieder an ihre Arbeit.

Theodore ging in die Speisekammer und öffnete einen Beutel mit weißem Zucker. Er nahm zwei Teelöffel voll, um sein Glas Limonade zu süßen.

* * *

Als ihre Arbeit im Hospiz für diese Woche beendet war, beschloß Katherine, daß es Zeit sei für einen Hausputz, ehe der Herbst richtig hereinbräche. Sie bot Rosie an, ihr dabei zu helfen. Als erstes wollten sie sich die Bibliothek vorknöpfen. Sie wußte, daß zu einer gründlichen Reinigung auch das Abstauben der vielen Bücher, die in den Regalen standen, gehörte. Das wäre zuviel Arbeit für eine Person allein.

„Gute Idee“, sagte Rosie und eilte davon, um die Putzsachen zu holen.

Sie waren gerade dabei, die obersten Regale abzustauben und alte Klassiker hochzuheben, um sie abzuwischen, als Katherine auf mehrere schmale, in Leder gebundene Bücher stieß, die hinter den dickeren Büchern versteckt waren. „Was ist denn das?"

Rosie hielt mit ihrem Staubwedel inne und betrachtete Katherines Fund. „Meine Güte, ich glaube, Sie haben Lauras Aufzeichnungen gefunden."

„Ihre Tagebücher?"

Rosie schlug eines davon auf und grinste. „Genau. Das sind die Tagebücher Ihrer Mutter."

Katherine hatte alle Mühe, die angefangene Arbeit zu Ende zu führen. Rosie bestand darauf, daß sie auf der Stelle mit dem Staubwischen aufhören und die Bücher mit in ihr Wohnzimmer nehmen und sie in aller Ruhe lesen sollte. Aber trotz des Vorschlags ihres Hausmädchens lehnte Katherine ab. Was sie angefangen hatte, wollte sie auch zu Ende bringen.

Und so war es schon spät am Tag – nachdem sie und Rosie ziemlich erschöpft davon waren, die Leiter in der Bibliothek hinauf- und hinabzusteigen und alles abzustauben – als sie endlich Zeit fand, sich mit den Tagebüchern zurückzuziehen. Gespannt suchte sie das Buch, von dem Laura auf ihrem Sterbebett gesprochen hatte – das hellblaue Tagebuch, in das sauber die Jahreszahl ihrer Geburt gedruckt war.

Ihr Magen zog sich krampfhaft zusammen. Was würde sie entdecken? Hatte Laura *wirklich* gewollt, daß sie diese intimen Aufzeichnungen finden und lesen sollte?

Bevor sie auch nur einen Satz las, betete sie: „Herr, bitte führe mich zu dem, was ich nach deinem Willen über meine leibliche Mutter wissen soll."

Dann machte sie es sich in einem gemütlichen Sessel bequem und schlug das Tagebuch beim Januar auf. Dem ersten Tag des neuen Jahres – sechs Monate, bevor sie geboren wurde, in dem Jahr, in dem Laura gerade erst siebzehn gewesen war.

1. Januar
Heute unternahmen Mutter, Vater und ich eine weitere Fahrt durch das verschneite Land. Es ist schön, noch ein paar Tage Ferien zu haben, bevor die Schule wieder beginnt. Bis jetzt weiß außer mei-

ner Familie und meinem Freund niemand, daß ich ein Baby erwarte. Aber er benimmt sich furchtbar seltsam deswegen.
Mutter sagt, ich solle mir keine Sorgen machen. Sie und Vater würden sich um mich kümmern ... und um das Baby. (Wenigstens zwingen sie mich nicht, in ein Heim für ledige Mütter zu ziehen, wie es ein Mädchen aus meiner Schule letztes Jahr tun mußte.)
Ich nehme immer mehr zu, und manchmal ist mir morgens schlecht. Mutter sagt, das sei alles normal.
Ich vermisse meine gute Figur ... aber ich liebe das Baby, das in mir heranwächst.

* * *

Katherine las jede Seite weiter bis zum März und ließ nichts aus. An einer Stelle hielt sie inne und nahm das Tagebuch mit hinaus in den Garten, wo sie sich an einen Baumstamm lehnte, ehe sie das Buch wieder aufschlug.

1. April
Ich bin so dick wie eine Tonne – wenigstens fühle ich mich so. Vater macht sich Sorgen, weil ich nicht mehr zur Schule gehen will, bis das Baby geboren ist. Er meint, daß ich in der Schule zu viel versäumen würde und dann könnte ich im nächsten Jahr kein gutes College besuchen.
Ich weine zur Zeit sehr viel. Ich bringe meine Gefühle einfach nicht unter Kontrolle.
Mutter kümmert sich ständig um mich. Es ist erstaunlich, was sie alles durchmacht, damit ich mich wohl fühle. Ich hoffe (falls ich mein Baby behalte), daß ich eine genauso gute Mutter sein kann wie sie.

* * *

7. April
Ein Privatlehrer kommt dreimal in der Woche ins Haus. Das ist viel besser, als sich die grausamen Bemerkungen in der Schule anhören zu müssen. Besonders von den Jungen.

* * *

Katherine blickte auf, als Fulton mit einem Tablett mit Limonade und Keksen neben sie trat.

„Danke“, sagte sie und widmete sich wieder den Tagebüchern.

15. April
Mein Arzt wollte eine Ultraschalluntersuchung vornehmen, um zu wissen, ob ich das Baby auf natürlichem Weg entbinden kann. Es ist ein kleines Mädchen, das in mir heranwächst.
Mutter und ich haben heute abend ein Buch mit Namen durchgeblättert. Mein Lieblingsname – der schönste Name, den ich gefunden habe – ist Katherine.

* * *

5. Mai
Ich habe die ganze Woche jeden Tag geweint. Ich bin erschöpft und furchtbar hoffnungslos. Mutter sagt, ich hätte Panikanfälle. Vater überlegt, ob ich die Hilfe eines Psychiaters brauche.
Es bricht mir das Herz! Mein erster und einziger Freund hat mich nie geliebt. Warum habe ich ihm nur geglaubt?
Ich kann nachts nicht schlafen. Ich kann nur um das weinen, was ich verloren habe. Die kleine Katherine darf nie erfahren, daß ihr Vater mich verlassen hat, als ich ihn am dringendsten gebraucht hätte.

Katherine ließ ihren Tränen freien Lauf. Was für eine Verzweiflung – welchen riesigen Schmerz – hatte ihre leibliche Mutter durchgestanden, um ihr das Leben zu schenken.

Am Ende der Aufzeichnungen vom Mai war sie emotional ausgelaugt und erschöpft. Lauras damalige schwere Situation machte sie traurig.

Rosie blickte von oben aus dem Fenster. „Ich hoffe, sie verkraftet alles, was sie da liest. Sie ist ganz allein damit.“

Fulton trat neben sie ans Fenster. „Miss Katherine scheint zu weinen.“

„Ja, und ich bezweifle, ob ihr der Sinn danach steht, heute abend mit Justin essen zu gehen."

„Vielleicht ist ein üppiges Abendessen mit dem Künstler genau das, was unsere Katherine heute als Aufmunterung braucht", bemerkte ihr Mann.

Sie trat vom Fenster weg und umarmte Fulton. „Du bist ja ein richtiger Optimist!" „Das verstehe ich als Kompliment, Liebling."

„Danke." Sie drehte sich wieder zum Fenster um und betete, daß Katherine die kostbaren Dinge finden und erkennen würde, die Laura ihr hatte mitteilen wollen.

* * *

1. Juni
Ich habe ein Säuglingskleid für Katherine genäht. Es ist ein wunderschöner Satinstoff, ganz rosa und süß.
Vater übt keinen Druck auf mich aus, eine Entscheidung zu treffen, aber seine Augen sind immer voll Besorgnis, wenn ich in seine Richtung blicke. Mutter dagegen hofft, daß ich mein Baby behalte, glaube ich. Sie hat unmißverständliche Andeutungen gemacht, daß sie ein Enkelkind empfangen würde.
Wie dem auch sei, ich will, daß meine kleine Tochter glücklich ist. Ich glaube, ich bin eher dafür, sie selbst aufzuziehen. Aber ich bin mir nicht sicher, ob es so gut ist, noch ein Kind in diese Villa zu bringen. Ist das wirklich das beste für mein Kind? Die Dienstboten werden sie furchtbar verwöhnen, und sie wird nie wissen, was es heißt, sich das erarbeiten zu müssen, was sie will.
Manchmal wünsche ich mir insgeheim, wir lebten in bescheideneren Verhältnissen ... oder wären sogar arm. Wenn ich die Bücher über arme Leute lese, stelle ich mir die Frage, ob sie nicht glücklicher sind.
Die kleine Katherine tritt mich jeden Tag kräftig. Ob das etwas zu bedeuten hat?

* * *

4. Juni
Mutter will mit mir einen Ausflug nach Pennsylvania unterneh-

men. Sie hat grünes Licht vom Arzt bekommen. Ich weiß, was sie denkt. Die Fahrt soll mich ablenken. Ich mache ihr keine Vorwürfe, daß sie sich Sorgen macht. Ich habe in den letzten Monaten einiges durchgemacht.
Sie hat versprochen, daß mir Lancaster County gefallen würde. Ich habe fast das Gefühl, als wäre ich schon einmal dort gewesen. Vielleicht weil Mutter es so sehr liebt. Abwarten, was ich von den einfachen Menschen halten werde, die sie mir immer beschreibt.
Von hier fortzukommen, ist vielleicht keine so schlechte Idee. Ich möchte Katherines Babykleid mitnehmen. Ich muß nur noch den Saum festnähen. Dann ist es fertig. Mein kleines Baby sieht bestimmt wunderschön darin aus.

* * *

6. Juni
Gestern habe ich Katherine auf die Welt gebracht, das hübscheste Baby, das ich je gesehen habe. Aber ich habe es weggegeben. Mein Magen verkrampfte sich danach ganz furchtbar, und mein Kopf schmerzte zum Zerbersten. Der Arzt gab mir ein Beruhigungsmittel, damit ich schlafen konnte.
Ich weiß nicht, ob ich alles über diesen Tag aufschreiben kann, ohne ständig schluchzen zu müssen, aber ich muß es versuchen. Ich möchte nie vergessen, wie ich mich fühlte oder wie ich die wichtige Entscheidung über die Zukunft meines Babys traf – also schreibe ich es lieber auf, solange die Erinnerung noch frisch ist.
Unser Chauffeur fuhr an diesem herrlichen Tag durch die schmalen Straßen Lancasters. Selbst Mutter sagte, es sei der perfekte Tag für einen Aufenthalt in der Amischgegend.
Jetzt weiß ich, warum sie wollte, daß ich hierher komme. Es war so friedlich und bezaubernd. Wie Bilder aus einem alten Klassiker. Ich entspannte mich, sobald wir von der stark befahrenen Bundesstraße abgebogen waren. Kleine graue Einspänner, die von Pferden gezogen wurden, waren überall zu sehen. Bauern mit Strohhüten – selbst junge Knaben und Mädchen – arbeiteten auf den Feldern.
Als ich die erste überdachte Brücke sah, wollte ich meinen Augen kaum trauen. Ich fand es einfach faszinierend – so anders als alles, was ich bis jetzt kannte, aber trotzdem so einladend.

Je mehr wir umherfuhren, um so mehr verliebte ich mich in diese Gegend. So seltsam es auch klingen mag, fragte ich mich sogar (und erwähnte das auch meiner Mutter gegenüber), wie es wohl wäre, als amisches Mädchen aufzuwachsen. Diese Welt ist ganz anders als meine eigene. Die Bauernhäuser und die Scheunen mit ihren großen Silos weckten in mir den Wunsch, mir die Höfe genauer anzuschauen. Warum interessierte mich dieses einfache Leben so sehr? Warum, wenn ich doch alles hatte, was eine wohlhabende Familie zu bieten hat?

Ich verbarg meine Tränen, als ich eine Gruppe barfüßiger amischer Mädchen im Garten arbeiten sah. Sie pflückten Erdbeeren und machten ein Spiel daraus. (Etwas, von dem ich keine Ahnung habe.) Ich glaube, ich weinte, weil ich nicht wollte, daß mein Baby so aufwachsen sollte wie ich, als Einzelkind, ohne Brüder oder Schwestern, mit denen es spielen konnte. (Und noch schlimmer, die kleine Katherine hatte nicht einmal einen Vater.)

Etwas Schönes rief mich. Ich hatte das Gefühl, als sei ich nach Hause gekommen – an einen Ort, nach dem ich mich mein ganzes Leben lang gesehnt hatte. Wenn ich mich so fühlte, während ich mein Baby austrug – so kurz vor seiner Geburt – dann gab es vielleicht einen besonderen Grund, weshalb Mutter mit mir hierherfuhr.

Sie hörte auf zu lesen. Lauras Entscheidung und die Erklärung, wie sie dazu gekommen war, ließen ihr Herz höher schlagen.

Der Himmel war so blau, wie sie ihn seit dem letzten Sommer nicht mehr gesehen hatte. Ein Hauch von Herbst lag schon in der Luft. Ein Vogelschwarm flog über ihren Kopf. Ihre ausgebreiteten Flügel erinnerten sie an die Ente, die sie an jenem Julitag so eigensinnig verfolgt hatte, als sie und Maria ihrer Insel einen Besuch abgestattet hatten.

Sie lehnte den Kopf an den Baumstamm und schlug das Tagebuch wieder auf und las die Einträge vom Juni zu Ende.

Mir brach es fast das Herz, als ich Katherines ersten Schrei hörte. Der Arzt legte sie in meine Arme, und wir weinten miteinander. Ich küßte ihren weichen Kopf und fragte mich, ob ich je einen Menschen so sehr lieben könnte, wie ich die kleine Katherine in

diesem Augenblick liebte. Wenige Minuten später waren Geräusche auf dem Gang zu hören. Hektik und geschäftiges Treiben waren zu vernehmen. Eine Krankenschwester erzählte einem der Ärzte, daß es eine Totgeburt gegeben habe. Ein junges amisches Ehepaar ...
In diesem Augenblick spürte ich deutlich, weshalb wir nach Lancaster gekommen waren. Mein Baby sollte hier aufwachsen. Ich wollte, daß es die leeren Arme einer Frau füllte, die ein gebrochenes Herz hatte. Ich wollte, daß meine Katherine barfüßig über die Wiesen lief, Glühwürmchen fing, Patchworkdecken steppen lernte und in der heißen Sonne Erdbeeren pflückte. Ich wollte, daß meine liebe Katherine viel arbeiten und spielen würde, daß sie all die einfachen Dinge kennenlernen sollte, die mir versagt geblieben waren. Aber am meisten wollte ich, daß sie von einer vollständigen Familie geliebt würde. Und ich wollte, daß sie ein natürliches Leben führt.

Katherine blickte zum Himmel hinauf und weinte tonlos. Ein sanfter Wind wehte eine Handvoll Blätter von dem Baum, ein Zeichen, daß der Herbst sich einstellen wollte.

Nach einer Weile wischte sie sich die Tränen ab und eilte ins Haus. Justin würde bald kommen, und sie vermutete, daß er diesen Abend gut vorbereitet hatte, möglicherweise würde es ein ganz besonderer Abend werden. Sie hatte ihn dabei ertappt, als er vor ein paar Tagen abends mit Rosie an der Haustür geflüstert hatte, nachdem er sie von einem seiner phantasievollen Ausflüge nach Hause gebracht hatte.

Schnell badete sie und kleidete sich an. Dann bürstete sie ihre Haare zu einem eleganten Knoten und steckte sie mit einem edelsteinbesetzten Kamm aus Lauras Schmuckkästchen fest. Heute abend würde sie ihrem Freund von dem schönen Tagebuch erzählen, das sie gefunden hatte. Da Justin Laura sehr gemocht hatte, würde er die geliebten Worte sicher auch sehr schätzen.

Das apfelgrüne Kleid, das sie wählte, war das eleganteste in ihrem Kleiderschrank. Trotzdem hatte es eine einfache klare Linie – es war weniger kokett als andere Kleider, die sie besaß. Und es war aus Satin. Schon als Teenager hatte ihre leibliche Mutter Satin mit seinem weichen Rascheln geliebt.

Katherine stand im Wohnzimmer, um das knielange Kleid nicht

zu zerknittern. Während sie auf das Klingeln der Glocke wartete, legte sie eine leichte Stola über ihre Schultern, um sich vor dem kühlen Abend zu schützen.

„Sie sehen heute abend wirklich sehr hübsch aus“, bemerkte Rosie mit einem forschenden Lächeln auf ihrem rundlichen Gesicht.

„Einen wunderschönen Abend wünsche ich Ihnen, Katherine“, sagte Fulton, der an der Tür stand.

Sie dankte beiden herzlich. Dann betrachtete sie sich noch einmal in dem Wandspiegel auf der anderen Seite des Raumes und lächelte glücklich, aber bescheiden über ihr Aussehen. Während sie so dastand, dachte sie über die Wirkung nach, die ihr Spiegelbild ausstrahlte. Ja, alles, was sich die junge Katie Lapp je erträumt hatte, war in Erfüllung gegangen. Sie war jetzt die Herrin von Mayfield Manor und trug die teuerste Mode.

Nur ein einziger Wunsch war noch nicht in Erfüllung gegangen.

* * *

Das vornehme Restaurant war so intim und nett, wie Katherine es sich nicht schöner hätte erträumen können. Justin war aufmerksam und zuvorkommend wie immer, und sie konnte ihm ungezwungen die Entdeckungen aus Lauras Tagebuch aus ihrer Zeit als unverheiratete schwangere Frau erzählen.

„Sie hat dich von Herzen geliebt“, sagte er und ergriff ihre Hand. „Genauso wie ich, Katherine.“ Sein aufrichtiges Lächeln erwärmte ihr Herz.

Während sie wartete und sich danach sehnte, seine Liebeserklärung zu hören, löffelte sie genüßlich das Sorbet mit Obstgeschmack.

Mit strahlenden Augen schob er die Hand in die Tasche seines Jacketts. „Das ist für dich, Katherine.“ Er reichte ihr ein kleines, quadratisches Kästchen.

Mit zitternden Fingern öffnete sie den Deckel. Ein Diamantring. „Oh, Justin, der Ring ist ... wunderschön!“ Sie war so bewegt, daß sie kaum sprechen konnte.

„Darf ich?“ Er steckte ihr den Ring zärtlich an den Finger.

Sie schaute ihn erstaunt an und hatte Mühe, die Tränen zu unterdrücken. „Ich ... ich habe noch nie einen solchen schönen Ring gesehen.“

„Du darfst ihn von jetzt an tragen, Liebling“, sagte er mit leuchtenden Augen.

Etwas Schönes rief mich ...

Sie hielt die Hand vor sich und bewunderte den Verlobungsring. Ach, was für ein großer Edelstein. Er mußte ein Vermögen gekostet haben.

Insgeheim wünschte ich mir, wir lebten in bescheidenen Verhältnissen ... und wären sogar arm.

„Meine Güte, du verwöhnst mich viel zu sehr“, sagte sie, als sie schließlich ihre Sprache wiederfand. „Ich hätte mir nie erträumt, daß ich einmal einen solch wunderschönen Edelstein besitzen werde.“

„Jedesmal, wenn du ihn anschaust, Katherine, hoffe ich, daß du dich an meine Liebe erinnerst.“

Ich wollte, daß du barfüßig über die Wiesen liefest ... daß du von einer vollständigen Familie geliebt wirst.

Sie aßen weiter und genossen den nächsten Gang, der auf feinem Porzellan mit Goldrand serviert wurde. Eigentlich sollte sie jetzt überglücklich sein. So aufgeregt, daß sie es selbst kaum glauben konnte. Jeder Aspekt dieses Abends war herrlich: das faszinierende Ambiente, ihr charmanter Freund und der Verlobungsring.

Aber je länger sie den Diamanten ansah, um so weniger schien er zu ihr zu passen. Nicht, weil er nicht das hübscheste gewesen wäre, das sie sich je hätte vorstellen können. Seltsamerweise dachte sie an Rebekkas Hand. Nie hatte Mama auch nur den schlichtesten Ehering getragen. Trotzdem war ihr lebenslanges Eheversprechen genauso stark geblieben wie ihre Liebe zu Samuel Lapp und jedem ihrer vier Kinder – zu den Jungen und auch zu ihr.

Ihr Herz wurde schwer. Sie entschuldigte sich und wäre beinahe zur Damentoilette gelaufen. Ein lautes Schluchzen ließ ihren ganzen Körper erzittern. Sie mußte sich an den Frisiertisch setzen und begrub den Kopf in den Händen.

Lauras geflüsterte Worte, als sie im Sterben lag, machten den entscheidenden Unterschied aus. Jetzt verstand Katherine sie voll und ganz.

Um sich nicht zu blamieren, zog sie mehrere Papiertaschentücher aus der Halterung und wischte sich die Wimperntusche, die sie verschmiert hatte, von den Wangen. Sie tupfte ihr Gesicht ab und trug frischen Lippenstift auf. Ihre Gedanken streiften die Dinge, die sie am meisten genossen hatte, seit sie in Canandaigua lebte. Ironischerweise gehörten dazu ihre amischen Freunde – die Eslermädchen und ihre Mutter –, die vielen Patchworkabende in ihrem Haus, das Brotbacken mit Garrett und Selig und die Besuche bei den Hospizpatienten samt dem Mississippi-Matsch und ihrer Gitarre.

Aber sie hatte sich so verzweifelt danach gesehnt, ihre amische Vergangenheit abzulegen und die vornehme englische Welt zu erleben. Diese Erkenntnis verwirrte sie. Während sie ihr Gesicht wieder schminkte, sagte sie immer wieder leise bei sich: „Ich war für ein schlichtes Leben bestimmt."

Dann beugte sie den Kopf und begann zu beten. „Lieber Herr Jesus, ich glaube, du hast mich damals aus einem bestimmten Grund in Samuel Lapps Haus gebracht. Du hast deine Hand über mein Leben gehalten, und du hast mich immer beschützt und so geführt, daß ich die Wahrheit des Evangeliums erkenne ... Du hast mit offenen Armen darauf gewartet, daß ich zu dir komme und deine Liebe annehme. Bitte vergib mir, daß ich die Welt und ihre Extravaganz begehrt habe. Darum bitte ich dich in Jesu Namen. Amen."

So schwer es auch sein würde, sie mußte sich zusammenreißen und zu dem romantischen Zusammensein zurückkehren. Justin würde sich sonst Gedanken machen, und sie sollte ihn nicht zu lange warten lassen.

29

Katherine stand früh auf, weil sie einen Tag voll Erledigungen und Terminen zu bewältigen hatte. Sie begann mit einem Besuch bei Mr. Cranston, ihrem Anwalt. Danach ging es weiter zur Bank und zu Mrs. Esler, Rachel und Ruth.

Gegen Abend rief sie ihr gesamtes Hauspersonal zusammen. Das Gespräch fand in der Bibliothek statt – für einige verlief es herzlich, für andere unter Tränen. Rosie wirkte bei der Ankündigung nicht allzu überrascht, während Theodore den Blick senkte, als Katherine ihre Pläne kundtat.

Am nächsten Tag fuhr Theodore sie ins Hospiz. „Ich kann nicht sagen, daß ich mit dem, was Sie vorhaben, einverstanden bin, auch wenn ich damit rechnete, daß dieser Tag kommen könnte."

Sie hörte ihm zu und empfand Mitgefühl für den alten Herrn. „Ich werde Sie nie vergessen, Theodore", sagte sie. „Sie waren immer wie ein Großvater für mich. Wissen Sie das?"

Ein Lächeln trat auf seine Lippen. Im Rückspiegel konnte sie sehen, daß es über sein ganzes Gesicht zog.

Natalie freute sich, Katherine zu sehen, besonders so ganz außerplanmäßig. „Welch eine nette Überraschung", sagte sie und lud Katherine in ihr Büro ein.

Sie unterhielten sich und plauderten über Patienten, von denen einige seit Katherines letztem Besuch verstorben waren.

„Was führt Sie heute zu uns?" fragte die Schwester, die an ihrem Schreibtisch saß.

„Ich habe beschlossen, einige größere Veränderungen in meinem Leben vorzunehmen."

„Oh?" Natalies Gesicht wurde ernst.

„Schon lange beschäftigt mich ein Gedanke und läßt mich einfach nicht los", begann sie mit pochendem Herzen. „Ich habe die ersten Schritte bereits unternommen und den Plan mit meinem Anwalt durchgesprochen. Es wird also keine rechtlichen Probleme bei der Angelegenheit geben."

Natalie beugte sich vor und schaute sie aufmerksam an.

„Was das Hospiz betrifft, so hätte ich dir einen Vorschlag zu machen ..."

* * *

Die Bettwäsche und ein paar Kleidungsstücke waren das einzige, was noch eingepackt werden mußte. Daniel war seit zwei Tagen mit Packen beschäftigt und hatte gern das Angebot von Owen und Eve angenommen, ihm dabei zu helfen, auch wenn er zögerte, sie so sehr in seinen Umzug einzubeziehen, da Owen wegen Daniels Entscheidung immerhin seinen Geschäftspartner verlor.

Der Umzug zurück nach Lancaster als erwachsener Mann – als Geschäftsmann, der eine große Kundschaft im Gebiet um Newark gewohnt war – war gewiß mit Risiken verbunden. Aber er sehnte sich nach seinen Wurzeln und konnte es nicht erwarten, wieder nach Hause zu kommen. Obwohl die Beziehungen zu den Amisch für viele Jahre angespannt bleiben würden, wünschte er sich den Kontakt zu seinen amischen Verwandten, soweit dies möglich war. Trotz aller Vorbehalte und Zurückhaltung, von denen diese Kontakte immer begleitet sein würden. Vielleicht lag es an seinem falschen Verhalten – daß er sie so lange im Stich gelassen hatte. Vielleicht würde seine Heimkehr diese Verletzungen heilen können, seine fünf Jahre lange Untat wieder gutmachen können.

Es war spät am Nachmittag, als er eine Pause einlegte, um sich ein großes Glas Wasser einzuschenken. Er überlegte, was er sich zum Abendessen machen könnte, trat an das Wohnzimmerfenster und schaute hinaus.

Eine große schwarze Limousine kam langsam die Straße entlang und hielt am Bordstein vor seinem Haus an. Er schaute neugierig hinaus. Die getönten Fensterscheiben verbargen ihm die Sicht, und er konnte nicht sehen, wer im Inneren des Autos saß. Irgendwelche sehr wichtigen Leute waren wohl falsch gefahren und in dieser stillen bürgerlichen Wohngegend gelandet.

Katherine holte tief Luft und warf einen Blick auf die Visitenkarte in ihrer Hand. „Ich glaube, das muß das Haus sein."

Theodore drehte sich um und nickte. „Wenn Sie nichts dagegen haben, würde ich gern hier warten ... nur um sicher zu sein."

Sie hielt das für einen guten Vorschlag. Sie packte ihre Tasche und ihre Gitarre und wartete, bis er um das Auto herumkam, um ihr beim Aussteigen zu helfen. Sie hatte im Laufe der Monate gelernt, sich nicht mit dem höflichen Gentleman anzulegen. Und das war er unbestritten: ein Gentleman, wie es wirklich keinen besseren gab.

Er überraschte sie, als er ihr einen höflichen Kuß auf die Wange gab. „Ich werde Sie vermissen, Katherine“, sagte er. „Wir alle in der Villa werden Sie vermissen.“

Sie umarmte ihn. „Ich werde Sie auch vermissen, Theodore. Aber wir werden uns wiedersehen. Das verspreche ich!“

Eine schlanke Frau mit rotbraunen Haaren stieg aus der Limousine. Sie trug ein langes einfaches Kleid. Ihre Haare fielen weich über ihre Schultern, und sie stand mit der Haltung einer Prinzessin da.

Daniel warf einen flüchtigen Blick auf sie und überlegte, wer diese hübsche junge Frau wohl sein könnte. Er beobachtete, wie sie den würdevoll aussehenden Chauffeur umarmte, und war wie vom Blitz getroffen, als sie sich umdrehte und den Gehweg zu seiner Haustür hinaufkam. „Meine Güte, das ist ja Katie!“

Schnell strich er sich die Haare glatt, machte sich an seinem Hemd zu schaffen, stopfte es eilig in seine Jeans und versuchte sein Möglichstes, inmitten seiner Kisten halbwegs zivilisiert auszusehen. Seine Katie kam zu ihm. Was konnte das bedeuten?

Sein Atem ging schneller, als er noch einmal aus dem Fenster schaute.

Katherine schlug das Herz bis zum Hals. Zitternd drückte sie die Glocke und wollte, sie hätte sich die Zeit genommen, sich noch einmal die Haare zu bürsten.

Aber die Tür wurde weit aufgerissen, noch ehe sie sich richtig gesammelt hatte. Vor ihr stand Daniel und schaute sie mit großen Augen an. Genauso wie an dem Tag, als er sie am Weaver's Creek getroffen hatte.

„Katie?“

Sie war unsicher und wußte nicht, was sie sagen sollte. „Immer noch Freunde?“

Er schaute ihr fragend in die Augen. „Die beste Freundin, die ich je hatte.“ Dann trat er zur Seite und öffnete die Tür ganz. „Bitte komm doch herein.“

Es war nicht zu übersehen, daß er gerade packte. Sie stellte ihre Gitarre ab. „Ich hoffe, ich störe nicht. Ich wäre nicht gekommen, wenn ich ...“

„Ich *freue* mich, daß du gekommen bist."

Sie schaute in das Gesicht des Jungen, den sie geliebt hatte. Er war jetzt ein erwachsener Mann mit zartfühlenden blauen Augen, zerzausten blonden Haaren und einem herzzerreißenden Lächeln. Sie fühlte ihr Herz bis zum Hals schlagen. Als sie versuchte, ihn anzulächeln, konnte sie das Zittern ihres Mundes nicht unterdrükken. „Kannst du ... mir vergeben, Daniel?"

„*Dir* vergeben?" Er legte die Stirn in Falten.

„Daß ich dich von mir gestoßen habe, daß ich ... „

„Oh, Katie." Seine Hand hob sich und streichelte zärtlich ihr Gesicht. Es war, als überbrückte er damit die langen Jahre, die ganze schmerzliche Vergangenheit – „Ich *liebe* Dich. Es gibt nichts zu vergeben." Und er nahm sie in die Arme.

Sie genoß seine feste Umarmung und spürte sein Herz, das genauso schnell schlug wie ihres. „Nimm mich mit nach Hause", flüsterte sie. „Nimm deine Katie mit heim nach Hickory Hollow."

Die Vergangenheit und die Gegenwart verschmolzen in seinen Küssen, und ihr Herz jubelte vor Freude.

Epilog

Mein Kampf mit dem Gebetstuch der Alten Ordnung hat ein gutes Ende gefunden. Gehorsam trage ich jetzt die mennonitische Kopfbedeckung aus Respekt vor Gott und meinen Ehemann. Es ist ein solcher Segen und eine Freude, meinem lieben Herrn Jesus in diesem einfachen Glaubensakt zu gehorchen.

Daniel nahm mich als seine Braut, vor Gott und vor den vielen Zeugen – hauptsächlich Mennoniten – die in dem Versammlungshaus in Hickory Hollow zusammengekommen waren. Ich hatte keine Ahnung, daß Mama auch zu dem Hochzeitsgottesdienst gekommen war. Erst viel später, als fast alle schon nach Hause gegangen waren, erfuhr ich es.

Ich bin noch einmal in die Kirche zurückgegangen, um ein Programmheft für unser Hochzeitsalbum zu holen.

Auf der Empore stand Rebekka und strahlte so sehr, wie es nur eine Brautmutter tun kann. „Warte dort auf mich", rief ich ihr zu und eilte die Treppe hinauf.

Wir küßten und umarmten uns wie lange voneinander getrennte Freundinnen.

„Katie", sagte sie und berührte mein weißes Kleid. „Du bist wunderschön."

„Ich kann es kaum glauben, daß du gekommen bist, aber ich bin so froh darüber!"

Sie lächelte, und ihre haselnußbraunen Augen strahlten wie der Himmel, so wie sie früher immer gestrahlt hatten. Vor meiner Meidung. „Ich wollte es mir auf keinen Fall entgehen lassen, dabeizusein, wenn du deinen Daniel heiratest ... um nichts in der Welt."

„Oh, Mama. Danke." Ich hielt sie ganz fest. „Du weißt gar nicht, was das für mich bedeutet."

Sie fragte, ob Daniel und ich bald einmal zum Essen kämen. „Natürlich müßt ihr an einem anderen Tisch sitzen als wir, aber wir rücken sie eng zusammen und werfen eine Tischdecke über beide Tische."

„Ja, natürlich kommen wir. Aber, Mama, es kommt nicht darauf an, die Ordnung zu befolgen. Merkst du denn nicht, daß es darauf ankommt, *Jesus* nachzufolgen?"

Ihre Augen waren jetzt feucht, und sie umklammerte meine beiden Hände. „Hör nicht auf, für uns zu beten, Katie. Ja?"

„Das verspreche ich dir."

Sie fragte nach unseren Plänen für die Hochzeitsreise, und ich erzählte ihr, daß wir nach Kanada hinauffahren wollten. „Aber auf dem Heimweg machen wir Halt in Canandaigua. Daniel und ich wollen ein Lobpreiskonzert mit zwei Gitarren im Mayfield-Hospiz geben."

Rebekka schaute mich verwirrt an, dann dämmerte es ihr. „Was hast du *getan*, Katie? Hast du das Haus deiner leiblichen Mama weggegeben?"

Sie sollte es wissen. „Ich will nicht prahlen, Mama. Aber ich habe dem Hospiz Lauras Villa angeboten, und sie haben das Angebot mit Freude angenommen. Die Taylors – Rosie und Fulton – haben beschlossen, dortzubleiben und für das Hospiz zu arbeiten, und soviel ich gehört habe, überlegen Selig und Garrett ebenfalls, als Köche dortzubleiben."

„Ach, was für ein Segen du bist." Ihre gefalteten Hände lagen auf ihrem Herzen, als würde sie beten.

„Meine Suche ist vorbei, Mama. Alle Mosaiksteine meines Lebens haben ein von Gott geordnetes Muster ergeben ... so wie deine schönen Patchworkdecken. Ich suchte das vornehme Leben und fand eine persönliche Beziehung zu Jesus. Ich sehnte mich nach meinen Wurzeln und fand ein Stück Himmel auf Erden." Ich strich über die kleine weiße Bibel, die ich unter meinen Hochzeitsrosen trug. „Es steckt hier drinnen, Mama. Ich wußte es nur nicht."

„Ja", sagte Rebekka. „Du klingst wie eine weise Frau."

Ich mußte an Ella Mae denken und sagte: „Ich glaube, dieser Platz ist schon vor Jahren ausgefüllt worden."

In Mamas Augen leuchteten Freudentränen. „Ich habe gestern das erste Mal wieder eine Geschichte erzählt. Die erste Geschichte seit langer, langer Zeit."

„Es wird bestimmt nicht deine letzte sein." Ich umarmte sie und drückte sie an mich. Dann schaute ich ihr ins Gesicht. „Mama, ich bin so dankbar, daß der Herr *dich* ausgesucht hat, um mich großzuziehen ... als meine Mutter."

Sie lächelte so glücklich, daß ich glaubte, mein Herz müsse zerspringen.

* * *

Als es an der Zeit war, unser neues Haus einzurichten, wählte ich einen Ehrenplatz für den Eckschrank und die Zederntruhe, die Papa damals gezimmert hatte, als Daniel und ich miteinander befreundet waren. Wie hübsch beides aussieht, und was für eine Freude es ist, durch sie an Gottes Güte erinnert zu werden.

Gestern sortierte ich meine handgenähten Wäschestücke und stieß auf das blaue amische Kleid, das ich vor fast einem Jahr genäht habe. Statt es wegzuwerfen, wickelte ich es zusammen mit dem rosafarbenen Babykleid in Seidenpapier. Zusammen erzählen die beiden Kleidungsstücke eine wunderbar gute Geschichte.

So Gott will, werde ich mit Daniel an meiner Seite sehr alt werden. Er wird mich auf seiner Gitarre begleiten, während ich Tomaten pflanze und Rüben säe. Und ich werde für ihn nach einem langen Arbeitstag über seinen Zeichnungen und Entwürfen singen und spielen. Aber vor allem werden wir überall, wohin Gott uns führt, in Liedern von der Liebe Jesu erzählen. Und sollte der Herr uns mit Kindern und Enkeln segnen, erzählen wir ihnen unsere Geschichte, und sie werden wahrscheinlich betteln, daß wir noch mehr erzählen.